ro
ro
ro

Zu diesem Buch Milena Moser wurde berühmt als Erzählerin der tragikomischen Wechselfälle des Lebens, von Neigungen und Abneigungen in unserer Zeit. Abstürze, Entgleisungen und Himmelfahrten inbegriffen.

Milena Moser, geboren 1963 in Zürich, absolvierte eine Buchhändlerlehre und schrieb zunächst für Schweizer Rundfunkanstalten. In der Reihe der rororo-Taschenbücher liegen bereits vor die Romane «Die Putzfraueninsel» (Nr. 13209), «Blondinenträume» (Nr. 13943) und «Mein Vater und andere Betrüger» (Nr. 22233); im Rowohlt Verlag erschien der Zeitungsroman «Das Leben der Matrosen». Milena Mosers vergnügliche Korrespondenz mit ihrer Lektorin Angela Praesent ist im Band «Das Faxenbuch» (Nr. 13928) nachzulesen.

Milena Moser

DIE SCHLAMPENSTORIES

*Gebrochene Herzen oder
Mein erster bis elfter Mord*

. . . .

Das Schlampenbuch

Rowohlt Taschenbuch Verlag

13.–16. Tausend Juli 1999

Veröffentlicht im Rowohlt Taschenbuch
Verlag GmbH, Reinbek bei Hamburg, März 1999
«Gebrochene Herzen oder
Mein erster bis elfter Mord»
Copyright © 1990 by Milena Moser
Veröffentlicht im Rowohlt Taschenbuch Verlag 1991
«Das Schlampenbuch»
Copyright © 1991 by Milena Moser
Veröffentlicht im Rowohlt Taschenbuch Verlag 1993
Umschlaggestaltung: C. Günther / W. Hellmann
Foto: Frank Busch
Gesamtherstellung Clausen& Bosse, Leck
Printed in Germany
ISBN 3 499 22477 1

Inhalt

Ich habe einen Mann gefunden

Ich habe einen Mann gefunden. Nicht daß ich einen gesucht hätte. Ich habe ihn einfach gefunden, wie ich fast täglich etwas finde: Knöpfe, Münzen, verbogene Schlüssel, Spielfiguren, bekritzelte Papierschnipsel, Murmeln, bunte Scherben, zerzauste Dartspfeile, Federn, einmal sogar einen synthetischen Rubin, den ich im Dunkeln für ein Stück Glas gehalten hatte, und dann eben, eines Tages, diesen Mann.

Das war, so weit ich mich erinnere, an einem Sonntag. Es muß ein Sonntag gewesen sein, weil ich sonntags immer früh aufstehe, als einzige im Haus. Ich gehe zwar nicht in die Kirche, aber ich tue immerhin so. Ich ziehe mich ordentlich an: weiße Bluse mit gewaltigem Kragen, dunkler Rock, Strickjacke und natürlich, wichtig! kleiner Hut und Handschuhe. Ich klemme mir meine große Tasche unter den Arm, die ich immer dabeihabe, um meine Funde darin zu verstauen, und verlasse das Haus wie eine ehrbare, ältliche Jungfer – was ich ja auch bin.

Oder etwa nicht?

An diesem Sonntag jedenfalls kam ich nicht weit. Ich wohne im Erdgeschoß, zu meiner Wohnung gehört ein winziger, staubiger Garten, um den ich mich aber nie kümmere, nicht einmal zum Schein. Der Schuh fiel mir sofort auf. Er lag unter einem struppigen Strauch direkt an der Hausmauer.

Ein Schuh, dachte ich, wie interessant! Einen Schuh habe ich noch nie gefunden!

Neugierig trat ich näher. Der Schuh sah nicht schlecht aus, schwarz und spitz, wie die Herrenschuhe früher aussahen, und sauber geputzt. Erst als ich mich über meinen Fund beugte, sah ich, daß ein Fuß in dem Schuh steckte und überhaupt der ganze Besitzer dieses Schuhs und auch des Gegenstücks in meinem Garten lag.

Ein wenig ratlos ließ ich den Verschluß meiner Tasche zuschnappen. Was sollte ich jetzt tun? In die Tasche stecken, wie ich das bei einem einzelnen herrenlosen Schuh getan hätte, konnte ich ihn ganz offensichtlich nicht. Um ehrlich zu sein, fühlte ich eine unbestimmte Enttäuschung in mir aufsteigen. So ein wunderbarer Fund! Und so selten heutzutage, nach dem was man so hört. Ich bückte mich und sah ihn etwas genauer an. Es war ein jüngeres, gut erhaltenes Exemplar und nur leicht beschädigt. Meine Nase sagte mir, daß es sich höchstens um eine mittlere Alkoholvergiftung handeln konnte (ganz unerfahren bin ich nun doch nicht). Die Enttäuschung wandelte sich zu Trotz. Mutwillig griff ich nach den Knöcheln des Mannes und zerrte daran. Und siehe! Er bewegte sich!

Ächzend, keuchend und betend schleifte ich den Mann zur Haustür. Dort blieb ich einen Moment stehen, um zu verschnaufen. Mit dem Handrücken strich ich mir die Haare aus der Stirn. Zum Glück bin ich ziemlich kräftig, was seine guten Gründe hat, auf die ich aber nicht weiter eingehen möchte. Ich öffnete die Haustür und blockierte sie. Zur Sicherheit lauschte ich mit einem Ohr in den Flur hinein, aber wie erwartet schlief alles noch.

Der frühe Vogel findet das... findet den... wie ging das noch... jedenfalls schien mir das passend: der frühe Vogel. Ich unterdrückte ein Kichern, dann gab ich mir einen kleinen

Ruck und faßte den Mann diesmal an seinen Handgelenken, um ihn rückwärts bis zu meiner Wohnung zu schleppen. Irgendwie fühlte ich mich nicht ganz sicher dabei: Es ist ungleich persönlicher, jemanden an den Händen zu fassen als an den Füßen, vor allem, wenn er Socken trägt.

Der Mann wurde mit jeder Sekunde schwerer, aber wie gesagt, ich bin ziemlich kräftig, und nicht nur das, sondern auch ziemlich stur. Und schließlich hatte ich es geschafft. Mit einem Fußtritt schlug ich die Wohnungstür zu, dann ließ ich mich erschöpft auf den Teppich sinken. Eine Weile lang hörte ich mir selbst beim Atmen zu, dann hörte ich plötzlich ein leises Stöhnen, das eindeutig nicht aus meinem Mund kam und fuhr auf. Mein Herz hämmerte wie irr gegen meine Lippen... äh, Rippen. Mein Gott! Heiliger Jesus! Heitschi Bumbeitschi! Da lag ich auf dem Teppich, mit einem wildfremden und offensichtlich betrunkenen Mann, der erst noch vor sich hin stöhnte! Wenn das...! Mit einer Hand preßte ich meinen Busen, um das Herz, das dahinterlag zu beruhigen.

Ruhig, ruhig, sagte ich mir, erstens sieht dich niemand, zweitens ist er bewußtlos, und drittens hast du ihn gefunden. Er gehört dir, ganz wie der andere Krimskrams im Sekretär. Den Rubin hast du schließlich auch behalten, und der war ungleich wertvoller. So.

Und wie um mir meine Gelassenheit zu beweisen, ging ich langsam in die Knie, um den Mann einer genaueren Untersuchung zu unterziehen. Er roch ziemlich unappetitlich, und unwillkürlich rümpfte ich die Nase. Seine Kleidung war relativ sauber, beziehungsweise, sie war es gewesen, bevor ich ihn durch den Garten geschleift hatte, und einfach. Sein Körper war gedrungen, er hatte halblanges, etwas zottiges, braunes

Haar und einen dicken Schnurrbart – eben so ein etwas ordinärer Typ Mann, der mir im allgemeinen nicht gerade angenehm ist. Aber bei einer Fundsache ist das etwas anderes. Das sucht man sich ja nicht aus... Oder?

Wer sucht, der findet.

Wer sucht, der findet.

Das sagt man doch so, oder? Aber auf mich trifft das nicht zu. Ich habe noch nie ernsthaft nach irgend etwas gesucht und schon so viele wunderbare Dinge gefunden! Und ausgerechnet einen Mann zu suchen, wäre mir schon gar nicht in den Sinn gekommen!

Beruhige dich! Mit gerunzelter Stirn setzte ich meine Untersuchung fort, unbestimmt verärgert über mich selbst. Ich benahm mich ja wirklich wie die Karikatur einer alten Jungfer! Was ist schon ein Mann? Nichts!

Na also! Mit ruhiger Hand und ohne auch nur ein bißchen zu zittern, knöpfte ich sein Hemd auf. Sein Herz schien noch zu schlagen, jedenfalls hörte ich so etwas, als ich mein Ohr auf seine Brust legte. Seine Brust war, wie erwartet, sehr behaart. Wie erwartet? Nun, das ist wohl etwas übertrieben. «Behaarte Brust», das ist so ein Ausdruck, den man häufig liest, aber unter dem man sich nichts Rechtes vorstellen kann. Mir jedenfalls ging es so, und so war ich gegen meinen Willen fast ein wenig beeindruckt. Von den Haaren ging ein scharfer Geruch aus, aber ich war beruhigt, daß er noch lebte.

Ich klopfte ihm wohlwollend mit der flachen Hand auf den Bauch. Er bewegte sich leicht und gab auch einen Laut von sich, ohne aber das Bewußtsein wiederzuerlangen. Ich löste seinen Gürtel.

Das erwies sich als gar nicht so einfach. Mit Herrengürteln

verhält es sich nämlich so, daß sie in die umgekehrte Richtung geschnallt werden als die Damengürtel. Ich mühte mich ungeschickt und zugegebenermaßen auch etwas nervös ab. Dabei fühlte ich, wie sich meine Frisur auflöste. Aber darum konnte ich mich jetzt nicht auch noch kümmern. Schließlich gab der Gürtel nach, und ich zog den Reißverschluß hinunter. Das hingegen war einfach.

Scharf zog ich die Luft ein und hielt den Atem an. Mein Gott! So etwas hatte ich noch nie gesehen! Der Mann trug gelbe Unterhosen mit kleinen roten Flugzeugen darauf! Ich hatte überhaupt nicht gewußt, ja, ich hätte mir nicht einmal träumen lassen, daß es so etwas gibt!

Ich preßte meine Lippen aufeinander und beugte mich etwas tiefer (meine Augen sind nicht die besten). Flugzeuge! Tatsächlich! Ich schüttelte ungläubig den Kopf. Zudem waren die Unterhosen irgendwie beschichtet, so daß sie wie Badehosen schimmerten, und ziemlich knapp bemessen. Prüfend schob ich den Zeigefinger unter den Bund und ließ das Gummiband ein paarmal schnappen.

Wirklich!!

Unentschieden kaute ich auf meiner Lippe herum. Dann gab ich mir einen Ruck und riß gleichzeitig am Elastik. Im nächsten Moment lag ich flach auf dem Rücken, als ob mich jemand gestoßen hätte. Es hatte mich jemand gestoßen!

Verwirrt richtete ich mich auf und stützte mich auf meinen Ellbogen. Der Mann war offensichtlich zu sich gekommen (man könnte sagen, der Moment sei ungünstig gewesen!). Noch unsicher und schwankend stand er da und versuchte, wieder in seine Kleider zu kommen. Seine Haare standen jetzt vom Kopf ab, als ob er verzweifelt daran gezerrt hätte. Seine Augen waren starr und glasig. Etwas ungläubige Panik lag in ihnen. Mit fliegenden Händen knöpfte er sein Hemd zu, das übrigens auch gelb war, jetzt war mir natürlich klar, daß er das abgestimmt hatte. Bei dem Gedanken mußte ich leise prusten. Der Blick, den er mir zuwarf, ließ mich sofort wieder verstummen.

Ich glaub es nicht, murmelte er, ich glaub es einfach nicht.

Dann war er weg.

Mit leisem Bedauern stand ich auf und schloß die Wohnungstür ab, die der Mann beim Gehen offengelassen hatte. An diesem Tag ging ich nicht mehr aus.

Seither habe ich natürlich alle möglichen Funde gemacht, auch ein paar interessante Dinge waren darunter, ein Plastikskelett zum Beispiel, das man als Schlüsselanhänger gebrauchen kann, aber bei weitem nichts so Interessantes wie damals dieser Mann …

Mein erster Mord

Meinen ersten Mord beging ich mit dreizehn.

Es war so ein Tag, an dem mir der Himmel auf den Kopf fiel. Das passierte mir immer wieder, regelmäßig. Nicht gerade Mord, natürlich, aber Tage, an denen ich morgens als erstes aus dem Bett fiel und mir den Fuß verstauchte, meine Lieblingsbluse nicht fand, dafür einen neuen Pickel entdeckte, mit meiner Mutter stritt und mit dem Kamm in meinen Haaren hängenblieb. Ich schien das geradezu anzuziehen.

Dabei hatte ich an diesem speziellen Morgen nicht unbedingt vor, einen Mord zu begehen. Der Tag begann in der oben beschriebenen Weise, mit dem zusätzlichen Vergnügen, daß ich den Wecker nicht gehört hatte. Es war ein Mittwoch im Juni, das Wetter war wunderbar, ich würde zu spät zur Schule kommen. Das kümmerte mich nicht weiter. Ich haßte die Schule. Ich haßte die ganze Welt. Ich haßte mich selbst.

Es ist eigentlich erstaunlich, daß nicht mehr Morde von unglücklichen Dreizehnjährigen begangen werden. Vielleicht tun sie es ja heimlich, unentdeckt, so wie ich. Das beste Alter für einen perfekten Mord! Mir jedenfalls muß niemand mit goldener Jugend und for ever young kommen. Der bloße Gedanke, für immer dreizehn oder fünfzehn oder siebzehn zu bleiben, erfüllt mich mit nackter Panik. Nur das nicht! Bitte nicht!

Allerdings gibt es auch Dreizehn- und Vierzehnjährige, die geradezu unerträglich glücklich und zufrieden sind. Wie zum

Beispiel meine Freundin Barbara. Sie wohnte ein Stück weiter unten in derselben Straße und wartete meistens an der Ecke auf mich. Wir radelten nebeneinander her, und sie erzählte mir von ihren Brüdern, Büstenhaltern, Küssen, Handballturnieren, hygienischen Binden und heimlichen Zigaretten. Lauter Dinge, die mir völlig fremd waren. Dafür gab es in meinem Leben vieles, wovon Barbara wiederum keine Ahnung hatte: abendliches Radiohören im Wohnzimmer, geschwollene Pikkel, handgestrickte Wollhöschen, ein angeborener Sprachfehler, Hüften, die immer dicker wurden, meine Mutter. So ergänzten wir uns, Barbara und ich. Nicht, daß ich sie besonders gern gehabt hätte – wie könnte ich –, aber immerhin sprach sie mit mir. Sie war ein Jahr älter als ich, und manchmal redete ich mir ein, es sei alles nur eine Frage der Zeit. Nächstes Jahr, dachte ich, während ich mit gesenktem Kopf neben Barbara herradelte, schweigend, glühend vor Neid, nächstes Jahr bin ich der Star sämtlicher Sportvereine, und Alfred holt mich jeden Morgen ab. (Alfred war neu in der Gegend. Anfangs hatte er mich oft nach Hause begleitet. Wie ich bald gemerkt hatte, hoffte er nur, über mich einen Weg zu Barbaras Herzen zu finden.)

Aber Barbara hat mit der ganzen Geschichte wenig zu tun. Jedenfalls lebt sie noch. Ich habe sie kürzlich im Einkaufszentrum getroffen. Sie hat sich die Haare kupferblond gefärbt, sie sieht furchtbar aus. So viel zu Barbara.

An diesem Morgen radelte ich sowieso allein, den Blick auf meine dicken, rotweiß geringelten Waden gesenkt. Meine Mutter hatte die Strümpfe ausgesucht. Meine Mutter war schon ziemlich alt. Sie hatte einen Sohn gehabt, der mit zwölf an Lungenentzündung gestorben war. Das wäre also mein Bruder gewesen. Das erklärt auch, warum sich meine Mutter immer so viel Sorgen machte. Ich blickte auf meine Waden, die sich regelmäßig hoben und senkten, ich dachte an den Lehrer, der mich haßte, an die regelmäßigen Lacher, die mein Stottern auslöste, und daran, daß ich zu spät kommen würde und allein unter den Blicken und der drückenden Stille zu meinem Platz gehen müßte. Ich beschloß, nicht zur Schule zu fahren, sondern geradeaus weiter und in den Wald.

Sofort fühlte ich mich wunderbar. Ich würde in den Wald fahren, dort auf einen Baum klettern und meine Pausenbrote essen. Es war plötzlich ein schöner Tag. Ich glaube, ich sang sogar vor mich hin. Dann kam ich in den Wald. Ich sah sie schon von weitem. Die Waldarbeiter standen am Wegrand, auf ihre Schaufeln gelehnt, und sahen mir erwartungsvoll entgegen. Meine Hände krampften sich um die Lenkstange, ich preßte die Lippen aufeinander und blickte starr vor mich hin. Es waren drei. Sie johlten und pfiffen, als ich vorbeifuhr, aber nicht einmal besonders laut. Mehr, als ob sie eine lästige Pflicht erfüllten. Mit hochrotem Gesicht fuhr ich weiter.

Ich fuhr noch ein Stück in den Wald hinein, dann hielt ich an, stieg vom Rad und lehnte mich schweratmend an einen Baum. In dem Moment beschloß ich, den Mord zu begehen, der ja nur deshalb ein Mord war, weil ich ihn vorsätzlich begangen hatte (ich habe mich informiert).

Ganz wie ich es geplant hatte, kletterte ich auf einen Baum und packte meine Pausenbrote aus. Ich war ganz ruhig und ungerührt. Von hier oben hatte ich eine gute Aussicht. Ich sah, wie die Arbeiter ohne große Begeisterung ein Stück Weg ausbesserten, ziemlich bald schon die Schaufeln hinwarfen, sich streckten und reckten und sich dann auf den moosigen Boden fallen ließen. Sie packten ihr Essen aus: ganze Würste und Brotlaibe, Literflaschen Rotwein. Einer zog sich den Hut über das Gesicht, die Flaschen waren leer, und bald schienen alle drei zu schlafen.

Ich kletterte von meinem Baum und ging zu ihnen hinüber. Ich gab mir keine besondere Mühe, leise zu sein. Ich beugte mich über den ersten, der seinen Hut ins Gesicht gezogen hatte. Ich hob einen großen Stein auf, schwang ihn mit beiden Händen über meinen Kopf und ließ ihn auf den Hut fallen. Es gab ein unangenehmes Geräusch, das aber durch den Hut weitgehend gedämpft wurde. Als ich den Stein wieder aufhob, gab die Masse darunter nach wie Brei. Die anderen waren nicht aufgewacht. Ich traute mich nicht, den Hut hochzuheben. Ich hatte Angst vor dem, was ich sehen würde. Ich konnte den schweren Stein kaum mehr halten, meine Arme zitterten und schmerzten. Wahrscheinlich stieß ich einen Seufzer aus, als ich den Stein hochhob, denn der andere Mann, der neben dem ersten lag, schien sich im Schlaf zu bewegen, seine Augen flatterten unter den geschlossenen Lidern. Ich wurde von panischer Angst ergriffen und ließ den Stein fallen. Er landete einen Millimeter neben meinem rechten Fuß. Ich bekam einen Schluckauf. Ich wollte weg. Hick.

Der zweite Mann richtete sich auf, rieb sich die Augen und sah mich an. Ich erstarrte. Hick.

Doch dann begriff ich, daß er gar nichts begriff. Ich meine, er wachte auf, ein pummeliges junges Mädchen stand vor ihm, wie sollte er ahnen, daß es gerade seinen Kumpel erschlagen hatte? Er grinste. Ich grinste zurück. Hick. Er streckte eine Hand aus. Sie war schmutzig. Jetzt wußte ich nicht mehr weiter. Was wollte er von mir? Wollte er, daß ich ihm die Hand gab? Ich wich einen Schritt zurück.

He, wach auf, sagte er und rüttelte seinen Kumpel an der Schulter, schau dir das an!

Das hätte er nicht tun sollen. Der andere sank in sich zusammen, rutschte zur Seite, der Hut glitt auf den Waldboden und ließ ein Gesicht sehen, das keines mehr war. Beim besten Willen nicht. Der Mann stieß einen rauhen Laut aus und faßte sich an die Kehle. Ich schlug sittsam und ein bißchen angewidert die Augen nieder. Jetzt wachte der dritte auf. Auch das noch.

Was ist denn hier los, fragte er verschlafen und vielleicht auch etwas betrunken.

Ich seufzte. Das fragte ich mich auch. So hatte ich mir das nicht vorgestellt.

Du Hurenbock! schrie der zweite Waldarbeiter und stürzte sich auf den dritten, was hast du getan!

Das Wort Hurenbock hatte ich noch nie gehört. Nur gelesen. Es hatte für mich einen irgendwie altmodischen Klang. Mein Schluckauf war plötzlich weg. Ich wollte nach Hause. Ich trat von einem Fuß auf den anderen.

Die Männer waren jetzt dazu übergegangen, sich ernsthaft zu verprügeln. Ich sah schon das erste Messer blitzen. Es konnte nicht mehr lange dauern. Ich beugte und streckte meinen rechten Arm ein paarmal.

Und richtig, bald schon lagen sie keuchend und blutend am Boden, ich hob meinen Stein und schlug zu, schlug zu, schlug zu. Ich hörte erst auf, als mir der Arm abfiel, oder jedenfalls beinahe. Es dauerte eine Weile, bis ich mich wieder soweit im Griff hatte, daß ich mich auf mein Fahrrad schwingen und nach Hause fahren konnte.

Der brutale Mord an den drei Waldarbeitern versetzte die ganze Gegend in Aufruhr. Natürlich wurde der Fall nie aufgeklärt. Man sprach immer von einem «Rachemord».

Und das war es ja auch.

Angst vor dem Abwaschen

Er wußte nicht, was er ihr antat, als er sie zum Essen einlud.
Heute abend? fragte sie verzweifelt. Ihre Hand klammerte
sich an den Telefonhörer.

Ja, paßt dir das nicht?

Doch, doch... wohin wollen wir gehen?

Was hältst du vom Tire-Bouchon?

Sie schloß die Augen. Ein Restaurant mit einem französi-
schen Namen, das sie nicht einmal kannte. Schlimmer konnte
es gar nicht sein. Sie holte tief Luft.

Wunderbar, sagte sie.

Soll ich dich abholen?

Ein völlig unerwarteter Hoffnungsblitz. O ja, bitte, schrie
sie, aber irgendwie schien er sie nicht zu hören.

Oder weißt du was, wir treffen uns gleich dort, fuhr er ungerührt fort, um acht, in Ordnung?

Sie warf einen Blick auf ihre Uhr. Halb sechs. Also gut. In
zwei Stunden konnte sich ihre Angst vielleicht gar nicht richtig entwickeln.

Um acht, sehr gut.

Ich freue mich, sagte er.

Was sollte sie sagen?

Ich freue mich auch, sagte sie und legte den Hörer auf die
Gabel.

Noch zwei Stunden. Sie schnappte mit den Zähnen nach
einer Haarsträhne und kaute auf den Spitzen herum. Sie konzentrierte sich auf ganz einfache Fragen: Was ziehe ich an,

habe ich noch Zeit, die Haare zu waschen, drücken die neuen Schuhe noch, ist die schwarze Bluse noch in der Wäsche? Sie ließ sich ein Bad einlaufen. Heißes Wasser beruhigt. Außerdem dauert es länger als duschen. Sie schmierte sich eine Maske ins Gesicht und eine andere in die Haare. Sie legte sich bis zum Hals ins heiße Wasser. Parfümierte Dämpfe stiegen ihr in die Augen, die zu tränen begannen. Sie versuchte sich zu entspannen.

Eine Verabredung in einem Restaurant ängstigte sie mehr als ein Termin beim Frauenarzt oder eine Fahrt in der Geisterbahn. Diesmal war es besonders schlimm. Sie kannte das Lokal nicht. Sie kannte nicht einmal ihn, Andy hieß er, sie hatten sich zweimal gesehen. Würde sie ihn überhaupt wiedererkennen? Oder würde sie verwirrt an seinem Tisch vorbeigehen und den Rest des Abends hilflos und halb blind durch das sicher riesige Restaurant irren? Vielleicht sollte sie ihre Brille aufsetzen. Vielleicht sollte sie versuchen, vor ihm dort zu sein. Dann könnte sie ruhig an einem Tisch sitzen und in die Speisekarte vertieft warten, bis er vor ihr stand. Sich über sie beugte und auf die Wange küßte. Oder auch nicht. Allerdings wäre sie so dem Kellner ausgeliefert, der in jedem besseren Restaurant hinter der Türe lauert.

Haben Sie reserviert?

Was sollte sie darauf antworten? Ja, nein, ich weiß es nicht?

Auf welchen Namen bitte?

Seinen? Ihren? Gar keinen? Und selbst wenn sie sich unauffällig an einen freien Tisch setzen konnte – was, wenn er doch schon früher gekommen wäre? Was, wenn er schon auf sie wartete, vielleicht etwas versteckt in einer Nische oder ganz hinten im Lokal? Und was, wenn das Restaurant aus mehreren Räumen oder gar Etagen bestehen würde???

Sie nahm einen Waschlappen und rieb sich energisch das Gesicht ab. Das Badewasser verfärbte sich grünlich. Die Maske hinterließ Streifen auf dem Waschlappen. Sie spülte ihre Haare aus und wusch sie noch einmal. Langsam. Sorgfältig. Das Badewasser hatte nun eine schmutzige Farbe. Sie stand auf, duschte sich noch einmal ab, wickelte sich in ein Tuch und stieg aus der Wanne. Nur nichts überstürzen. Sie schlang ein zweites Tuch um die Haare und ging, nasse Spuren durch die Wohnung ziehend, in die Küche. Ein Blick auf die Uhr. Viertel nach sechs.

Um vor ihm dort zu sein, mußte sie um halb acht gehen. Zu viel Zeit. Jetzt begann auch noch ihr Magen zu knurren. Mit einem leichten Anflug von Trotz nahm sie sich ein Stück Käse aus dem Kühlschrank und schenkte sich ein Glas Wein ein.

Plötzlich verging die Zeit schnell. Plötzlich war es zwanzig nach sieben und sie noch nicht angezogen und ihr Haar noch nicht ganz trocken. Sie ließ die Tücher fallen, riß die Schranktüren auf und warf Kleider durcheinander. Um zehn vor acht bestellte sie ein Taxi. Um zehn nach acht betrat sie das Tire-Bouchon.

Haben Sie reserviert?

Sie holte tief Luft. Ich... ich bin verabredet, stotterte sie.

Helen! Entschuldige! rief eine warme Stimme in ihrem Rücken. Sie drehte sich um.

Andy stand hinter ihr.

Ich habe mich verspätet, tut mir leid.

Ohne eine Antwort abzuwarten, nahm er sie an der Hand und führte sie wie durch einen Spiegel an einen freien Tisch. Sie setzten sich. Sie falteten die Servietten auseinander. Sie sahen sich in die Augen. Dann kam der Kellner mit der Karte.

Wünschen Sie einen Aperitif?

Bis jetzt war alles gut gegangen. Sie bestellte ein Glas Champagner. Er schien einen ganz kleinen Moment zu zögern.

Für mich auch, sagte er dann.

Hatte sie einen Fehler gemacht? Mochte er keinen Champagner? Mochte er keine Frauen, die Champagner tranken? Doch er lächelte. Erleichtert senkte sie den Blick auf die Karte. Sie tat so, als ob sie sie mit Interesse lesen würde. Im geheimen hämmerte ihr Herz. Speisekarten versetzten sie in Panik. Und diese war umfangreich. Sie mußte sich entscheiden. Schnell. Jeden Moment konnte der Kellner wieder vor ihnen stehen. Was nimmst du? fragte sie beiläufig.

Ach, ich weiß noch nicht... und du?

Sie antwortete nicht. Der Kellner brachte den Champagner.

Haben Sie etwas gefunden?

Nein, noch nicht.

Dafür war sie ihm dankbar.

Magst du Fisch, fragte er.

Ja, antwortete sie, ich glaube schon.

Er lachte.

Also bestellten sie Fisch. Beide. Das Schwierigste war geschafft. Sie lehnte sich zurück, nippte an ihrem Champagner und ließ ihren Blick durch das Lokal schweifen. Es war nicht so groß wie sie befürchtet hatte, hell und schon ziemlich voll. An der Bar standen Trauben von Menschen, die... Wir hatten Glück, daß gerade noch ein Tisch frei war, sagte er in diesem Moment.

...Menschen, die auf einen freien Tisch warteten. Ihre Handflächen wurden feucht. Sie zündete sich eine Zigarette an. Sieh doch einfach nicht hin, beschwor sie sich selber, sieh einfach nicht hin.

Er machte es ihr leichter, indem er zu reden begann. Er erzählte ihr ein, zwei, drei Geschichten aus seinem Leben. Er brachte sie zum Lachen. Er schenkte ihr Wein nach. Er berührte leicht ihre Hand. Als das Essen kam, fühlte sie sich schon beinahe sicher.

Bis die Stimmen lauter wurden, die bisher kaum ihr Ohr erreicht hatten. Andy verzog das Gesicht.

Was ist los, fragte er angeekelt, ein Ehekrach?

Sie blickte über seine Schulter. Tatsächlich, ein junges Paar, das an der Bar vor einer Reihe leerer Gläser stand.

Hättest du nicht wenigstens reservieren können? keifte sie.

Und er: Da hinten wird gleich was frei.

Sie: Das sagst du seit einer Viertelstunde.

Helen zwang sich zu einem Lächeln.

Scheint so, sagte sie matt.

Er schnitt eine komische Grimasse. Sie behielt das Lächeln bei. Er nahm ihre Hand und strich mit dem Daumen über ihren Handrücken.

Hast du keinen Hunger?

Sie blickte auf ihren halbleeren Teller. Sie würde keinen Bissen mehr hinunterbringen. Nicht, wenn sie wußte, daß da jemand dringend auf ihren Tisch wartete.

Es geht, sagte sie.

Keinen Nachtisch? Kein Eis?

Nein, danke.

Er zuckte mit den Schultern. Schade, sagte er.

Sie zwang sich, ihm in die Augen zu sehen. Doch immer wieder rutschte ihr Blick an ihm vorbei zu dem streitenden Paar.

He, du, sagte er plötzlich, was ist denn los?

Sie riß sich zusammen.

Nichts, nichts.

Und als sie den Blick hob, war das Paar verschwunden. Sie lächelte.

Ich glaube, ich nehme doch einen Nachtisch.

Schön. Ich auch.

Sie tauschten ein breites Lächeln der Einigkeit.

Der Abend war beinahe vorüber. Bis jetzt war es glimpflich abgelaufen. Keine Katastrophen. Sie hatte es beinahe geschafft.

Doch noch bevor der Kaffee kam, spürte sie plötzlich das dringende Bedürfnis, eine Toilette aufzusuchen. Sie schloß einen Moment lang die Augen. Lieber Gott, betete sie, lieber Gott! Doch es ließ sich nicht aufschieben. Verzweifelt suchte sie mit den Augen das Lokal ab. Der hintere Teil des Raumes lag im Halbdunkel. Nirgends eine Türe oder eine Treppe. Sie wartete, so lange sie konnte, in der Hoffnung, daß jemand vor ihr aufstehen und ihr wenigstens die Richtung angeben würde.

Hörst du mir überhaupt zu?

Seine Stimme klang ein bißchen irritiert.

Oder täuschte sie sich?

Ich bin gleich wieder da, sagte sie entschlossen. Ruckartig stand sie auf. Dabei blieb sie mit dem Rocksaum am Stuhl hängen. Errötend riß sie sich los. Der Stuhl fiel wie durch ein Wunder nicht um. Gottseidank. Er lächelte jetzt nicht mehr. Sie ging mit gesenktem Kopf an ihm vorbei. Drückte sich an der Bar entlang. Irgendwo mußte doch eine Türe sein. Sie begann zu schwitzen. Da lief ein Kellner. Sie räusperte sich.

Entschuldigung!

Er hatte sie nicht gehört. Verlegen lächelnd blieb sie stehen. Die Leute an der Bar unterbrachen ihre Gespräche, um sie verwundert zu mustern. So kam es ihr jedenfalls vor.

Entschuldigung!

Jetzt blieb der Kellner stehen.

Die Toilette, bitte.

Ihre Stimme war ein Flüstern. Der Kellner wies mit dem Daumen hinter die Theke.

Sie müssen den Schlüssel verlangen.

Sie nickte. Sie wartete noch einen Moment an der Bar, aber niemand schien sich um sie zu kümmern. Sie sah den Schlüssel an einem Haken hängen. Ein paarmal zuckte ihre Hand, aber sie traute sich nicht, einfach danach zu greifen. Was, wenn es der falsche Schlüssel wäre? In dem Moment entdeckte sie die Türe. Sie stieß sie langsam auf und trat in einen düsteren, von Gerüchen und fernen Stimmen erfüllten Gang. Vorsichtig ging sie Schritt für Schritt weiter. Ihre Verzweiflung wuchs. Irgendwo mußten doch diese zwei Türen mit den neckischen Schildern sein, auf denen sie Mann und Frau immer so schwer unterscheiden konnte.

Suchen Sie etwas?

Sie drehte sich um. Ein dicker Mann in einer weißen Schürze.

Die Toilette, bitte, flüsterte sie.

Der Mann musterte sie einen Augenblick, dann lachte er und packte sie an der Schulter.

Sie stehen direkt davor, sagte er.

Tatsächlich, vor ihrer Nase befand sich eine Türe. Sie hätte vor Erleichterung beinahe aufgeschluchzt. Doch der Mann ließ ihre Schulter nicht los. Er stieß die Türe mit dem Fuß auf. Hartes Licht und ohrenbetäubender Krach ließen sie zurückfahren.

Das Fräulein hilft uns beim Abwaschen! brüllte der Mann und schubste sie mitten in den Raum. Einen Augenblick lang war es still. Dann dröhnte Gelächter. Sie stand in der Spülküche. Die Maschinen summten, dampfende Gläser standen zum Trocknen herum und schmutziges Geschirr stapelte sich überall. Zehn oder zwölf Männer in weißen Schürzen sahen sie herausfordernd an.

Das ist alles gar nicht wahr, tröstete sie sich.

Zwei Stunden später fand sie mit roten Händen, beschmutztem Kleid und feuchten, in der Stirn klebenden Haaren ins Lokal zurück. Andy war natürlich längst gegangen. Sie hatte auch gar nicht erwartet, ihn zu sehen. Sie stellte sich an die Bar und verlangte mit harter Stimme einen Cognac und den Toilettenschlüssel.

Mein zweiter Mord

Meinen zweiten Mord beging ich rein zufällig. Es ist vielleicht nicht einmal angebracht, von Mord zu sprechen. Obwohl mein erster Mord sozusagen mein Leben verändert, mich von meinen Ängsten und Nöten befreit und zu einem glücklicheren, fast könnte man sagen, besseren Menschen gemacht hatte, sah ich keine Notwendigkeit, noch mehr Morde zu begehen. Ich dachte noch nicht einmal daran. Um so mehr, da seit meinem ersten Mord kaum ein Monat vergangen war.

Nicht, daß Sie jetzt einen falschen Eindruck von mir bekommen. Ich habe keineswegs den Rest meines Lebens mordend verbracht. Es war, wie ich schon sagte, ein Zufall. Um so tragischer, als es sich dabei um meinen Vater handelte, was ich aber zu dem Zeitpunkt nicht wissen konnte. Das Leben ist manchmal wirklich nicht gerecht. Jetzt hatte ich also, so lange ich denken konnte, keinen Vater gehabt, und kaum hatte ich einen, brachte ich ihn um. Ich war wirklich wütend, als mir das klar wurde. Aber wie hätte ich ahnen können, daß dieser schiefe kleine Mann im blauen Regenmantel mein Vater war! Eines Nachmittags, ich war allein zu Hause, klingelte er an der Tür. Natürlich hatte ich mir manchmal ausgedacht, wie es wäre, wenn... Meine Mutter hatte immer von einem wahren Helden gesprochen, einem wunderschönen, starken, jungen Mann, der aber leider... (hier folgte wahlweise: schon verheiratet war/kein Geld hatte/nicht mehr lange zu leben/seine alte Mutter nicht enttäuschen durfte/in geheimer Mission irgendwo unterwegs war). Je nach Stimmung meiner Mutter war er Schauspieler, Politiker, Geheimagent oder tot. Mir gefiel immer die Schauspielerversion am besten, ich konnte stundenlang vor dem Fernseher sitzen und mir einen Vater aussuchen. Es dürfte also niemanden erstaunen, daß ich in bezug auf meinen Vater leicht verwirrt war. Meine Mutter übrigens auch, sie war ja schon ziemlich alt, als ich auf die Welt kam. Sie hatte ihren ersten Sohn verloren und ihren ersten Mann dazu, der sich von ihr scheiden ließ, um sich einer jüngeren Dame zuzuwenden. Von ihm sprach meine Mutter allerdings selten und wenn, dann in gleichgültigem Ton. Der wahre Held war mein Vater. Eines Tages würde er kommen und uns...

Eines Tages stand er also wirklich vor der Tür.

Guten Tag, sagte er, bin ich hier richtig bei Stubenrauch?

Ja, sagte ich, trat zur Seite und ließ ihn herein.

Er huschte an mir vorbei und ins Wohnzimmer, wo er sich mit einem erleichterten Seufzer auf das Sofa sinken ließ. Ich folgte ihm ein wenig mißtrauisch.

Was...?

Er beachtete mich nicht weiter.

Bring mir einen Tee, bitte, sagte er, nicht unfreundlich, aber so gar keine Spur fragend oder bittend. So, als ob ich mein Leben lang nichts anderes getan hätte, als ihm Tee zu bringen.

Ich brachte ihm Tee.

Meine Mutter ist aber nicht da, sagte ich, als ich die überschwappende Tasse auf den Tisch stellte.

Er sah mich an.

Deine Mutter?

Er fragte noch einmal: Deine Mutter?

Ungläubig und irgendwie unangenehm berührt wirkte er. Er drehte die Augen nach oben und seufzte. Jetzt weiß ich natürlich, daß ihm in diesem Moment klargeworden sein muß, daß ich seine Tochter bin. Und um so mehr ärgert mich seine Reaktion. Damals sah ich aber nur diesen komischen kleinen Mann, der ganz selbstverständlich auf unserem Sofa saß, Tee schlürfte und mich mißbilligend musterte. Ich war beunruhigt.

Was wollen Sie überhaupt? fragte ich etwas schroff.

Oh, ich… Er sah mich stirnrunzelnd an, als ob er abschätzen wollte, wieviel er mir zumuten könne. Dann lächelte er schief.

Nun, ich wohne hier, sagte er.

Ich starrte.

Aber…

Du wirst dich daran gewöhnen. Ist das die Zeitung von heute?

Er griff nach der Zeitung, die auf dem Tisch lag, es war die von gestern. Er schien es nicht einmal zu bemerken. Er las die Zeitung und schlürfte seinen Tee. Er schmatzte mit den Lippen und bleckte die Zähne. Er trug wohl ein Gebiß. Ich stand mit verschränkten Armen an die Wand gelehnt und sah ihm dabei zu. Widerlich, dachte ich. Meine Mutter ist aber nicht da, wiederholte ich nach einer Weile.

Das macht nichts, sagte er. Sie wird schon wieder zurückkommen.

Ja, aber…

Er ließ die Zeitung sinken und seufzte ungeduldig.

Bitte, stör mich doch nicht dauernd. Ich lese die Zeitung, siehst du das nicht?

Ich zuckte mit den Schultern, drehte mich schweigend um und ging betont langsam in die Küche. Er merkte es nicht einmal, die Nase längst wieder in die Zeitung gesenkt.

Schmollend ging ich in der schmalen Küche auf und ab. Dieser Mann machte sich über mich lustig, so viel war klar. Das konnte ich überhaupt nicht ertragen in dieser Zeit. Unentwegt hatte ich das Gefühl, man mache sich über mich lustig, man nehme mich nicht ernst. Wahrscheinlich lag das am Alter. Ich stellte den Wassertopf wieder auf den Herd, um mir noch einen Tee zu machen. Ich nahm mein Tabakpaket aus dem Versteck in der alten Kuchenform und setzte mich an den Tisch, um mir eine Zigarette zu drehen. Ich hatte gerade angefangen zu rauchen, und aus finanziellen wie ideologischen Gründen drehte ich meine Zigaretten selber. Auch, weil ich eine gewisse Schwäche für den lockigen Holländer auf dem Werbeplakat hatte, richtig, den mit der runden Brille.

Ich sah auf die Uhr. Meine Mutter würde bald von der Arbeit kommen. Ich stellte mir vor, wie sie den Mann als Versicherungsvertreter oder Elektriker oder vielleicht sogar ehemaligen Nachbarn erkennen würde und wie sie dann zusammen über mich lachen würden. Bei dem Gedanken wurde mir übel. Ich begann zu schwitzen. Meine Haare klebten auf der Stirn. Ich atmete laut. Ich war wirklich völlig durcheinander.

Schließlich rollte ich den Tee ins Zigarettenpapier und goß den Tabak mit kochendem Wasser auf.

Krieg ich noch einen Tee, rief der Mann aus dem Wohnzimmer.

Sofort.

Ich stellte die Kanne vernehmlich vor ihm auf den Tisch. Er warf mir einen kurzen Blick zu und schenkte sich dann selber ein. Er trank einen Schluck und verzog das Gesicht.

Brr... Er schüttelte sich. Das schmeckt ja furchtbar. Probier mal.

Er hielt mir die Tasse hin. Ich wich zurück und preßte die

Lippen zusammen. Er zuckte mit den Schultern, warf noch drei Würfel Zucker in seine Tasse, rührte um und trank sie aus. Ich ging in die Küche zurück. Erst als ich meine Zigarette anzünden wollte, wurde mir klar, was ich getan hatte. Ich öffnete die Küchentüre einen Spalt weit und wartete gespannt, was nun wohl geschehen würde.

Als meine Mutter nach Hause kam, ließ ich mir nichts anmerken.

Der Mann war schon verschwunden.

Im Keller.

Erst als am nächsten Tag eine kleine Notiz in der Zeitung vermeldete, der Bankräuber Erwin S. sei nach vierzehn Jahren und drei Monaten vorzeitig aus der Haft entlassen worden, und meine Mutter den Kopf auf den Frühstücksteller legte und weinte und fragte, warum er denn nicht zu uns gekommen sei, erst dann begriff ich.

Aber da war es natürlich zu spät.

Sonnenbrand

Du??

Seine Begeisterung hielt sich in Grenzen. Er öffnete nicht einmal die Türe ganz. Ich lächelte tapfer darüber hinweg.

Kommst du mit ins Strandbad?

Ins Strandbad? Muß das sein?

Mhm.

Er wand sich, er suchte nach Ausreden, er kratzte sich am Ohr, aber vergebens. Ich senkte den Kopf und sah ihn unter meinen Haarsträhnen hervor bittend an.

Es sind doch nur ein paar Stunden, sagte ich leise.

Darauf wußte er nichts mehr zu erwidern. Nicht nach allem, was er mir angetan hatte. Er öffnete die Türe ganz, bat mich mit einer Handbewegung einzutreten und verschwand in der Wohnung. Ich schloß die Türe hinter mir, aus dem Hintergrund drangen Radioklänge und leise Stimmen. Ich stand einfach da und nagte an meinen Haarspitzen, während er geschäftig hin und her lief, sein Badetuch zusammenrollte, seine schwarze Brille polierte und die Zeitung sorgfältig neu faltete. Dabei belästigte ich ihn in keiner Weise. Langsam entspannte er sich ein bißchen. Nur ein bißchen. Ich ließ ihn eine Weile herumtrödeln, dann hob ich meine Tasche auf und lächelte sanft.

Gehen wir, sagte ich.

Wir fuhren mit dem Tram durch die halbe Stadt, und er schwieg. Er schwieg die ganze Zeit. Ich beobachtete ihn aus den Augenwinkeln. Schweiß tropfte von seiner Stirn und verklebte seine Haare, diese wohlfrisierten, rötlichblonden Locken, auf die er so stolz war. An den Schläfen zeigten sich winzige rote Tupfer. Erste Anzeichen einer Sonnenallergie. Er schob die Unterlippe vor und pustete sich eine Locke aus der Stirn. Er litt. Ich sah es ihm an. Ich mußte mich abwenden, damit er meinen Blick nicht sehen konnte. Der alles verraten hätte.

Es war gegen zwei Uhr nachmittags, als wir ins Strandbad kamen. Die Sonne brannte heiß, die Tücher lagen dicht nebeneinander, Schatten gab es nicht. Ich suchte einen Platz an der Mauer, die die Hitze noch zusätzlich reflektierte. Umständlich breitete ich meine Badematte aus, legte ein Frotteetuch darüber und strich es sorgfältig glatt. Ich zog mich langsam, aber sachlich aus, legte mich auf den Rücken und sah ihn gar nicht an. Er stöhnte gequält auf und warf hilfesuchende Blicke um sich. Aber es blieb ihm nichts anderes übrig, als sein Tuch neben meines ins schmutzige Gras zu legen. Er zog sich aus. Seine Badehose stammte noch aus Schultagen und war mit Schwimmabzeichen übersät. Seine Haut war ganz weiß. Er konnte keine Sonne vertragen. Normalerweise mied er sie, so gut er konnte. Ein Nachmittag im Strandbad war eine angemessene Strafe für ihn. Vorsichtig ließ er sich neben mir nieder, einen sicheren Abstand zwischen uns einhaltend. Zehn Zentimeter Gras sprossen zwischen unseren Tüchern.

Hier, sagte ich und reichte ihm eine Tube Sonnencreme mit Lichtschutzfaktor 16, hier, reib dich ein.

Oh, danke.

Er sah mich neugierig und prüfend an.

Das ist nett von dir, vielen Dank, sagte er noch einmal.

Sorgfältig begann er seinen weißen Körper einzureiben. Er ließ sich Zeit. Ich drehte mich auf den Bauch und versteckte ein Lächeln hinter meinem Ellbogen. Die Sonnencreme hatte ich selber hergestellt und in eine leere Tube abgefüllt. Aber das sagte ich ihm nicht. Natürlich nicht.

Ich schloß die Augen. Die Sonne brannte immer heißer. Kinder kreischten, Bienen summten, die Dusche spritzte. Ameisen krabbelten über meine Haut, nackte Füße stießen mich an, Federbälle und Frisbees flogen tief. Erdbeereis tropfte auf meine Schenkel. Im Gras lagen Zigarettenstummel und alte graue Kaugummis. Von weitem plärrten verschiedene Radios durcheinander. Ich hörte ihn atmen. Unregelmäßig. Unglücklich.

Wunderbar.

Als ich die Augen öffnete, lag sein Gesicht dicht neben meinem.

Er blinzelte.

Wir müssen ernsthaft miteinander reden, flüsterte er.

Ich reagierte nicht.

Du bist ein nettes Mädchen, fuhr er ungerührt fort, aber wenn du mich weiter so belästigst, können wir nicht einmal Freunde sein. Und das wäre doch schade, oder etwa nicht?

Was für ein Idiot! Wirklich! Was für ein Idiot!

Du hast ja recht, sagte ich folgsam.

Es tut mir leid. Es wird auch nicht mehr vorkommen.

Das mindestens war die Wahrheit. Ich hatte genug von ihm. Belästigt? Natürlich hatte ich ihn belästigt. Und? Der Junge hatte einfach keine Nerven.

Wirklich. Es wird nicht mehr vorkommen.

Die Erleichterung in seinem Blick war sogar durch die schwarze Brille zu sehen. Ich drehte mich auf die andere Seite und biß in meinen Unterarm.

Ich geh mal unter die Dusche, sagte er, kommst du mit?

Als ich nicht reagierte, klatschte er mir seine heiße, nasse Hand auf den Rücken. Er konnte nicht schwimmen. Aber duschen konnte er. Ich beobachtete ihn unter meinem Arm hindurch. Er war jetzt richtig fröhlich. Er tänzelte unter dem kalten Wasser, spritzte und prustete und schüttelte seine nassen Haare. Lachte sogar. Schulterrollend kam er zurück und warf sich laut atmend auf sein Tuch, als hätte er eben zweimal den See überquert. Ich richtete mich auf und musterte ihn sorgfältig. Seine Haut war jetzt mit roten Flecken übersät. Er stützte sich auf die Ellbogen, legte den Kopf in den Nacken und schloß die Augen. Seine Haare hingen tief in seinen Rücken und tropften. Das Wasser verdunstete auf seiner Haut.

Vergiß nicht, dich frisch einzureiben, sagte ich sanft.

Du bekommst sonst einen Sonnenbrand.

Hmmm.

Er griff nach der Tube und schraubte den Deckel ab. Er schnupperte. Ich hielt den Atem an.

Riecht gut, sagte er endlich.

Ich lächelte. Kein Wunder. Mein teuerstes Lieblingsparfüm hatte ich geopfert, um den Geruch des WC-Reinigers zu überdecken, den ich mit Vaseline vermischt hatte. Das Ganze hatte eine ungewohnte, schmierige Konsistenz, aber das schien ihm nicht aufzufallen. Als Belohnung für meine Einsicht und Zurückhaltung durfte ich ihm eigenhändig den Rücken einreiben.

Fertig, sagte ich und rutschte auf den Knien näher.

Ich legte den Kopf schief und lächelte ihn offen an. Wie er so dasaß, zurückgelehnt, mit den Haaren im Rücken, der schwarzen Brille auf der Stirn und dem entspannten Mund, war er schön.

Nicht mehr lange, dachte ich, nicht mehr lange.

Mein dritter Mord

Meinen dritten Mord hingegen beging ich mit vollster Absicht. Ich plante ihn sorgfältig und gewissenhaft, Wochen im voraus. In gewisser Hinsicht war es mein erster Mord, mein erster richtiger. Und auch einer der schönsten.

Ich bin heute noch stolz darauf.

Der junge Mann hieß Nuntius, und so sah er auch aus. Ich habe ein Bild von ihm behalten, ein schmaler, blasser Junge mit streng zurückgestriegeltem Haar und randloser Brille. Er steht auf einer Brücke und blickt in die Ferne. Ein weicher, weißer Schal verdeckt seinen vorstehenden Adamsapfel. Wenn ich mir das Bild heute so ansehe, kann ich nicht mehr recht glauben, daß ich wegen diesem Bläßling nächtelang wachgelegen bin, heulend und denkend.

Bläßling! Gemein, ich nehme es zurück. Seine zarte, weiße Haut war das Anziehendste an ihm. Andere junge Männer in seinem Alter hatten Pickel und schmuddligen Bartflaum. Nuntius nicht. Er war durchscheinend. Er gab sich vergeistigt.

Es war in der Bibliothek. Jeden Dienstag und Freitag abend ging ich hin und tauschte meine Bücher um. Ich war unterdessen siebzehn und las neuseeländische Romane, in denen sich ein Mädchen aus der Stadt in einen Farmer oder einen Tierarzt verliebt und dann das harte Landleben nicht ertragen kann und zurückkehrt in die Stadt und dort den Farmer oder den Tierarzt vermißt und bereut und ein besserer Mensch wird, und am Ende siegt immer die Liebe. Ich war von zu

Hause weggezogen und arbeitete als Stütze der Hausfrau in dieser Kleinstadt.

Die Hausfrau war eine ziemlich bekannte Schauspielerin mit vier Kindern von vier verschiedenen Männern. Laetitia Burger! Ich mochte sie sehr und war stolz, für sie zu arbeiten. Es gab nicht sehr viel zu tun, die Kinder waren alle mindestens so alt wie ich und selten zu Hause, und so beschränkte ich mich darauf, für Laetitias feste Nahrung zu sorgen. Ich selber aß damals nichts und war sehr dünn und auch noch stolz darauf. Nur manchmal wurde mir schwindlig, und ich fragte mich, ob ich wohl das Leben auf einer Farm in Neuseeland aushalten würde.

Mary Scott! sagte Nuntius. Er arbeitete an manchen Abenden in der Bibliothek – dienstags und freitags. Seine Stimme kippte vor Verachtung. Ich sah ihn an.

Mary Scott! wiederholte er. Ich hoffe, Sie haben bald alle Bände durch!

Ich wurde rot und senkte den Kopf und stammelte:

Aber... wie... warum?

Da wurde er freundlicher und erklärte mir, daß mein Geist verkümmern würde durch solche Lektüre, daß er aber bereit wäre, mir geeignetere Bücher zu empfehlen, vielleicht sei es noch nicht zu spät.

In höchstem Maße verwirrt und geehrt, trug ich den Taugenichts nach Hause und später andere Bücher, die wie geschaffen sind für eine romantische, magersüchtige Siebzehnjährige: Narziß und Goldmund, Tod in Venedig, Steppenwolf, Draußen vor der Tür, das ganze Programm. Nuntius war ein Jahr jünger als ich. Ich betrat eine andere Welt und war begeistert. Sofort vergaß ich die Tierärzte im fernen Neuseeland. Ich hatte mein Herz an Nuntius verloren.

Ich las und las und las und wünschte mir nichts sehnlicher, als Bildung anzuhäufen und zu versuchen, seiner würdig zu sein. So war das. Mit offenstehendem Mund lauschte ich seinen Worten, die, wie ich heute zugeben muß, der gröbste und schmierigste Unsinn waren. Aber für mich waren sie nicht mehr und nicht weniger als mein privates Evangelium.

Eines Tages befand er mich für würdig, von ihm nach Hause begleitet zu werden. Stumm glitt ich neben ihm her und hoffte, das Haus von Laetitia Burger wäre von einem Erdbeben niedergemacht worden und wir müßten ewig so nebeneinander weitergehen. Das war es aber nicht, und Laetitia blickte aus dem Fenster und sah uns kommen und bat mich und meinen jungen Freund auf einen frühen Drink in den kleinen Salon.

Zwei Wochen später öffnete ich die falsche Tür im falschen Moment und sah Nuntius auf den Knien liegen und Laetitia seine Liebe gestehen, schluchzend. Sie lächelte sanft und schüttelte den Kopf, während er sich an ihre Pantöffelchen klammerte und weinte. Leise schloß ich die Tür. Ich wollte ihn leiden sehen.

Die qualvollsten Todesarten dachte ich mir aus: lebendig begraben, von den Ameisen aufgefressen, vom Feuer eingeholt werden. Ich dachte an langsam, aber sicher wirkende Gifte, Folterqualen, tödliche Schrecken. Ich konstruierte im Geist komplizierte Galgen, die den Moment des Gehängtwerdens köstlich hinauszögerten. Ich wollte ihm giftige Spinnen ins Hemd werfen, Schlangen unter die Matratze legen, die Fingernägel einzeln ausreißen.

Ich tat nichts von alldem. Ich schenkte ihm ein Buch.

Nuntius hatte die etwas abstoßende Gewohnheit, seinen linken Daumen abzulutschen, bevor er die Seite umblätterte.

Besonders, während er laut vorlas. Ich hatte ihn das hunderttausendmal tun sehen. Ich schenkte ihm eine Sammlung Liebesgedichte aus vier Jahrhunderten, ich wußte, daß er der Versuchung nicht widerstehen könnte, sie Laetitia vorzulesen. Es genügte, die rechten unteren Seitenränder mit Insektenvertilgungsmittel zu imprägnieren. Es klappte wunderbar. Ich stand hinter der einen winzigen Spalt breit geöffneten Tür und beobachtete, wie er mitten in einer leidenschaftlichen surrealistischen Lautzeile immer blasser und blasser wurde, schließlich zusammensank, nach vorne kippte und zu würgen begann.

Laetitia zog irritiert die Brauen zusammen. Bis dahin hatte sie es ganz amüsant gefunden, einen in Leidenschaft entflammten Sechzehnjährigen um sich herumstreichen zu sehen, der ihr errötend Rosen zu Füßen legte oder eben stotternd Gedichte vortrug. Aber kotzen sollte er bitte zu Hause, nicht auf ihrem Teppich. Kalten Herzens komplimentierte sie ihn hinaus, ohne ihm auch nur andeutungsweise Hilfe anzubieten, und so starb er auf der Straße. Ich war froh darüber.

Meine Verehrung für Laetitia blieb ungebrochen. Ich arbeitete noch zwei Jahre für sie. Das Buch mit den Liebesgedichten warf ich in einem unbeobachteten Moment weg. Obwohl Laetitia nie im Leben mit feuchtem Daumen umblättern würde. Aber man kann nie wissen.

Plötzlich war meine Hand auf seinem Knie

Ich fuhr seit Stunden über Land, verärgert.

Blühende Bäume zogen an mir vorbei, Wiesen, Äcker, nette, bucklige Dörfer und sonst nichts. Seit Stunden. Nichts. Niemand.

Zurück auf die Autobahn, dachte ich.

Langsam hatte ich die Autobahn satt. Immer dasselbe: Ausfahrten, Einfahrten abfahren. Natürlich war der Tag schlecht gewählt, die Stunde, die Jahreszeit, es war ein Montagnachmittag Mitte Mai. Samstage sind gut, Sommersamstage, Ferienbeginn. Aber der Mensch lebt schließlich das ganze Jahr. Jahrelang.

Ich drehte das Radio lauter und beschloß, nach Hause zu fahren, so lange ich noch konnte. Oft war ich ganze Tage und Nächte lang herumgefahren. Ich hatte die Kondition nicht mehr. Ich brauchte meine Ruhe und meinen Schlaf, mehr als alles andere. Ich würde also nach Hause fahren.

Da sah ich ihn. Oder sie. Eine schmale Gestalt am Straßenrand. Ich verlangsamte, fuhr mir mit der linken Hand über die Haare und über die Lippen, strich die Augenbrauen glatt. Ich näherte mich der Gestalt. Mein Herz begann zu klopfen. Ich erkannte Jeans, Hemd, Haare, gebeugte Haltung. Ich erkannte den gehobenen Daumen. Ich fuhr noch langsamer. Das Problem mit den Autostoppern ist immer, daß man Männer und Frauen so schlecht unterscheiden kann. Oft sieht man es erst, wenn man schon angehalten hat. Mit Frauen kann ich nichts anfangen. Dann fahre ich einfach weiter. Ich habe keine

Zeit mehr zu verlieren. Manchmal merkt man es sogar erst, wenn sie schon neben einem sitzen. Dann schmeiß ich sie eben wieder raus. Ich nehme keine Rücksicht mehr. Wieso auch.

Jetzt war ich auf seiner Höhe angelangt und sah, es war ein Junge. Ein schmalbrüstiger, schmuddliger, trotziger Junge. Ich hielt an und beugte mich über den Beifahrersitz. Er klappte seinen langen Körper zusammen und sah mich durchs offene Fenster an. Er blickte fragend, sagte kein Wort.

Ich sah seine sanften braunen Augen, seinen flaumigen Bartansatz, seine Pickel neben dem Kinn. Er sagte immer noch nichts. Ich räusperte mich.

Wo wollen Sie hin?

Ich sieze diese Jungs immer.

Egal, sagte er und stieg ein.

Gewissenhaft schnallte er sich an, und ich fuhr los. Eine kurze Zeit fuhr ich einfach schweigend, das Radio lief noch, und ich warf ab und zu einen seitlichen Blick auf ihn. Er saß verkrampft und leicht nach vorne gebeugt, den Blick starr auf die Straße gerichtet, als erwartete er, etwas ganz Bestimmtes zu sehen. Ich unterdrückte ein Lächeln und entschied mich. Ich würde nicht nach Hause fahren. Ich nannte ihm die nächste größere Stadt, ungefähr zwei Stunden Fahrt.

Ist Ihnen das recht?

Mir? Ja, ja. Mir ist alles recht.

Trotzig schob er die Unterlippe vor. Mein Herz zog sich zusammen, meine Hände wurden feucht. Ich hielt das Steuerrad umklammert, bis meine Fingerknöchel weiß hervortraten. Ruhig. Entspann dich.

Ich entspannte mich.

Haben Sie eine Zigarette?

Das fragen sie immer. Ich deutete auf das Handschuhfach, in dem ich verschiedene Sorten Starke-Männer-Zigaretten aufbewahre. Ich rauche nicht. Er nahm eine, zündete sie ungeschickt an und blies dann den Rauch gegen die Scheibe. Er kniff die Augen zusammen und blickte immer noch geradeaus. Er schien angestrengt nachzudenken, manchmal bewegte er die Lippen. Er rauchte seine Zigarette und warf den Stummel aus dem offenen Fenster.

Ohne ihn anzusehen, begann ich zu plaudern. Ich erzählte ihm, was ich in der Stadt vorhatte, geschäftliche Besprechung, schade um den schönen Tag, nicht wahr, ich erzählte ihm, ich sei Illustratorin, ich müsse meine Zeichnungen auf die Redaktion bringen, Besprechungen, Sitzungen, sowas beeindruckt sie, in Wirklichkeit bin ich Lehrerin, aber das kann ich ihnen natürlich nicht sagen. Ich erzählte ihm Anekdoten, ich erfand auch ein bißchen Leben: abgelegenes Haus, nur ich und meine Katzen und meine Zeichnungen, nicht ganz unwahr, bis auf die Zeichnungen. Ich erzählte ihm haarsträubende Geschichten von der künstlerischen und allgemeinen Freiheit, sagte in jedem Satz dreimal Gesellschaft und spürte, wie er auftaute. Ich sah ihn immer noch nicht an. Schon fragte er, ob er meine Zeichnungen sehen dürfte.

Nein, sagte ich hart. Und etwas weicher: Vielleicht später.

Ich verstehe.

Er verstand gar nichts, aber er fühlte sich wichtig. Er sah schon besser aus. Er vertraute mir. In spätestens fünf Minuten würde er mir erzählen, warum er abgehauen war: Liebeskummer, Krach mit den Eltern, in der Schule, bei der Arbeit, manchmal auch alles miteinander. In seinem Fall war es Liebeskummer.

Sie haben es gut, sagte er.

Achja?

Ich wartete.

Ja. Ich nicht.

Im letzten Moment konnte ich dem Zaun ausweichen. Dann hatte ich mich wieder im Griff, und es gelang mir, ungerührt und beinahe spöttisch zu wirken. Und geradeaus zu fahren.

Was soll denn das heißen, fragte ich.

Meine Freundin hat mich verlassen.

Jetzt sah er mich an. Ich mußte antworten.

Oje.

Das genügte ihm als Zeichen meiner Anteilnahme, und er erzählte mir die ganze Geschichte. Wie er sie kennengelernt hatte, wie schön sie war und wie wunderbar sie sich verstanden. Am Anfang. Und dann immer weniger. Er spielte nämlich in einer Band und verbrachte den größten Teil seiner freien Zeit in einem Übungskeller. Wie sie motzte und zeterte. Und wie er sie dann eines schönen Abends hinten auf dem Motorrad seines besten Freundes vorbeidonnern sah, angeklammert und ohne Helm und ihre langen Haare im Wind. Und der besagte Freund war niemand anderer als der Schlagzeuger seiner Band, und jetzt fehlte er jeden zweiten Abend beim Üben, und er konnte sich vorstellen warum, und es war nicht zum Aushalten.

Ich schluckte leer. Meine Hände zuckten unkontrolliert, ich knirschte mit den Zähnen und versuchte, sie ruhig zu halten, die Hände.

Was haben Sie jetzt vor? fragte ich ganz sachlich.

Er senkte den Kopf.

Ich weiß es nicht.

Der Nachmittag ging zu Ende, und wir näherten uns der Stadt.

Wo wollen Sie hin?

Ich weiß es nicht.

Na gut.

Ich räusperte mich.

Dann kommen Sie mit mir. Ich habe ein Hotelzimmer reserviert. Morgen können Sie dann weitersehen.

Er strahlte mich an.

Wirklich? Das würden Sie tun?

Ich lächelte. Plötzlich war meine Hand auf seinem Knie. Er erstarrte, ich nahm sie sofort wieder weg. Eine nette, freundliche, kleine Geste. Redete ich mir ein. Er wandte den Kopf und sah mich schüchtern an. Ich lächelte den ganzen Rest der Fahrt.

Ich fuhr zum besten Hotel der Stadt.

Warten Sie einen Moment, sagte ich und stieg aus und ging ins Hotel und betete, daß ein Zimmer frei wäre. Es war.

Ich lächelte noch, als ich zum Wagen zurückging. Er war verschwunden.

Mit meiner Handtasche, meinen Ausweisen, Kreditkarten, meinem Geld. Und meinem Wagen. Ich schlug mir die Hände vors Gesicht und stöhnte. Dann setzte ich mich auf die Gehsteigkante, streckte die Beine aus und stellte mir vor, wie er über die Landstraße zurückfuhr in sein Dorf. Er fuhr so schnell er konnte. Zwischendurch hielt er einmal an, um Blumen zu kaufen, die er auf die Rückbank legte. Auf der Dorfstraße ließ er die Reifen quietschen und den Auspuff knattern. Was war schon ein Motorrad. Ein Kinderspielzeug. Vor dem Übungslokal bremste er so scharf, daß man es im ganzen Dorf hören mußte. Den Motor ließ er laufen. Herrisch drückte er ein paar Mal auf die Hupe. Den Arm ließ er aus dem offenen Fenster baumeln. Zwischen den Lippen hielt er eine meiner Zigaretten, unangezündet. Endlich lief sie auf die Straße, blieb wie angewurzelt stehen und starrte ihn an, ihn in diesem roten Sportwagen. Na, du, sagte er lässig. Und alles war wieder gut.

Ich schloß die Augen und legte den Kopf in den Nacken. Die Sonne schien immer noch warm.

Mein vierter Mord

Mein vierter Mord war nicht nur völlig überflüssig, sondern auch stümperhaft ausgeführt, und ich ärgere mich bis heute darüber. Dabei war ich damals gerade in meiner vernünftigen Phase. Ich war 22 Jahre alt und wollte mein Leben in den Griff bekommen. Zu dem Zweck hatte ich mir meine erste Brille gekauft und trug sie sogar. Eine völlig neue Welt eröffnete sich mir. So lange ich denken konnte, war ich halb blind durch die Gegend gestolpert, hatte Bekannte nicht gegrüßt, dafür Fremde umarmt, Straßenschilder nicht entziffern können und Schlagzeilen schon gar nicht. Jetzt schien ich im wahrsten Sinne des Wortes Scharfblick und Weitsicht gewonnen zu haben. Genützt hat es mir allerdings nichts.

Sofort schrieb ich mich an der Volkshochschule ein. Ich arbeitete als Verkäuferin in einem Schreibwarengeschäft und besuchte jeden Abend Kurse: Französisch, Buchhaltung, Kunstgeschichte und Yoga. Was ich mit dieser absonderlichen Mischung von Wissen anfangen wollte, weiß ich heute nicht mehr. Jedenfalls fühlte ich mich dem Rest der Menschheit überlegen, wenn ich nach Ladenschluß meine kleine Mappe unter den Arm klemmte und zur Volkshochschule ging, mit sauber gebürstetem Haar und ungeschminkt. Ich war überhaupt sehr ordentlich in dieser Zeit, und ich hatte der Liebe abgeschworen. Dafür schien es damals gute Gründe zu geben, auf die ich aber nicht näher eingehen möchte, jedenfalls war das bestimmt der Grund für meine ständige Gereiztheit und somit für diesen sinnlosen und ärgerlichen Mord.

Es war ein Mittwochabend: Französisch. Unsere Lehrerin, Madame Sauterne, war eine kleine, sehr lebendige, energische und hübsche Person mit dunklen, kurzgeschnittenen Locken und hohen Absätzen. Sehr französisch, wie Hansjörg bemerkte, und der mußte es schließlich wissen, denn er war schon in Frankreich gewesen, sogar in Paris. Hansjörg saß immer neben mir und flüsterte pausenlos auf mich ein. Gern hätte er mir noch mehr erzählt, nach dem Kurs, bei einem Glas Wein zum Beispiel, aber ich sagte nein. Ich wollte mich auf nichts mehr einlassen. Dabei war Hansjörg ein sehr netter Mann, und die sind so selten, wie ich in der Folge feststellen mußte. Jedenfalls bin ich keinem mehr begegnet. Aber ich wollte vernünftig bleiben. Obwohl es natürlich sehr viel vernünftiger gewesen wäre, mit Hansjörg ein Glas Wein zu trinken, besser noch, ihn zu heiraten, als selbstgerecht und reizbar durchs Leben zu gehen und sinnlose Morde zu begehen. Vous seriez aimable, Mademoiselle, de nous prêter votre attention précieuse!

Ich zuckte zusammen. Madames ironischer Blick traf mich durch meine geschliffenen Brillengläser. Ich murmelte eine Entschuldigung und haßte sie. Da half auch Hansjörgs freundschaftlicher Rippenstoß nichts. Ich fühlte mich gedemütigt. Madame Sauterne hatte mich seit der ersten Stunde zur Weißglut getrieben. Unermüdlich hatte ich sie beobachtet, jedes Lächeln, jedes Zähneblitzen, jedes Augenzwinkern, jedes ungeduldige mit den Händen durch die Luft fuchteln war mir vertraut. Madame Sauterne platzte vor Charme aus allen Nähten, das konnte ich nicht ertragen. Übrigens mochte sie mich ebensowenig wie ich sie. Trotzdem besuchte ich auch den Fortsetzungskurs bei ihr, denn wie gesagt, ich war vernünftig, und ich wollte Französisch lernen.

Würden Sie uns bitte den letzten Satz wiederholen?

Ich nahm meine Brille ab, legte sie vor mir auf das Pult und verschränkte die Arme. Demonstrativ.

Nein, sagte ich.

Nein?

Madame Sauterne hob fragend die Augenbrauen. Leiser Spott schwang in ihrer Stimme mit. Ich hörte, wie Hansjörg verzweifelt versuchte, mir den Satz zuzuflüstern. Sie hörte es auch.

Oh, was für ein galanter junger Mann, flötete sie, wirklich, aber Sie wollen doch bestimmt auch, daß Ihre junge Freundin endlich anständig Französisch lernt?

Hansjörg grinste verlegen, und ich errötete. Madame bedachte mich mit einem schiefen Lächeln und einem langen Blick, der alles beinhaltete: meine Dummheit, meine Ungeschicklichkeit und meine vergleichsweise Häßlichkeit. Ich hätte sie umbringen können.

Würden Sie bitte nach der Stunde zu mir kommen?

Oui, Madame.

Sie war selber schuld.

Ich gab mich wieder ruhig und unauffällig und wartete auf das Ende der Stunde. Obwohl ich sie haßte, faszinierte sie mich auch. Nur zu gern hätte ich sie gebeten, mir ihr Leben zu erzählen, das ich mir hektisch, wohlriechend und aufregend vorstellte. Doch das hätte ich nie zugegeben. Nach der Stunde wartete ich, bis alle gegangen waren, ignorierte Hansjörgs aufmunterndes Zwinkern und ging demütig zu ihr hin.

Es tut mir leid, daß ich nicht aufgepaßt habe. Ich weiß nicht, was mit mir los ist.

Sie warf mir einen scharfen Blick zu und sammelte ihre Papiere ein.

Ich schon, sagte sie. Kommen Sie, gehen wir ein Stück.

Ich nickte.

Auf der Straße legte sie den Kopf in den Nacken, atmete tief ein und stieß ein Ah! aus. Ich beobachtete sie.

Sie beobachten mich, sagte sie. Von der ersten Stunde an. Ich habe das sehr wohl bemerkt. Sie sind eifersüchtig. Das ist nicht gesund.

Eifersüchtig? Ich? Aber…

Sie ging mit schnellen Schritten vor mir her, die kurzen Locken schüttelnd, mit den Absätzen klappernd. Ich bemühte mich, sie einzuholen, mein Schal schleifte über den Boden, meine Nase tropfte, und eine Haarsträhne fiel mir in die Augen. Trotzdem wiederholte ich halsstarrig:

Warum sollte ich eifersüchtig sein?

Sie blieb stehen und sah mich voll an. Dann zuckte sie mit den Schultern.

Warum? fragte ich noch einmal.

Sie zögerte.

Vielleicht irre ich mich ja auch. Außerdem geht mich Ihr Privatleben nichts an. Passen Sie nächstes Mal besser auf.

Aber…

Ich wollte es einfach wissen, ich wollte, daß sie es mir ins Gesicht sagte: Schauen Sie sich doch an, Sie sind unglücklich, verkrampft, häßlich und auch noch selbstgefällig. Doch sie blickte schräg an mir vorbei und lachte. Ich muß, rief sie, klopfte mir beinahe freundlich auf die Schulter und eilte davon. Ich drehte mich um, sah, wie sie einem sehr gut aussehenden, sehr jungen Mann zuwinkte, der auf der anderen Straßenseite stand, und das gab den Ausschlag. Ich streckte eine Hand aus und stieß sie mit aller Kraft, die ich aufbringen konnte, vom Gehsteig. Gerade, als der 93er Bus vorbeifuhr.

Ich ging zu Fuß nach Hause und fühlte mich keine Spur besser. Allerdings gab ich es auf, vernünftig sein zu wollen. Das heißt, ich habe weder Französisch gelernt, noch einen wirklich netten Mann geheiratet, nicht einmal meine Brille trug ich weiter.

Wirklich, das hat sich nicht gelohnt.

Die Welt von unten

Dies ist die Geschichte einer unglücklichen Liebe. Was denn sonst. Die Geschichte meiner allerersten Liebe. Ich war drei Jahre alt. Man ist nie zu jung, um sein Herz zu verlieren.

Es war der Gärtner. Von nebenan natürlich, denn wir selbst hatten ja keinen. Oder keinen mehr. Ich sehe mich noch am Gartenzaun stehen und sehnsüchtig durch die Latten linsen. Wie er hieß... das weiß ich nicht mehr. Er war groß und blond und alles was dazugehört. Blaue Augen. Jung, glaube ich, obwohl er mir natürlich alt vorkam. Ich nehme an, er war so um die zwanzig, damals. Und ich war drei. Ich hatte natürlich alles gegen mich. Ich konnte noch nicht einmal richtig sprechen.

Und ich war klein. Ich war so klein, daß er mich manchmal gar nicht bemerkte. Ich zupfte schüchtern an seinem Hosenbein. Dann lächelte er. Er fuhr mir mit der Hand übers Haar. Er reichte mir ein Bonbon zwischen den Zaunlatten hindurch. Ich hatte ein Eichhörnchen, eins aus Plüsch, das nahm ich immer mit in den Garten. Ich hielt es so unter den Arm geklemmt, wie die Frauen ihre Handtaschen, die Frauen, die bei uns auf den Sofas herumsaßen und mich an sich zu drücken versuchten. In meiner Erinnerung sehe ich immer sechs oder sieben Frauen in unserer Halle herumstehen, sitzen, gehen, schwatzen oder stricken oder die Beine übereinanderschlagen. Tanten. Alle gleich. In Wahrheit kamen sie natürlich eine nach der anderen. Eine reiste ab, eine andere kam an. In meiner Erinnerung sehen alle gleich aus. Älter oder jünger, vielleicht, das machte für mich keinen Unterschied. Ich ließ mich ungern küssen. Ich ging in den Garten.

Ich spielte. Ich weiß noch, welches Kleid ich trug, als ich den Gärtner zum ersten Mal sah: das hellbraune, samtene, mit dem runden Kragen. Ich drückte die Nase an den Zaun und schaute. Ich konnte noch nicht einmal richtig sprechen. Vielleicht sagte ich so etwas wie Hallo. Guten Tag. Ich glaube es aber nicht. Ich war sehr schüchtern, und abgesehen von den diversen Tanten sah ich kaum jemanden. Er kniff mich in die Wange. Erschrocken lief ich weg. Er tat es nie wieder.

Wenn es regnete, durfte ich nicht in den Garten. Er schon. Ich sah ihn vom Fenster aus mit seinem gelben Regenhut. Ich sah ihn von oben, nur den Hut. Normalerweise sah ich ihn von unten, die Gummistiefel und die blaue Arbeitshose. Wenn es regnete, langweilte ich mich.

Auch sonst. Ich lebte allein mit meinem Vater und wechselnden Tanten in diesem riesigen Haus mit seinen unzähligen düsteren Zimmern und Hallen. So weit ich mich erinnere, kümmerte sich niemand übertrieben um mich. Da war jemand, der kochte. Mein Vater schloß sich oft in seinem Zimmer ein, vielleicht arbeitete er. In meinem Zimmer waren lauter altmodische Spielsachen, die früher ihm gehört hatten und mit denen ich kaum spielte. Nur das Eichhörnchen, das gefiel mir.

Ich war weitgehend mir selbst überlassen. Ich strich durchs Haus. Ich rollte die Ecken der Teppiche zurück und sah zu, wie mein Vater darüber stolperte. Ich räumte auf. Ich trug Dinge von einem Zimmer ins andere. Dann wurde er wütend.

Einmal nahm ich seine Pfeifensammlung mit ins Bad und wusch sie sorgfältig aus. Da wurde er sehr wütend.

Nicht daß ich ihn nicht gern gehabt hätte. Oder er mich.

Ich war nur zu klein, und er war oft abwesend, sorgenvoll und mit sich selbst beschäftigt. Später wurde dann alles anders. Indirekt hatte das auch mit mir und meiner unglücklichen Liebe für den Gärtner zu tun.

Der Gärtner. Er füllte mein ganzes kleines Leben. Ich machte ihm Geschenke. Alles, was ich fand und mir gefiel, das gab ich ihm. Auch meine Spielsachen. Bis auf das Eichhörnchen natürlich. Manchmal reichte ich mein Geschenk stumm durch den Zaun. Dann lachte er und bedankte sich feierlich. Einmal küßte er mir die Hand. Manchmal legte ich die Sachen auch einfach irgendwo hin, wo er sie finden mußte.

Denn ich sah natürlich, daß er traurig war. Warum sonst hätte er so viel Zeit mit mir verbracht. Er erzählte mir oft von Frauen, die schlecht waren und Unheil brachten und die man meiden sollte wie die Pest. Ich dachte an meine Tanten und nickte aus tiefstem Herzen. Dann sah er mich plötzlich ganz erstaunt an, als hätte er gar nicht gemerkt, mit wem er rede. Er versuchte, zu lachen oder so mit der Hand abzuwinken, als ob nichts wäre. Aber ich sah genau, daß er traurig war. Deshalb machte ich ihm all die Geschenke. Es waren wohl auch wertvolle Sachen darunter. Mein Vater sammelte ungeschliffene Edelsteine. Aber das konnte ich ja nicht wissen. Sie sahen nach nichts aus.

Dann kam der Tag, an dem ich durch den Zaun kroch. Der Tag, an dem der Gärtner nicht gekommen war. Ich war traurig. Ich hielt mein Eichhörnchen fest und flüsterte ihm Mut zu, ganz geheuer war mir selber nicht, aber ich mußte ihn einfach suchen. So ist das, wenn man verliebt ist. Der Garten nebenan war im Gegensatz zu unserem sehr gepflegt und übersichtlich. Überhaupt keine Gefahr, sich zu verirren. Ich schlurfte die Kieswege entlang und versuchte, Steinchen mit meiner Sandale aufzufangen und dann alle auf einmal wegzuschleudern. Ich blickte auf meine Füße und auf den Kies. Ich stieß beinahe mit ihm zusammen.

Hoppla, sagte er und hob mich auf und drückte mich an sich, ich versteckte mein Gesicht in seinem Hemd und hielt mein Eichhörnchen fest. Er küßte mich ins Haar. Dann stellte er mich wieder auf die Füße. Dann sagte er vermutlich irgend etwas. Was tust du denn hier, was soll denn das, wissen deine Eltern… Ich erinnere mich an sein Gesicht, die Haut, die Augen. Und der Geruch. Wie mein Vater manchmal, ich wußte sofort, daß etwas nicht stimmte. Vor meinem Vater hatte ich immer Angst an den Tagen, an denen er so roch. So aussah, mit dieser violetten Haut, dem stachligen Bart, den geschwollenen Augen. Das waren die Tage, an denen er brummte und brüllte und an denen die Tanten in Erscheinung traten.

Fassungslos sah ich ihn an. Dann ließ ich das Eichhörnchen fallen und rannte weg. Vor dem Gartenzaun drehte ich mich um. Er hob das Eichhörnchen hoch wie zum Gruß. Ich ging ins Haus. Am selben Nachmittag fand ich diesen schweren Umschlag. Er lag in der Halle am Boden, und ich hob ihn auf. Er war nicht versiegelt, nicht einmal richtig zugeklebt. Er war voller frischer, knisternder Banknoten.

Natürlich wußte ich damals nicht, was Geld war oder was es bedeutete. Besonders für uns. Ich fand einfach, das sei ein wunderbares Geschenk für meinen Gärtner. Ich wollte es ihm geben, aber dann traute ich mich nicht. Ich warf den Umschlag über den Zaun, verkroch mich im Gebüsch und wartete. Es war schon beinahe dunkel, als ich ihn endlich sah. Er schlenderte an den Beeten entlang, riß ab und zu von einer Pflanze ein Blatt ab und murmelte halblaut vor sich hin. In seiner Jackentasche steckte mein Eichhörnchen. Ich sah die großen Plüschohren. Mein Herz klopfte. Plötzlich blieb er wie angewurzelt stehen. Er öffnete den Mund. Er bückte sich, hob den Umschlag auf. Er faßte mit zwei Fingern hinein. Dann preßte er ihn an seine Brust und schloß die Augen. Ich hörte, wie man nach mir rief und rannte ins Haus zurück. So habe ich meinen Vater ruiniert. Er hätte es wahrscheinlich auch ohne meine Hilfe geschafft. Aber nicht so schnell.

Eine Zeitlang ging alles drunter und drüber. Geschrei und Geheul. Eine Tante jagte die andere. Mein Vater ließ sich einen Bart wachsen. Ich hatte mehr denn je mitleidigen Blicken und tätschelnden Händen auszuweichen. Aber dann wurde alles anders. Wir heirateten, das heißt, mein Vater heiratete, eine der Tanten natürlich, aber eine der netteren. Wir zogen in eine große, helle, moderne Wohnung in der Stadt. Mein Vater mußte arbeiten und ich zur Schule gehen. Was wir auch taten, beinahe fröhlich. Wir waren bürgerlich geworden. Das sagte er manchmal zu mir, wenn wir zusammen über die Straße gingen, Hand in Hand, er frisch rasiert und ich gekämmt, dann lachte er und sagte: «Jetzt sind wir also bürgerlich geworden, was!» Ich glaube, das gefiel ihm irgendwie.

Ich lachte auch. Mein Herz hüpfte einmal hoch, und ich dachte an meine erste große Liebe, den Gärtner. Ich habe ihn nie wieder gesehen.

Mein fünfter Mord

Mit 25 war ich verheiratet. Ich hatte ein Haus, einen Garten, einen Mann natürlich und sieben Kilo zugenommen. Ich langweilte mich zu Tode. Das heißt, tot war am Ende jemand anderer.

Der Wecker klingelte um halb sieben. Roger, so hieß mein Mann, warf sich fünf Minuten lang von einer Seite auf die andere, zog geräuschvoll die Nase hoch und kletterte dann aus dem Bett. Ich tat dasselbe. Roger schlurfte ins Badezimmer, er trug ein weißes Unterhemd und rieb sich mit dem Handrücken über die Augen. Ich lehnte mich gegen den Türrahmen und sah ihm nach, ohne ihn richtig zu sehen.

Ich wickelte mich in meinen gelb-orange gemusterten Morgenrock, in dem ich noch dicker und noch blasser aussah, aber das war mir egal. Ich ging in die Küche und setzte das Kaffeewasser auf. Ich deckte den Tisch. Ich öffnete den Kühlschrank, an dem ein Photo von Liz Taylor klebte, wie es dicken Frauen auf der ganzen Welt angeraten wird, umsonst übrigens, ich öffnete den Kühlschrank, nahm Milch, Butter, Käse und Konfitüre heraus und stellte alles auf den Tisch. Dann eine Tafel Schokolade, von der ich einen Riegel abbrach. Ich bewahrte die Schokolade im Kühlschrank auf, weil ich sie kalt und hart mochte, nicht weich, so viel zu Liz Taylor.

Ich kaute. Ich blickte aus dem Fenster. Der Garten lag ungepflegt und trostlos vor mir. Das Wasser kochte. Der Wasserkessel pfiff seine unerträgliche Melodie. Ich goß den Kaffee auf. Roger kam in die Küche, er trug Jeans und ein rotkariertes Hemd und roch nach billigem Rasierwasser. Er trat zu mir, griff aufs Geratewohl in meinen Morgenrock und versuchte mich zu küssen. Ich schluckte die Schokolade hinunter und wandte den Kopf ab. Roger sagte morgens kein Wort. Ich auch nicht.

Ich deckte den Tisch, ich klapperte mit dem Geschirr. Roger setzte sich und goß sich eine Tasse Kaffee ein. Ich strich mir ein Brot, konzentriert, den Blick auf den Teller gesenkt, ich hörte, wie er dreimal kurz in seine Tasse blies und sie dann austrank, er trank den Kaffee schwarz. Er schenkte sich eine zweite Tasse ein und eine dritte. Roger aß morgens nichts. Ich schon.

Nach der dritten Tasse Kaffee war Roger wach genug, um seine Füße nach mir auszustrecken und mir über den Tisch hinweg verliebte Blicke zuzuwerfen. Wir waren erst seit fünf Monaten verheiratet, und ich langweilte mich zu Tode.

Ich war natürlich selber schuld. Roger hatte mich die ganze Zeit gelangweilt. Anfangs hatten mich seine überschwengliche Verliebtheit und sein ständiges Begehren fasziniert, doch nach einer Woche oder zwei war das vorbei, und er machte mir einen Heiratsantrag. Einen richtigen. Ich saß auf meinem Schreibtisch und ließ die Beine baumeln, er kauerte vor mir auf dem Boden, schlang die Arme um meine Knie und preßte das Gesicht gegen meine Schienbeine und murmelte etwas, und ich sagte «Was?», und er hob den Kopf und sah mich an und fragte «Willst du mich heiraten?» wie in einem Film. Ich zog die Schultern hoch, blickte zur Decke, lächelte, Filmszenen fielen mir ein, wie gesagt, und warum nicht, ich sagte ja, und wir heirateten.

Nach einer Woche Venedig zogen wir in dieses Haus, es

war billig, vergammelt, sehr einsam gelegen, zwischen zwei Dörfern, mitten in der Landschaft. Roger war begeistert, aber er war auch den ganzen Tag nicht da.

Ich lebte allein in diesem Haus, ich lebte eigentlich gar nicht richtig hier. Roger arbeitete als Verkäufer in einem Geschenkladen in der Stadt, er sah Menschen, er unterhielt sich, er ging mittagessen. Abends kam er nach Hause und erzählte Geschichten von seinem Tag unter Menschen in der Stadt und genoß die Ruhe, die Einsamkeit, das Essen und mich. Jeden Abend brachte er mir ein Geschenk mit, nach und nach lagerte er sein ganzes Sortiment in unser Haus um. Ich blieb den ganzen Tag im Haus, in meinem gelb-orange gemusterten Morgenrock, den ich erst gegen Abend auszog. Ich redete mit dem Milchmann, dem Briefträger und dem Zeitungsjungen. Wenn überhaupt. Gegen Abend nahm ich ein Bad und zog mich an und kochte das Essen und wartete auf Roger.

Ich war selber schuld. Niemand hatte mich gezwungen, Roger zu heiraten. Aber ich hatte es getan, und dafür mußte ich bestraft werden. Roger war ein sehr charmanter Mann, aber ich langweilte mich mit ihm, was konnte ich dafür, deswegen hätte ich ihn noch lange nicht heiraten müssen, aber ich hatte es getan.

Ich hob den Kopf und sah ihn an. Er saß zurückgelehnt auf seinem Stuhl und rauchte. Er kniff leicht die Augen zusammen, fast blinzelte er mir zu. Er hatte ein hübsches Gesicht, dunkle Augen und dichtes schwarzes Haar, das struppig von seinem Kopf abstand und dicht gekräuselt aus seinem rotkarierten Hemd quoll. Er war ein liebenswerter Mensch, aber ich liebte ihn nicht. Das alles war nicht richtig. Es war nicht richtig. Nicht richtig. Falsch.

Ja, sagte Roger, was denn, sag schon.

Was soll ich sagen?

Du wolltest doch eben etwas sagen.

Nein, nichts.

Ich sagte nichts.

Roger drückte die Zigarette in seinem unbenutzten Teller aus und stand auf.

Na dann, ich muß wohl, sagte er mit diesem schiefen Lächeln. Er kam um den Tisch zu mir und küßte meinen Nakken.

Hmm, sagte er.

Ich zog die Schultern hoch.

Dann ging er, und ich war allein. Sieben Uhr dreißig, der ganze Tag lag vor mir. Ich räumte den Tisch ab, stapelte das Geschirr im Spülstein, stellte Butter, Milch, Käse, Konfitüre in den Kühlschrank und nahm dafür die angebrochene Tafel Schokolade heraus. Zartbitter. Ich schob mir noch ein Stück in den Mund und steckte den Rest in die Tasche meines Morgenrocks. Ich schlug die Kühlschranktür zu und warf einen gleichgültigen Blick auf Liz Taylor, die zwar ziemlich dick war, aber immer noch ihre Juwelen hatte und ihre violetten Augen. Ich ging barfuß durchs Haus, mit nackten Füßen auf kaltem Boden und aß Schokolade.

Überall standen Rogers Geschenke herum: Pfeffer- und Salzstreuer in Form von Kühen, bunte Bonbons aus Glas, kleine Windräder, zu Sträußen zusammengebunden, Schneekugeln mit goldenen Engelchen drin, Plastikblumen, die im Dunkeln leuchteten, aufblasbare Champagnerflaschen, einen Meter hoch, ein rosa Plastikherz, Keramikschwimmreifen als Aschenbecher, ein kleiner Kaugummiautomat. Wir hatten wenig Möbel und immer noch keine Vorhänge.

Es klingelte zweimal. Ich öffnete die Tür. Der Zeitungsjunge stand vor mir und grinste frech.

Darf ich wohl Ihr Telefon benutzen?

Er wartete die Antwort gar nicht ab, sondern ging gleich an mir vorbei ins Haus. Die Zeitung lag wie immer auf der Schwelle. Ich bückte mich und hob sie auf. Der Junge ging in die Küche, ich folgte ihm, die Arme fest über meinem gelborangen Morgenrock verschränkt.

Das Telefon steht nebenan, sagte ich leise.

Ich war nicht sicher, ob er mich gehört hatte.

Das Telefon steht nebenan, wiederholte ich.

Da saß er schon am Tisch.

Krieg ich einen Kaffee, fragte er.

Ich zuckte mit den Schultern.

Er stand auf, nahm eine schmutzige Tasse aus dem Spülstein, sein Ellbogen streifte mich, er schenkte sich selber ein. Ich stand vor dem Fenster und sah ihm zu, wie er den Kaffee trank, er trank ihn auch schwarz.

Was wollen Sie eigentlich, fragte ich, obwohl ich es wußte.

Na dich, sagte er forsch.

Er streckte eine Hand aus und griff nach meiner Brust. Ich wich zurück und stieß mit dem Kopf gegen den Fensterriegel. Er kam noch näher. Er drückte meine Brust bis es wehtat. Sein Gesicht kam immer näher.

Stell dich nicht so an, sagte er und: Halt schon still.

Ich drehte den Kopf zur Seite, mein Blick fiel auf Liz. Sein Mund folgte meiner Bewegung. Er biß mich in den Hals. Ich roch den Kaffee in seinem Atem. Ich stöhnte. Angewidert, aber das hörte er nicht.

Er war nur ein Junge. Er hatte Pickel und schlechten Atem.

Na also, murmelte er, warum denn nicht gleich.

Ich griff über seine Schulter hinweg nach dem Wasserkessel, diesem schweren italienischen Modell mit der Zweitonpfeife, ein Geschenk von Roger. Der Kessel war noch voll Wasser, sogar noch heiß, ich hob ihn hoch, holte aus und schlug ihn dem Jungen seitlich gegen den Kopf. Lautlos sank er in sich zusammen, rutschte auf den Küchenboden und blieb liegen. Ich stieg über ihn hinweg, ging ins Badezimmer, duschte heiß und kalt, zog mich an, packte meine Kleider in einen Koffer und ging. Ich warf im Gehen einen letzten Blick auf die vielen Geschenke und auf den Jungen, der regungslos auf den kalten Fliesen lag.

Ich hinterließ sonst nichts, keinen Brief.

Später las ich in der Zeitung, daß der Junge ziemlich weit von unserem Haus entfernt gefunden worden war. Offenbar war er gar nicht sofort tot gewesen, sondern hatte sich noch zur Straße schleppen können. Niemand schien einen Zusammenhang zwischen dem Tod des Zeitungsjungen und meinem Verschwinden herzustellen. Ich war froh darüber, froh für Roger, denn trotz allem hätte er es nicht verdient, in diese Geschichte hineingezogen zu werden.

Das war mein letzter Gedanke an ihn.

Keine Milch heute

Der Tag, an dem der Milchmann nicht kam, war ein trauriger Tag.

Dazu muß man wissen, daß ich den Milchmann liebe, und das seit Jahren. Jeden Dienstag, Donnerstag und Samstag stehe ich um fünf Uhr auf, um ihn durch den Briefkastenschlitz zu beobachten. Für niemanden sonst würde ich so früh aufstehen. Das muß wohl Liebe sein.

Es war am Donnerstag vor zwei Monaten. Ich wachte unterdessen ganz von selber um fünf Uhr auf, das tue ich übrigens immer noch. Ich stand auf, zog meinen warmen Morgenrock an und ging barfuß über die eiskalten Treppenstufen nach unten. Ich kauerte mich vor die Haustüre und hob die Klappe hoch. Ich habe eine kleine Klammer angebracht, nachdem die Klappe einmal meinen schweißnassen Fingern entglitten und scheppernd zugefallen war. Durch den Briefkastenschlitz habe ich einen wunderbaren Blick auf die Straße, das Gartentor und den Weg, bis direkt vor die Haustür. Ich wartete auf das Motorengeräusch, das ich aus allen anderen heraushören würde, aber hier fährt sowieso kaum je ein Wagen vorbei. Der Briefträger kommt mit dem Fahrrad und der Zeitungsjunge zu Fuß. Dann gibt es noch den Laufburschen aus dem Lebensmittelgeschäft im Dorf, aber den habe ich höchstens drei-, viermal gesehen. Da ich nicht sehr viel einkaufe, schicken sie höchst widerwillig jemanden hier herauf. Mein Haus liegt sehr abgelegen auf dem Hügel. Ich habe einen großen Garten, ich esse nicht viel, ich sehe nicmanden. Der Briefträger ist ein alter Säufer. Zugegeben, ich bitte ihn manchmal herein, und dann trinken wir ein Glas zusammen, und er erzählt mir, was die Leute im Dorf machen. Es passiert offenbar immer etwas, und ohne den Briefträger würde ich nichts davon merken, gar nichts. Das wäre nicht weiter schlimm. Der Briefträger hat dünne, graue, fast schulterlange Haare. Der Zeitungsjunge hat rote Backen. Atemlos kommt er die Straße hochgelaufen. Er wirft die Zeitung über den Zaun in den Garten und kehrt sofort um und läuft ins Dorf zurück. Nur ganz selten kommt er bis zum Haus, an Weihnachten zum Beispiel, dann gebe ich ihm Geld.

Der Milchmann ist anders. Vor vier Jahren ist er zum ersten Mal gekommen. Ich weiß gar nicht mehr, wer vor ihm die Milch gebracht hat. Ich habe immer bis um neun geschlafen. Es war ein Zufall, daß ich an diesem Morgen wach war und aus dem Fenster schaute und ihn sah, ich sah sofort, daß er anders war. Wie er aus dem Wagen stieg, er bewegte sich langsam, beinahe träge, aber mit einer gewissen Eleganz. Er hatte dunkles Haar. Ich sah ihn von oben. Wie gebannt blieb ich am Fenster stehen.

Plötzlich hob er den Kopf, unwillkürlich trat ich einen Schritt zurück, obwohl er mich nicht sehen konnte. Ich hatte das Licht nicht angemacht, war einfach aufgestanden, ohne Grund und hatte ihn in der Dämmerung kommen sehen. Er hob den Kopf, sein Gesicht war ein heller Fleck, er hatte etwas Trauriges an sich, einen traurigen Zug um den Mund, aber diese und andere Einzelheiten konnte ich erst später feststellen. Der Milchmann war auf jeden Fall anders.

Oft war er seltsam angezogen. Er trug Mützen in allen Farben, unter denen sein halblanges Haar seitlich abstand, manchmal auch Hüte mit Federn. Oder hohe grüne Stiefel, in denen er ein bißchen aussah wie Robin Hood. Sein Gesicht war braungebrannt, aber müde. Er hatte ein paar Falten, nicht viele, er mußte noch ziemlich jung sein.

An diesem Donnerstagmorgen hörte ich den Wagen nicht. Er kam nicht. Ich merkte es erst, als mein rechtes Bein eingeschlafen war, ich stand unbeholfen auf und hüpfte im Flur herum und fragte mich, warum er nicht kam. Ich wartete den ganzen Tag. Ich war unruhig. Nicht in der Lage, etwas zu denken oder zu tun. Ich drehte das Radio an, um die Nachrichten zu hören, vielleicht hatte ich mich im Tag geirrt. Aber nein. Es war eindeutig Donnerstag, und der Milchmann kam nicht. Am Freitag sowieso nicht und auch am Samstag nicht.

Am Samstag nachmittag um halb drei zog ich meine festen Schuhe an, meinen blauen Mantel, band ein Tuch um den Hals und ging aus dem Haus. Durch den Garten auf die Straße. Sorgfältig schloß ich das Gartentor hinter mir. Ich stand auf der Straße, atmete tief durch, wandte mich nach rechts und ging die Straße hinunter ins Dorf. Das hatte ich seit zehn Jahren nicht mehr getan. Seit zehn Jahren hatte ich mein Haus nicht verlassen. Nicht einmal, nicht ein einziges Mal.

Das Dorf hatte sich sehr verändert. Das war ganz natürlich. Nach zehn Jahren. Nichts rief irgendeine Erinnerung in mir wach, und das war auch gut so. Nicht daß ich besonders darauf geachtet hätte. Ich ging die Dorfstraße hinunter, wich den Menschen und den Blicken aus und fand ganz einfach das Milch- und Käsegeschäft. Eine Glocke bimmelte, als ich die Türe öffnete und eintrat. Der Laden war hell und sauber, modern. Ein dickliches, rosiges Mädchen trat aus dem Hintergrund hervor.

Was wünschen Sie?

Ich habe meine Milch nicht bekommen.

Ich erschrak selber über meine Stimme, die in dem leeren Laden leise klirrte. Ich räusperte mich.

Der Milchmann ist nicht gekommen, fuhr ich hastig fort, heute nicht und am Donnerstag auch schon nicht.

Das Mädchen sah mich verständnislos an.

Ich wohne oben auf dem Hügel, erklärte ich, das weiße Haus.

Dann fiel mir nichts mehr ein.

Ich werde fragen, sagte das Mädchen und verschwand wieder im Hintergrund.

Ich wartete. Ich nahm ein paar Dinge aus den Gestellen, die ich brauchen konnte. Milch, Joghurt, Butter. Wenn ich schon einmal hier war. Ich legte alles auf den Ladentisch. Das Mädchen kam nicht zurück. Ich hörte auch keine Stimmen. Ich wartete. Ich schob die Milchpackungen und die Joghurtbecher auf dem Ladentisch hin und her. Ich stellte sie in eine Reihe und dann in einen Kreis und wieder in Reihe. Nichts geschah. Ich ließ alles stehen und ging. Hinter mir bimmelte wieder die Glocke.

Ich stand auf der Dorfstraße in der Sonne und blinzelte. Einen Moment lang wußte ich nicht, wo ich war oder wer und was ich tat.

Ich blieb einfach so stehen, mitten auf der Straße.

Das Auto sah ich nicht kommen.

Ich lag in einem weißen Bett. Rosenblüten kitzelten mein Gesicht. Mir war übel. Ich versuchte mich aufzurichten, aber alles tat mir weh, besonders der Rücken, die Schulter, der rechte Arm.

Nehmt die Blumen weg, sagte ich, ich bin nicht tot.

Entschuldigung.

Die Blumen verschwanden. Ich schlief wieder ein.

Als ich aufwachte, war Nacht. Eine Krankenschwester beugte sich über mich und flößte mir kalten Tee ein.

Mir tut alles weh, sagte ich.

Sie lächelte.

Kein Wunder. Sie sind überfahren worden.

Sie zählte meine Verletzungen auf. Knochenbrüche, Gehirnerschütterung und so weiter. Immer noch war mir übel. Aber bevor ich etwas dagegen unternehmen konnte, war ich schon wieder weg. Es kam mir vor, als würde ich tagelang vor mich hindämmern. Halbschlaf unterbrochen von undeutlichen Gesichtern, Blumen, nassen, kalten Waschlappen und sachlichen Fingern an meinem Handgelenk. Ich sah den Milchmann, immer wieder.

Er streckte mir einen frischen Rosenstrauß entgegen. Er lächelte.

Es tut mir wirklich leid, sagte er, aber Sie standen mitten auf der Straße, und ich konnte nicht mehr bremsen.

Das macht nichts, murmelte ich und drehte den Kopf weg.

Mögen Sie keine Rosen?

Doch, doch.

Morgen bringe ich Ihnen andere Blumen.

Ich schwieg.

Was Sie wollen, Sie müssen es mir nur sagen.

Ich konnte nicht antworten. Ich war zu müde. Meine Augen fielen ganz von selber zu. Ich hörte seine Schritte, die sich leise entfernten, die Türe, die er behutsam hinter sich schloß.

Wo sind Sie überhaupt gewesen? fragte ich laut. Schon gut, ich bin ja da. Können Sie nicht schlafen?

Die Krankenschwester. Es war schon wieder Nacht.

Sie habe ich nicht gemeint, sagte ich böse.

Möchten Sie ein Schlafmittel nehmen?

Nein.

Der Milchmann kam noch ein paarmal, um sich zu entschuldigen. Er brachte andere Blumen mit. Einmal drückte er sanft meine Hand. Ich war immer noch sehr müde. Das Sprechen strengte mich an. Mein Mund war trocken. Ich fuhr mir mit der Zunge über die Lippen. Ich nahm meine ganze Kraft zusammen und fragte:

Warum sind Sie am Donnerstag nicht gekommen?

Eine sanfte und geduldige Stimme antwortete aus dem Halbdunkel:

Haben Sie Schmerzen? Möchten Sie ein Schlafmittel nehmen?

Ich schloß die Augen.

Mein sechster Mord

Ich lag auf dem Liegestuhl und blätterte in einer alten Illustrierten.

Die Sonne brannte. Der Himmel war blau und endlos. Das Meer war blau und endlos. So ging das seit Wochen.

Eine Mittelmeerkreuzfahrt hatte ich schon immer machen wollen. Und jetzt war der richtige Moment. Sechs Wochen einfach verschwinden. Eine wunderbare Idee. Hatte ich gedacht. Vier von den sechs Wochen waren schon um. Die letzten beiden würden auch noch vergehen. Irgendwie. Und dann? Ich durfte nicht daran denken.

Heute abend sind wir in Athen, sagte Armin.

Ich blätterte weiter in meiner Illustrierten.

Darf ich Sie zum Essen einladen? Ich kenne mich in Athen ziemlich gut aus.

Ich seufzte und legte die Illustrierte weg.

Das ist nett von Ihnen, Armin, aber...

Ich schwieg.

Kein aber. Also abgemacht.

Freundlich tätschelte er mein Knie, stand auf und ging. Ich sah ihm nach. Unter seinem weißen Haar schimmerte rot die Kopfhaut durch. Er mußte mindestens siebzig sein. Ich seufzte noch einmal. Niemand auf diesem Schiff war weit unter siebzig. Die Besatzung natürlich ausgenommen. Aber keiner dieser schmucken Uniformierten interessierte sich für mich. Und der Kapitän hatte seine Frau mitgenommen. Die ganze Kreuzfahrt war überhaupt nicht so, wie ich sie mir vor gestellt hatte. Wie ich es in den Filmen gesehen hatte. Die Drehbuchautoren hatten gelogen.

Ich sah auf meine Uhr. Halb elf. Die Zeit verging nicht auf diesem Schiff. Noch eineinhalb Stunden bis zum Mittagessen. Der Tag hatte kaum begonnen. Ich ging in meine Kabine.

Therese war gerade dabei, ihre Fußnägel zu lackieren. Sie strahlte mich an.

Gefällt Ihnen die Farbe, Liebes?

Es war ein dunkles Violett. Die Nägel, die noch nicht lackiert waren, sahen gelb aus.

Hübsch, sagte ich gleichgültig.

Herbsttrauben! Therese lächelte stolz.

So heißt die Farbe. Oder so ähnlich. Möchten Sie? Sie reichte mir die Flasche.

Danke.

Ich streifte meine Sandalen ab und setzte mich auf mein Bett. Gelangweilt begann ich, meine hellrot lackierten Nägel violett zu überstreichen.

So geht das aber nicht, sagte Therese. Sie müssen doch den alten Lack erst abmachen. Möchten Sie meinen Nagellackentferner? Bleiben Sie, Liebes, ich hole ihn.

Mit gespreizten Zehen watschelte sie in das winzige Bad.

Hier! Und Watte!

Danke, Therese.

Sie ließ sich neben mich auf das schmale Bett plumpsen. Gereizt rutschte ich zur Seite. Sie streichelte meinen Arm.

Ist das nicht alles wunderbar aufregend?

Ich seufzte. Dann nahm ich mich zusammen.

Doch, Therese, wunderbar, sagte ich freundlich.

Therese war zweiundsechzig. Sie hatte einen Kiosk geführt. Ihr Mann war gestorben, einer ihrer Söhne war gestorben, der Kiosk war verkauft worden, und alles im selben Jahr. Dann hatte ihr einer ihrer sieben Enkel diese Kreuzfahrt geschenkt. Therese fand alles wunderbar. Therese war ein netter Mensch. Im Gegensatz zu mir.

Ach, und wenn ich denke, daß wir heute abend in... Wo sind wir denn heute abend?

In Athen.

Athen! Ach, wie schön! Wollen wir zusammen essen gehen?

Ich habe schon eine Verabredung.

Nein! Wie aufregend! Mit wem denn?

Ich lächelte etwas gequält.

Mit Armin.

Armin?

Armin, der weißhaarige Herr, er ißt am Nebentisch.

Ach, Professor Müller! Wie nett.

Ich sah sie aufmerksam an. Sie konzentrierte sich ganz auf ihre Fingernägel, die bald schon im selben Violett leuchteten wie ihre Zehennägel. Eine zarte Röte überzog ihr Gesicht.

Kommen Sie doch einfach mit, sagte ich großzügig. Ich würde mich freuen und Armin sicher auch, ich meine, Professor Müller.

Wirklich?

Sie strahlte. Dann beugte sie sich zu mir und küßte mich auf die Backe.

Sie sind ein liebes Kind.

Schon gut.

Verlegen rückte ich von ihr weg und verschüttete dabei etwas Nagellackentferner. Beißender Geruch breitete sich in der winzigen Kabine aus. Therese rannte sofort, einen Lappen zu holen. Ich stellte das Fläschchen auf den Boden, legte mich auf das Bett zurück, verschränkte die Arme über dem Kopf und lächelte zufrieden. Es würde mir Spaß machen, Therese und Armin einander näher zu bringen. Schon dachte ich mir alle möglichen Szenen aus. Vielleicht würde doch noch ein guter Mensch aus mir werden...

Nach dem Mittagessen nickte ich Armin lächelnd zu. Sofort erhob er sich und trat an unseren Tisch.

Therese, das ist Armin. Armin, darf ich Ihnen meine Freundin Therese vorstellen? Ich habe sie gebeten, uns heute abend zu begleiten.

Therese errötete.

Ich hoffe, es ist Ihnen recht... ich möchte Sie nicht stören...

Aber ganz im Gegenteil.

Armin beugte sich über ihre Hand.

Es ist mir ein besonderes Vergnügen.

Ich grinste wie ein Weihnachtsengel. Es gefiel mir immer besser, nett zu sein.

Zum Mittagessen hatte es Muscheln gegeben. Was lag also näher, als eine im Verlaufe des Nachmittags immer stärker werdende Übelkeit vorzutäuschen und die beiden allein nach Athen zu entlassen? Ich blieb in der Kabine im Bett liegen und las einen von Thereses Heimatromanen. Sie schwirrte aufgeregt um mich herum, fragte mich abwechslungsweise, welches Kleid sie anziehen sollte, wie ihr der neue Hut stand oder ob sie nicht doch lieber bei mir bleiben sollte.

Kommt gar nicht in Frage, sagte ich so energisch, wie es eben noch glaubhaft war bei meiner Erkrankung. Wir haben es Armin versprochen.

Das gab den Ausschlag.

Bevor sie ging, küßte sie mich noch einmal, was ich eigentlich gar nicht ausstehen konnte. Matt wandte ich den Kopf ab und schloß die Augen.

Gehen Sie jetzt endlich, flüsterte ich.

Ich blinzelte und sah sie gerade noch in der Tür verschwinden, leichtfüßig, aufgeregt.

Ich drehte mich um und vertiefte mich wieder in den Heimatroman. Ein bißchen Bergluft konnte mir nicht schaden. Zwischendurch legte ich das Buch zur Seite und stellte mir vor, was die beiden gerade machten.

Wie aufregend! sagte ich laut und lachte.

Ich las das Buch zu Ende und war immer noch hellwach. Ich sah auf die Uhr. Kurz nach Mitternacht. Leise stand ich auf und zog mich an, obwohl es eigentlich keinen Grund gab, leise zu sein. Ich war allein.

Ich ging ein bißchen auf Deck spazieren, dann rollte ich mich auf einem der Liegestühle zusammen, genoß die laue Nachtluft und fühlte mich großartig.

Wenig später hörte ich Stimmen. Die ersten Passagiere kamen zurück. Ich wollte aufstehen und in die Kabine gehen und dort auf Therese warten. Ich lächelte im Dunkeln vor mich hin.

Zwei Schatten näherten sich, und ich blieb, wo ich war. Sie kamen Arm in Arm. Als sie an mir vorübergingen, erkannte ich Armin und Therese. Mein Herz schlug schneller. Wie aufregend, wie wunderbar! Nicht weit von meinem Liegestuhl entfernt blieben sie stehen. Er zog seine Jacke aus und legte sie um ihre Schultern. Ich brachte es nicht über mich, aufzustehen und mich bemerkbar zu machen. Obwohl ich es eigentlich hätte tun müssen.

Ich glaube, ich muß jetzt in meine Kabine zurück, seufzte Therese leise.

Die Kleine wird sich Sorgen machen.

Ich runzelte die Stirn. Ich?

Sie haben recht, antwortete Armin, man muß sich um sie kümmern. Sie sind ein wundervoller Mensch, Therese.

Ich nickte. Da hatte er durchaus recht. Aber warum mußte man sich um mich kümmern?

Mit dem Mädchen stimmt etwas nicht, fuhr Armin fort, das habe ich sofort gemerkt. Leider wehrt sie sich gegen meine Hilfe. Vielleicht könnten Sie...

Therese lachte leise.

Der weltberühmte Psychiater Professor Armin Müller, spöttelte sie, jaja... Das Mädchen ist schon in Ordnung. Sie braucht nur ein bißchen Geduld und Verständnis.

Dann gingen sie langsam. Ich saß wie erstarrt im Dunkeln. Nicht normal. Verständnis, Geduld, Psychiater. Nach allem, was ich für sie getan hatte. Ein Zittern lief durch meinen Körper, ich sprang auf und rannte über die hintere Treppe zu den Kabinen hinunter. Als Therese leise die Tür aufschloß, fand sie mich scheinbar schlafend.

Die Gelegenheit ergab sich zwei Tage später. Professor Müller stand an die Reling gelehnt, rauchte eine Zigarre und blickte über die glatte See. Es war gegen zehn Uhr abends. Ich näherte mich von hinten und packte ihn um die Hüften und warf ihn über Bord. Es ging ganz einfach: Armin war eher klein und schmächtig, und ich war wütend. Niemand hatte etwas gesehen. Man vermißte ihn erst beim Frühstück, und da war es natürlich zu spät.

Die ganzen letzten Tage der Kreuzfahrt kümmerte ich mich ausschließlich um Therese. Sie war untröstlich. Sie brauchte Hilfe, Geduld und Verständnis...

Eines Nachts, als ich Vater wurde

Das Kind hat mein Leben verändert. Dabei wollte ich eigentlich gar kein Kind, das heißt, ich hatte nie daran gedacht. Eines Nachts wachte ich hungrig auf. Ich stand auf, ging barfuß in die Küche, öffnete den Kühlschrank, gähnte, blinzelte ins helle Licht. Da saß ein Kind im Kühlschrank. Ich starrte es an, ich dachte, ich bin noch nicht richtig wach, da muß doch noch ein Bratenrest von gestern sein. Das Kind begann zu weinen.

Schnell schlug ich die Kühlschranktüre zu. Ich zitterte. Ich hörte das Kind durch die Tür brüllen, das konnte doch einfach nicht wahr sein. Ich öffnete den Kühlschrank wieder, langte vorsichtig hinein und hob das Kind heraus. Es fühlte sich kühl an. Ich setzte mich an den Küchentisch. Das Kind hielt ich ungeschickt in den Händen. Es war ein sehr kleines, mageres Baby mit einem roten Gesicht und wenigen Haaren. Es war nichts Weiches an ihm, es strampelte und wehrte sich mit aller Kraft. Jetzt bekam es einen Schluckauf. Seine Augen konnte ich nicht sehen. Es war mit einer Wegwerfwindel und einem verwaschenen Baumwolljäckchen bekleidet. Die kleinen Füße ragten bläulich in die Luft. Ich hatte immer noch Hunger und das Kind wohl auch. Nur, was gibt man so einem kleinen Baby? Ich versuchte es mit warmer Milch und Honig, die es ausspuckte, mit Brotrinde und schließlich mit einer Banane. Langsam wunderte ich mich, daß noch niemand aufgewacht war. Sehr oft, wenn ich mir mitten in der Nacht etwas aus dem Kühlschrank hole, steht plötzlich einer der anderen in der Tür. Reibt sich den Schlaf aus den Augen, zieht die Pyjamahose hoch und sagt etwas über meine Zwölfstundendiät. Tagsüber esse ich nämlich sehr wenig. Ich weiß, daß ich dick bin, aber ich wache eben nachts immer auf und habe Hunger, was soll ich machen.

Das Kind jedenfalls hatte noch keine Figurprobleme. Ich fütterte es mit Joghurt und zerdrückter Banane. Es entspannte sich langsam. Rülpste. Ich wickelte es in ein Küchentuch ein und trug es vorsichtig in mein Zimmer. Mein Zimmer liegt ganz am Ende des Flurs. Es ist am weitesten von der Küche entfernt, aber das nützt natürlich nichts. Wenn man nachts aufwacht und Hunger hat, ist Entfernung nichts.

Vorsichtig legte ich mich mit dem Kind auf die Matratze und zog die Steppdecke über uns beide. Ich lag auf der Seite und betrachtete im Halblicht das schlafende Kind in meiner Armbeuge. Es atmete geräuschvoll durch die Nase, zuckte mit den Füßen, schnorchelte. Dann glitt es sanft aus meinem Griff, drehte sich auf den Rücken und spannte die Schlafärmchen auf. Von da an hörte ich nichts mehr. Ab und zu hielt ich mein Gesicht an seine kleine Brust, um ganz sicher zu sein, daß es noch lebte. Es atmete regelmäßig.

Irgendwann muß ich doch eingeschlafen sein. Am hellen Tag weckte mich durchdringendes Gebrüll. Ich schoß hoch, hungrig und zutiefst verwirrt. Neben mir auf meiner Matratze, halb unter der Steppdecke verborgen, lag ein winziges Baby und schrie sich die Seele aus dem Leib. Das ganze Gesicht war dunkelrot angelaufen, die Augen wütend zusammengekniffen. Der Anblick der zahnlos gebleckten kleinen Kiefer rührte mich seltsam. Das Kind hatte Hunger. Und aus der Wegwerfwindel tropfte es. Ich mußte etwas unternehmen.

Ich stand auf, zog mich an, wickelte das feuchte, brüllende, zitternde Kind in einen alten Pullover und band es mir dann mit einem breiten indischen Schal vor die Brust. Erstaunt verstummte es. Ich schlüpfte in meine alte Lammfelljacke und zog den Reißverschluß hoch, so daß nur noch der kleine Kopf aus dem Fellkragen ragte. Leise verließ ich die Wohnung. Mein Bild erschien in dem hohen Wandspiegel neben der Wohnungstüre. Auf den ersten Blick erkannte ich mich. Ich sah aus wie immer. Unermeßlich dick. Nur das kleine, nackte Köpfchen, das aus dem Ausschnitt meiner Jacke ragte, gab der Leibesfülle einen gewissen Sinn. Eine Berechtigung. Langsam stieg ich die Treppe hinunter und ging mit unbestimmtem Stolz über die Straße. Die Blicke, die mich trafen, waren nachsichtiger als gewöhnlich. Der Unterschied war auf der Haut zu spüren. Ich beschloß, mit der Straßenbahn zu fahren, eine Übung, die ich normalerweise vermeide.

Ich fuhr zwei Stationen bis zum Supermarkt. In einem Regal gab es sieben verschiedene Sorten Wegwerfwindeln, nach Gewicht und Geschlecht sortiert. War mein Baby ein Mädchen oder ein Junge? Wie schwer war es? Ich entschied mich für die kleinste Größe, GIRL. Wenn es ein Junge war, würde ich die Windeln eben umtauschen. Aber mein Gefühl sagte mir, daß es ein Mädchen war. Ich legte das Windelpaket quer auf den Einkaufswagen und wandte mich der Babynahrung zu.

Entschuldigung.

Eine junge Frau drehte sich zu mir um, trat einen Schritt zur Seite und lächelte mir zu. Ich konnte mich nicht erinnern, wann mir das letzte Mal eine junge Frau zugelächelt hatte. Eine hübsche junge Frau. Ich lächelte zurück. Unschlüssig studierte ich die Verpackungen. Es gab alle Sorten Fertignahrung: Reisschleim, Dreikornschleim, Fünfkornschleim, Gemüseschoppen, Frühstücksgetränk mit Früchten, Grießmilch, Soja-Früchtebrei, adaptierte Fertigmilch… Einigermaßen verwirrt nahm ich eine Schachtel nach der anderen in die Hand und legte sie wieder ins Regal zurück. Die junge Frau lächelte immer noch. Ich hätte sie fragen können, ich hätte sie gern gefragt, welche Babynahrung ich kaufen sollte, aber ich wollte mir keine Blöße geben. Auch wollte ich das Lächeln nicht vertreiben.

Ist es ein Mädchen? fragte sie schüchtern.

Ich nickte.

Sie trat näher und streckte die Hand aus, vorsichtig, ohne das Köpfchen jedoch zu berühren. Das gefiel mir.

Wie heißt sie?

Sonja, sagte ich, ohne zu überlegen, ja, Sonja.

Schöner Name. Wie alt ist sie, drei Monate?

Ja. Nein, vier. Vier Monate am Dienstag.

Sie lächelte noch tiefer und drehte sich um und ging zur Kasse. Ich blieb einen Moment wie angewurzelt stehen, sah ihr nach, verlor sie aus den Augen. Ich entschied mich für eine adaptierte Milch von der Geburt bis zum dritten Monat und wandte mich dann den Fläschchen und Saugern und Schnullern zu, die ich schon mit mehr Selbstsicherheit aussuchte. Strampelhöschen, Jäckchen und eine grün-lila gestreifte Wollmütze wählte ich schon mit väterlicher Routine. Ich wußte ohne zu überlegen, welche Farben Sonja stehen würden. Auch wenn ich ihre Augen immer noch nicht gesehen hatte.

Ich warf meine Einkäufe übereinander in den Wagen und eilte zur Kasse. Ich sah die junge Frau gerade noch durch die automatische Türe verschwinden. Als ich in der Schlange vor der Kasse wartete, wachte Sonja auf und begann zu jammern. Ich trat von einem Fuß auf den andern, murmelte beruhigend und beeilte mich. Als ich die Straße überqueren wollte, sah ich sie noch einmal von hinten, die junge Frau. Ich weiß nicht, woher ich den Mut nahm, aber ich rief «Hallo», und sie drehte sich um.

Hallo. Wartest du auf die Straßenbahn?

Nein, ich gehe zu Fuß.

Trotzdem blieb ich einen Moment stehen und sah sie an. Ihre Nase war von der Kälte gerötet, und ihre Haare sträubten sich wie Federn um den Kopf. Sie hieß Helen. Dann kam die Straßenbahn. Sonja begann wieder leise zu quengeln.

Da kommt meine Straßenbahn, sagte Helen. Sie stellte einen Fuß auf das Trittbrett, stieg aber noch nicht ein. Ich holte tief Luft.

Ich gehe heute nachmittag mit der Kleinen in den Zoo, sagte ich in einem Atemzug, wenn du mitkommen willst?

Um drei, schrie sie und sprang in die schon anfahrende Straßenbahn.

Um drei, rief ich ihr nach.

Dann hüpfte ich nach Hause. Sonja schaukelte sanft vor meinem Bauch. Noch nie, so lange ich denken konnte, noch nie hatte sich eine junge Frau mit mir verabredet.

Die andern saßen beim Frühstück.

Guten Morgen, rief ich durch die offene Küchentür, ohne jemanden anzusehen, und eilte direkt ins Badezimmer.

He, willst du nichts essen, rief einer hinter mir her.

Ich antwortete nicht. Ich schloß die Türe hinter mir ab. Sanft legte ich Sonja auf den Badezimmerteppich und wickelte sie aus meinem Pullover. Sie strampelte. Ihre Beinchen waren dünn und verschrumpelt. Ich löste die nasse, schwere

Windel ab. Ein Mädchen, ich hatte es ja gewußt. Ich badete sie im Waschbecken, trocknete sie vorsichtig ab, wickelte sie, zog ihr die neuen Kleider an und legte sie wieder auf den Teppich. Das Fläschchen bereitete ich mit Mineralwasser zu und wärmte es unter dem heißen Wasser. Ich saß auf dem Toilettendeckel, das Kind im Ellbogen. Gierig trank die Kleine. Während sie schmatzend saugte, sah sie mich unverwandt an. Ihre Augen waren blau.

Vom Badezimmer führt eine Verbindungstür direkt in mein Zimmer. Ich ging auf und ab, Sonja blickte über meine Schulter und gurgelte und rülpste. Sie griff nach den wehenden Vorhängen und lachte. Dann wurde sie ganz plötzlich schwer in meinem Arm. Ich legte sie auf mein Bett, winkte ihr zu und verließ das Zimmer. Ich ging in die Küche, wo die anderen warteten.

He, wo bleibst du denn? Ißt du nichts?

Ich setzte mich an den Tisch und schenkte mir eine Tasse Kaffee ein.

Nein danke.

Was ist denn mit dir los? Bist du auf Diät?

Brüllendes Gelächter. Ich trank meinen Kaffee ungerührt.

Ich bin heute nachmittag verabredet, sagte ich.

Verabredet?

Die anderen stellten ihre Tassen hörbar auf den Tisch.

Du?

Ja, warum soll ich nicht verabredet sein?

Schweigen. Weil du zu fett bist. Sagte niemand.

Um drei, fuhr ich selbstsicher fort, um drei bin ich mit Sonja und Helen verabredet. Im Zoo.

Sonja und Helen. Das gab ihnen den Rest.

Ich schenkte mir noch eine Tasse Kaffee ein.

Mein siebter Mord

Ich fuhr auf der Autobahn, als ich seine Stimme erkannte. Der Abend fiel ein, und das Licht war rosa, und im Radio lief diese Problemsendung, der ich mit halbem Ohr zuhörte.

...Diese Frau, bei der ich wohne... sagte er.

Und sie, mit sanfter, einfühlsamer Stimme: Ja?

Da war eine Raststätte. Ich fuhr auf den Parkplatz. Meine Hände zitterten. Ich drehte das Radio lauter.

...macht mir irgendwie Angst.

Das war er. Eindeutig.

...nichts Bestimmtes. Nur, jeden Abend, gegen halb acht, wenn ich weiß, daß sie jetzt bald zurückkommt, habe ich Angst. Ich kann das nicht erklären. Etwas stimmt nicht mit ihr. Wir kennen uns seit drei Monaten, und so lange wohne ich schon bei ihr. Ich kenne sonst niemanden in der Stadt. Ich bin den ganzen Tag in der Wohnung und warte, bis sie zurückkommt. Anfangs fand ich sie ganz nett, aber jetzt... Sie sagt immer so seltsame Sachen. Ich weiß auch gar nichts über sie. Was vorher war. Sie ist mir irgendwie unheimlich.

Du bist offensichtlich nicht glücklich in der Situation.

Das war keine Frage, das war eine Feststellung. Mit sanfter Stimme ausgesprochen. Ich hielt den Atem an.

Er seufzte.

Nein, sagte er, das bin ich nicht.

Nun gut, die Radiostimme wurde wieder fröhlicher, wahrscheinlich ging die Sendezeit langsam zu Ende, dann gibt es nur eins: Pack deine Sachen und zieh aus.

Jetzt gleich?

Seine Stimme klang erleichtert und ungeduldig. Wie ein Kind, das schon von einem Bein aufs andere hüpft und nur noch auf die Erlaubnis wartet, um wegrennen zu dürfen. Sie gab sie ihm.

Das wird wohl das beste sein. Ich wünsche dir viel Glück. Und hier haben wir Andrea am Telefon, Andrea, bist du da?

Ich drehte das Radio aus und ließ den Kopf sinken, bis meine Stirn das Lenkrad berührte. Ich hatte noch mindestens eine Stunde Fahrt vor mir. Das mußte ihm reichen. Ich würde eine leere Wohnung vorfinden. Wieder.

Nach einer Zeit, die mir lang vorgekommen war, hob ich den Kopf, atmete tief durch und fuhr weiter. Richtung Stadt. Ich war jetzt ruhig.

Seine Stimme war in meinem Kopf. Immer wieder hörte ich die Sätze:

Anfangs fand ich sie ganz nett... Aber jetzt... Sie ist mir unheimlich... Glücklich? Nein, das bin ich nicht. Nein, das bin ich nicht. Nein, das bin ich nicht.

Nun, ich war glücklich gewesen in diesen drei Monaten. Abend für Abend hatte ich mich auf ihn gefreut. Ich kannte selber niemanden in dieser Stadt. Mehr zufällig war ich dort gelandet. Ich hatte relativ leicht eine Anstellung und eine Wohnung gefunden. Ich war viel unterwegs und viel allein. Eines Morgens hatte er mich vor dem Haus angesprochen. Ob ich eine Zigarette hätte. Ich hatte eine. Wir wechselten ein paar Worte über das Wetter, es war mitten in der großen Kälte. Er zog die Nase hoch und sah mich aus blauen Augen an. Ich gab ihm meinen Wohnungsschlüssel und bat ihn, auf mich zu warten. Und als ich am Abend nach Hause kam, war er noch da. Er hatte auf mich gewartet. Er hatte sogar gekocht. Fischstäbchen mit Kartoffelbrei, mein Leibgericht. Wir hatten zusammen ferngesehen, und später war er auf dem Sofa eingeschlafen. So war es dann jeden Abend gewesen. Drei Monate lang. Heute abend würde es nicht so sein und nie wieder. Ich kam der Stadt schon näher. Und ich faßte einen Entschluß.

Ich folgte den Wegweisern zum Radiostudio. Ein häßliches Gebäude am Stadtrand. Ich fuhr auf den Parkplatz und drehte alle Lichter aus. Wartete. Und wartete. Wartete, bis sie das Gebäude verlassen und über den Parkplatz zu ihrem Wagen gehen würde. Ich wußte nicht, ob ich aussteigen und sie zur Rede stellen oder sie lieber gleich über den Haufen fahren sollte. Ich wartete ziemlich lange. Bis meine Wut verraucht war, und der Gedanke an eine leere Wohnung seinen Schrekken verloren hatte. Ich stieg aus dem Wagen und ging auf das hellerleuchtete Eingangstor zu. In der Loge saß ein sehr junges Mädchen, das in eine Zeitschrift vertieft war und rhythmisch Kaugummi kaute. Ich mußte an die Scheibe klopfen, bis sie mich bemerkte. Sie öffnete den Schalter und sah mich fragend an. Ich nuschelte einen Namen und behauptete dreist, mit der Problemdame verabredet zu sein. Das Mädchen nickte gelangweilt, sagte, sie sei im Archiv, beschrieb mir den Weg und hielt mir ein Formular hin, das ich mit einer hingekritzelten, unleserlichen Unterschrift versah.

Durch gnadenlos beleuchtete Gänge kam ich zum Schallplattenarchiv.

Hallo, rief ich, hallo?

Ja, was denn, schrie die über den Sender so sanft klingende Stimme ungeduldig aus dem Hintergrund.

Ich wollte Sie einen Moment sprechen. Wegen Ihrer Sendung vorhin.

Wer sind Sie überhaupt.

Sie streckte ihren Kopf hinter einer Regalreihe hervor und sah mich prüfend an. Sie war nicht mehr ganz jung und trug ihre Brille ganz vorne auf der Nase. Ich lächelte schüchtern.

Wegen diesem jungen Mann, der angerufen hat, und Sie haben gesagt...

Herrgott nochmal, passen Sie doch auf, fuhr sie mich an.

Ich hatte gedankenlos an einer Kurbel gedreht und das Gestell hatte sich nach hinten verschoben. Die Dame trat einen schnellen Schritt zur Seite.

Rühren Sie die Kurbel nicht an! befahl sie mir scharf.

Mit dem Zeigefinger schob sie ihre Brille hoch. Graue Löckchen fielen um ihr Gesicht, ihr Lippenstift war dunkelrot, und ich vertraute ihr sofort. Es war nicht nur die Stimme. Es war ihr Beruf.

Was wollen Sie überhaupt, fragte sie noch einmal, ich habe nur sehr wenig Zeit.

Ich holte tief Luft.

Es ist wegen vorhin, als Sie gesagt haben, er solle seine Sachen packen und ausziehen, heute noch, sofort, und das heißt, wenn ich jetzt nach Hause fahre, ist er nicht mehr da, verstehen Sie?

Sie verdrehte die Augen und schüttelte den Kopf.

Schätzchen, sagte sie, wirklich! ich kann doch nicht an alles denken!

Dann drehte sie sich um, um in den hinteren Regalen etwas zu suchen.

Rufen Sie mich an, wenn Sie Probleme haben. Jeden Dienstag und Freitag ab 21 Uhr, die Nummer ist...

Ich kannte die Nummer auswendig. Mit beiden Händen packte ich die Kurbel und drehte sie mit aller Kraft. Die Gestelle prallten krachend aufeinander. Ihre Schreie verfolgten mich weit durch die taghellen Gänge. Aber außer mir schien sie niemand zu hören.

Ich nickte dem Mädchen in der Loge zu, ging über den Parkplatz zu meinem Wagen und fuhr nach Hause. Im Treppenhaus roch es angebrannt. Müde stieg ich die Treppe hinauf. Als ich nach dem Wohnungsschlüssel suchte, wurde die Türe von innen aufgerissen.

Die Fischstäbchen sind angebrannt, sagte er vorwurfsvoll.

Das große Tauchen

Es war naß. Es war mitten auf der Straße. Seine Lippen waren weich und meine Knie auch. Mein Herz klopfte. Ich mußte die Augen schließen.

Als ich wieder auftauchte, stand ich im Regen. Absolut verwirrt. Jemand hatte mich geküßt, vor nicht so langer Zeit. Ich erinnerte mich sehr deutlich an seinen Geruch, seine Lippen. Das war aber auch schon alles. Wasser tropfte mir aus den Haaren in die Augen. Seinen Namen wußte ich nicht. Wenn ich es mir recht überlegte, wußte ich nicht einmal meinen eigenen Namen. Fröstelnd zog ich meinen Mantel enger um mich. Ich trug einen grünen Plastikmantel. Ich hatte nicht das Gefühl, daß er mir gehörte. Er gefiel mir nicht einmal. Ich schlug den Kragen hoch, Wasser lief mir in den Nacken, ich sah mich um. Ich stand auf einer Brücke, Menschen hasteten an mir vorbei, da war eine Straße. Nichts, das mir bekannt vorgekommen wäre. Autos, ein Fluß, Regen. Ein Mann im Anzug lief über die Straße, er trug seine Schuhe in der Hand. Die Tageszeit war schwer abzuschätzen. Nachmittag, vielleicht. Hier konnte ich nicht stehenbleiben. Ich ging geradeaus, über die Brücke. In der Straße verliefen Tramschienen. Geschäfte hatten schon geschlossen. Ich schlug einen energischen Schritt an, wie jemand, der weiß, wohin er dem Regen entkommen will. Oder kann. Ich las die Straßenschilder. Sie waren in meiner Sprache verfaßt. Immerhin. Meine Schuhe drückten. Ich blieb stehen und zog sie aus. Es waren billige, schwarze Lackschuhe mit rosa Schleifen an den Fersen und lächerlich hohen Absätzen. Verwundert sah ich sie an. Wer immer ich sein mochte, solche Schuhe würde ich nicht freiwillig anziehen. Ebensowenig wie diesen scheußlichen Plastikmantel. Das wußte ich ganz sicher, wenigstens das. Der Gedanke beruhigte mich ein bißchen. Neugierig öffnete ich jetzt den Mantel, um zu sehen, was darunter war.

Ich trug lila Turnhosen, ein rosa Tüllröckchen und ein enges, schwarzes Oberteil aus Kunststoff. Mein Bauch war nackt. Schnell knöpfte ich den Mantel wieder zu. Das mußte ein schlechter Traum sein.

Wach auf, sagte ich laut, bitte, wach auf.

Als mich der verwunderte Blick eines Vorbeigehenden traf, wußte ich, daß es kein Traum war. Ich zog die Schuhe wieder an. Ich hatte ja nur die einen. Barfuß konnte ich nicht im Regen stehenbleiben. Also ging ich weiter. In einer Scheibe spiegelte sich mein Gesicht. Ich warf einen flüchtigen Blick darauf, von der Seite. Das Gesicht immerhin gehörte mir. Das erkannte ich eindeutig. Ich blieb stehen und sah in meine weit aufgerissenen Augen. Jemand hatte mich geküßt. Sonst wußte ich nichts. Ich tat mir selber leid.

Ich schob die Hand in die Manteltasche. Meine Finger berührten erneut Plastik. Es fühlte sich an wie eine kleine Tasche. Mein Herz begann zu hämmern. Es war ein kleines Kinderportemonnaie in Mickymausform, mit einem Reißverschluß über beide Ohren. Hastig öffnete ich es und fand Geld. Vertraute Noten und Münzen, ziemlich viele. Dankbar berührte ich sie mit den Fingerspitzen. Ein Lippenstift, ich schraubte daran: grelles Pink. Ein kleingefalteter, schmuddliger Zettel. Meine Hände zitterten, als ich ihn auseinanderfaltete. Es war ein Pillenrezept für ein Jahr, ausgestellt auf den Namen Rosmarie Schneider. Rosmarie Schneider. Absolut unbekannt. Ich zählte die Apothekerstempel und kam zu dem Schluß, daß es Juni sein müsse, oder Juli. Vorausgesetzt, Rosmarie Schneider hatte ihre Pille regelmäßig genommen. Meine Enttäuschung war unergründlich. Aber da war immerhin ein Name, da war die Adresse des Arztes, der das Rezept ausgestellt hatte, und da war Geld. Ich konnte in eine Bar gehen und einen Cognac trinken, der Gedanke kam ganz selbstverständlich, einen Cognac trinken, und das tat ich auch. Der Regen war schwächer geworden, und die Straßen wurden wieder belebter, ich hatte keine große Mühe, eine Bar zu finden. Ich setzte mich an einen kleinen Tisch in der Ecke und bestellte einen Remy Martin. Die Marke nannte ich ohne die Spur eines Zögerns, ich hatte also immerhin meine kleinen Gewohnheiten. Auf dem Tisch stand eine Schale mit Erdnüssen, die ich gierig aß. Ich bestellte einen zweiten Remy Martin und fühlte mich etwas besser. Ich streckte die Beine aus, meine Füße schmerzten jetzt wirklich, die Schuhe konnten einfach nicht mir gehören.

Denk nach. Versuch dich zu erinnern.

Jemand hatte mich geküßt. Sonst nichts.

Verärgert runzelte ich die Stirn, und plötzlich hatte ich Lust auf eine Zigarette. In den Manteltaschen waren keine Zigaretten. Ich stand auf und ging durch die Bar nach hinten, wo ich den Zigarettenautomaten vermutete. Da war auch ein Telefon. Immer noch verärgert schlug ich das Telefonbuch auf und suchte Rosmarie Schneider. Es gab ein paar davon. Ich entschied mich für die ohne Berufsangabe und wählte die Nummer.

Rosmarie Schneider, Sie sind mit dem automatischen Telefonbeantworter verbunden. Ich bin im Moment nicht zu Hause…

Ich ließ den Hörer fallen. Die Stimme war mir so unangenehm, wie es nur die eigene sein kann.

Ich kaufte die Zigaretten und ging an meinen Tisch zurück. Ich winkte dem Kellner und verlangte Streichhölzer, ein Blatt Papier und einen Kugelschreiber. Ich zündete eine Zigarette an und schrieb: Rosmarie Schneider, Adresse, Telefonnummer, Pillenmarke, Frauenarzt, Adresse, Telefonnummer.

Ich überlegte einen Moment. Das führte mich nirgendwo hin. Ich knüllte das Blatt zusammen, warf es in den Aschenbecher und fing neu an. Ich schrieb:

Ich weiß, daß ich nicht Rosmarie Schneider heiße. Ich rauche und sie nicht. Oder?

Ich weiß, daß ich keine leuchtfarbenen Kunststoffsachen tragen würde.

Ich weiß, daß ich hohe Absätze nicht gewohnt bin.

Die Stimme aus dem Telefonbeantworter ist meine eigene.

Ich habe keinen Schlüssel.

Ich habe keine Ausweispapiere.

Jemand hat mich geküßt.

Seufzend legte ich den Kugelschreiber hin. Das war die einzige klare Erinnerung, die ich hatte: Lippen, ein Kuß. So deutlich, daß ich die Augen schließen mußte. Ich bezahlte meine Cognacs und bat den Kellner, mir ein Taxi zu bestellen. Es regnete immer noch. Ich gab dem Taxifahrer die Adresse von Rosmarie Schneider. Er fuhr nicht sehr lange und hielt vor einem schäbigen alten Wohnhaus. Ich bat ihn zu warten.

Die Haustüre war offen. Das Licht im Treppenhaus funktionierte nicht. Langsam stieg ich die Stufen hinauf, sorgfältig die Türschilder lesend. Manche Wohnungen waren gar nicht angeschrieben. Endlich, im vierten Stockwerk links, ein rosa Kleber mit der Aufschrift «Rosmarie Schneider». Schwarzer

Filzstift, runde, kindliche Schrift, mit Sicherheit nicht meine eigene. Ich klingelte, nichts. Ich klingelte noch einmal. Ich hörte die Glocke im Innern der Wohnung schrillen. Nichts rührte sich. Vorsichtig drückte ich auf die Türfalle. Die Türe war nicht verschlossen. Ich trat ein. Die Wohnung war dunkel. Automatisch fand meine Hand den Lichtschalter links neben der Tür.

Hallo? rief ich, Hallo?

Ich stand in einem langen Flur, in dem sich Schuhe auf Schuhe häuften. Billige Schuhe mit hohen Absätzen. Ich bückte mich und hob einen auf. Einen rosa Plastikschuh mit scharfer Spitze. Links war eine offene Türe. Ich hielt den Schuh mit beiden Händen umklammert und trat ein. Ich stand in einem dunklen Zimmer. Wieder fand ich den Lichtschalter automatisch. Das Zimmer war klein. Der abgenutzte Parkettboden war mit Bergen von Kleidern übersät. In einer Ecke stand ein verschnörkeltes weißes Bett. Auf dem Bett lagen Teddybären und eine Frau. Ihr schwarzes Haar hing über den Bettrand und berührte beinahe den Boden. Der Boden war schmutzig. Die Frau war tot. Das sah ich auf den ersten Blick.

Ich ließ den Schuh fallen, löschte das Licht und verließ die Wohnung.

Der Taxifahrer hatte nicht gewartet. Es war Nacht. Ich ging in eine beliebige Richtung. Ich dachte nicht mehr weiter. Ich lief so schnell ich konnte mit diesen idiotischen Schuhen, die mir nicht gehörten. Endlich erkannte ich in der Ferne die Umrisse einer Brücke. Ich atmete auf. Ich ging langsamer. Ich erreichte die Brücke. Ich blieb stehen, hielt mich am Geländer fest und blickte auf den Fluß, der schwarz vor mir lag.

Jemand hatte mich geküßt. Genau hier. Ich drehte mich um und begann zu warten.

Mein achter Mord

Ich hatte einmal mehr mein Leben zu ändern versucht. Wie jede bessere Romanheldin hatte ich einen beliebigen Zug bestiegen, ohne mich darum zu kümmern, wo er mich hinbringen würde. Die Fahrt dauerte eine ganze Nacht und einen halben Tag. Ich stieg in einer schmutzigen, staubigen, sonnendurchglühten Kleinstadt aus. Nach ein paar Tagen hatte ich Arbeit im Supermarkt gefunden, an der Kasse. Obwohl ich Ausländerin war, keine Arbeitsbewilligung hatte und nicht einmal die Sprache richtig verstand. Die Zahlen sind überall dieselben. Ich bewohnte ein möbliertes Zimmer in einem baufälligen Haus. Die Straße war Tag und Nacht von Lärm erfüllt, Stimmen, Autohupen, Musik.

Eines Morgens war die ganze Häuserzeile von einem Gerüst überzogen. Arbeiter liefen über die wackligen Bretter und riefen sich Scherze zu. Ich trat aus der Haustüre und suchte in meiner Tasche nach Kleingeld für den Bus. Ich stand genau unter dem Gerüst. Ein Hagel obszöner Zurufe und Pfiffe traf mich völlig unerwartet. Ich nahm meine Tasche unter den Arm und lief mit gesenktem Kopf über die Straße. Ich stolperte, schwitzte, errötete. Abends, als ich nach Hause kam, war es nicht anders. Die Bauarbeiten nahmen kein Ende. Jeden Morgen betete ich, daß das Gerüst verschwunden sei und die Arbeiter mit ihm. Jeden Abend zögerte ich den Moment, nach Hause zu gehen, ein wenig mehr hinaus.

Die Tage im Supermarkt waren lang. Ich litt unter dem flimmernden Licht, der Klimaanlage und der Einsamkeit.

Meine Kolleginnen sprachen kaum mit mir, warum auch, ich verstand sowieso nur ein paar Worte ihrer Sprache. Ich machte immer noch Fehler, und der Abteilungsleiter stand oft hinter mir, um mich zu kontrollieren und auf meine Schulter zu atmen.

An diesem Tag war es besonders schlimm. Er wich kaum von meiner Seite. Ich konnte ihn riechen. Natürlich stimmte meine Kasse abends nicht, und er zwang mich, länger zu bleiben, bis der Fehler gefunden war. Es war schon spät, als ich endlich gehen konnte, und immer noch heiß. Ich ging zu Fuß nach Hause. Es war nicht sehr weit. Mein Rücken schmerzte. Das Gerüst hatte sich an diesem Tag bis über das Haus gezogen, in dem ich wohnte. Müde stieg ich die Treppen hinauf und schloß meine Wohnungstüre auf. Es roch nach Farbe und nach Staub. Direkt vor meinem Fenster befand sich ein Brett, auf dem ein Farbkübel stand. Ich stellte meine Tasche auf den Tisch und packte ein paar Lebensmittel aus, die ich aus dem Supermarkt mitgenommen hatte. Das Verfallsdatum war schon abgelaufen. Ich aß Knäckebrot mit Schmelzkäse und Essiggurken. Dazu trank ich Wodka.

Ich nahm meine Wörterbücher und begann zu lesen. Ich wollte diese Sprache lernen, und etwas anderes fiel mir nicht ein. Es war heiß. Der Lärm ging mir an diesem Abend besonders auf die Nerven. Ich stand auf, um die Fensterläden zu schließen. Da sah ich ihn. Den Abteilungsleiter. Er stand auf der Straße und blickte zu meinem Fenster hinauf. Ich schlug die Läden zu. Der Lärm drang jetzt nur noch gedämpft in mein Zimmer. Ich saß eine Weile unbeweglich und starrte im Dämmerlicht vor mich hin. Dann schaltete ich das Licht an und zwang mich, weiterzulesen. An diesem Abend beendete ich den Buchstaben B.

Ich wachte auf, weil jemand neben meinem Bett stand und mir etwas zurief. In dieser fremden Sprache. Es war dunkel im Zimmer. Mit klopfendem Herzen setzte ich mich auf. Aber da war niemand. Es war noch früh. Der Wecker hatte noch nicht geklingelt. Ich brauchte eine Weile, um zu begreifen, daß die Stimmen von draußen kamen. Ich blickte auf die geschlossenen Läden und stellte mir vor, wie die Arbeiter auf dem Gerüst hin und her gingen, direkt vor meinem Fenster. Als ob sie mitten durch mein Zimmer gingen. Ich stand auf und zog mich an, in aller Eile und im Dunkeln. Ich verließ das Haus fluchtartig. Den Kopf zwischen die Schultern gezogen, lief ich dem Geschrei davon. Zwei Straßen weiter war das kleine Selbstbedienungsrestaurant, in dem ich jeden Morgen frühstückte. Das Lokal war schmuddlig und ungemütlich, aber an diesem Morgen fühlte ich mich dort zuhause. Ich trödelte herum, fuhr mit dem Finger über die klebrige Tischplatte, holte mir einen zweiten Kaffee und einen dritten. Ich kam zu spät zur Arbeit. Der Abteilungsleiter war nicht zufrieden. Ich mußte die zwanzig Minuten nachholen, abends, natürlich. Als ich endlich nach Hause kam, war ich todmüde. Mein Zimmer erschien mir trostloser als gewöhnlich und schmutzig. Ich nahm einen Staublappen und wischte lange eigensinnig hin und her, bei Lampenlicht. Die Läden öffnete ich gar nicht erst. Ich wußte auch so, daß er unten auf der Straße stand und zu meinem Fenster hinaufblickte. An diesem Abend las ich keine halbe Seite. Dafür trank ich die Wodkaflasche leer.

In der folgenden Woche kam ich über den Buchstaben B nicht hinaus. Unter dem Spülbecken begannen sich die leeren Flaschen zu häufen. Jeden Morgen weckten mich die Stimmen vor meinem Fenster. Jeden Tag kam ich zu spät zur Arbeit, ich machte immer mehr Fehler. Jeden Abend wußte ich den Abteilungsleiter auf der Straße stehen. Dann kam der Tag, an dem er mir kündigte. Am selben Abend öffnete ich zum ersten Mal die Läden und beugte mich weit aus dem Fenster. Luft. Da stand er. Er hob die Hand und machte mir ein kleines Zeichen. Ertappt fuhr ich zurück. Ich setzte mich an den Tisch und schlug die Wörterbücher auf. Dabei war ich gar nicht mehr so sicher, ob ich die Sprache wirklich lernen wollte. Mein Blick rutschte über die Seiten, ohne etwas festzuhalten, ich blätterte unkonzentriert. B, C. Mein Magen knurrte. Ich hatte mich an diesem Abend nicht getraut, Lebensmittel aus dem Supermarkt mitzunehmen. Ich dachte daran, in das kleine Selbstbedienungsrestaurant zu gehen und ein Stück Käsekuchen zu essen. Das hatte ich oft getan. Ich klappte die Bücher zu, lehnte mich zurück und stellte mir den Käsekuchen vor. Heiß und fettig, mit einer hellbraunen Kruste und einer Tomatenscheibe, die am Tellerrand kleben würde. Aber da unten stand er. An ihm kam ich nicht vorbei. Ich trank mein Glas leer, löschte das Licht und legte mich ins Bett. Die Läden blieben offen. Ich lag lange und mit offenen Augen und starrte an die Decke. Ich hatte Hunger. Trotzdem war ich gerade dabei, einzuschlafen, als ich ein knarrendes Geräusch hörte.

Ich war sofort hellwach. Lautlos stieg ich aus dem Bett und schlich zum Fenster. Der Abteilungsleiter kletterte über das Gerüst zu meinem Fenster hinauf. Er bewegte sich schwerfällig, ab und zu stieß er gegen die Stangen und fluchte. Schon roch ich seinen Alkoholatem. Ich verknotete mein Nachthemd über dem Bauch, kletterte auf das Fensterbrett und wartete, zusammengekauert, sprungbereit. Ich hörte ihn keuchen. Näherkommen.

Er mußte mich in meinem weißen Nachthemd gesehen haben. Es gab einen kurzen Kampf. Er versuchte, mich ins Zimmer zu stoßen. Ich versuchte auszuweichen. Ich stöhnte vor Angst. Es blieb mir nichts anderes übrig. Ich sprang auf das Gerüst, kauerte mich zusammen und klammerte mich mit beiden Händen an die Eisenstange. Er packte mich wie eine junge Katze am Nacken und schüttelte mich grob. Ich jammerte. Er stieß mich zurück. Ich hatte Angst. Er war über mir. Ich zog beide Beine an und stieß dann zu. Mit aller Kraft, die ich hatte. Ich traf ihn mitten in den Bauch. Im Fallen fluchte er noch einmal laut. Ich hielt mir die Ohren zu. Trotzdem hörte ich, wie er auf der Straße aufschlug. Es klang grauenhaft. Reflexartig hob ich den schweren, halbvollen Farbkübel auf und warf ihn hinter ihm her. Dann kauerte ich mich wieder zusammen, schlang die Arme um meine Knie und preßte die Stirn dagegen. Meine Tränen tropften durch die Ritzen in den Brettern auf die Straße.

Letzte Pizza

Der Mann saß hinter seinem Schreibtisch und stapelte Zettel um, von rechts nach links und von links nach rechts. Er hob den Kopf, als Charlotte eintrat.

Eine Frau, sagte er.

Ja, sagte Charlotte, sieht man das nicht?

Doch.

Er verzog das Gesicht.

Haben Sie etwas gegen Frauen?

Er zögerte und spielte mit seinem Bleistift. Dabei warf er ihr einen kritischen Blick von unten zu. Schließlich drehte er den Bleistift um und wies mit der Spitze auf den zweiten Stuhl.

Setzen Sie sich.

Charlotte setzte sich.

Also, was ist jetzt?

Sie zündete sich eine Zigarette an. Ihre Haare waren mit einem grünen Band zusammengebunden und fielen wie ein dunkler Springbrunnen über ihr Gesicht. Der Mann seufzte.

Frauen! seufzte er. Mit Frauen ist alles so schwierig. Wenn ein Mann in mein Büro kommt, sehe ich auf den ersten Blick, was das für ein Typ ist: kompliziert oder schwerfällig oder frech. Männer kann ich einschätzen. Aber Frauen! Heute wirken die jungen Frauen alle so energisch. Und dann haben sie plötzlich Launen oder Liebeskummer oder das prämenstruelle Syndrom.

Seine Stimme klang übellaunig wie die eines Kindes.

Ich weiß nicht so recht. Können Sie überhaupt Auto fahren?

Charlotte drückte ihre Zigarette aus und stand auf. Sie strich sich mit den Handflächen über ihren Rock, um ihn ein bißchen länger zu machen. Ich kann Auto fahren, sagte sie freundlich. Und ich habe keinen Liebeskummer. Und ich kann sofort anfangen.

Der Mann legte den Kopf auf die Seite und entschied sich. Also gut.

So wurde Charlotte Ausläuferin beim Pizzaservice. Natürlich hatte sie doch Liebeskummer. Aber sie ließ sich nichts anmerken. Sie war die schnellste Fahrerin der Truppe. Man teilte sie am Wochenende ein, man gab ihr die komplizierten Routen, die großen Bestellungen, die abgelegenen, nicht einfach zu findenden Adressen. Sie kurvte in dem kleinen grünen Wagen durch die Stadt und ließ das Radio dröhnen. Anfangs wurde sie in der Küche mit bewundernden Pfiffen empfangen und «Wie, schon zurück?»

Dann gewöhnte man sich daran. Sogar der Mann mußte zugeben, daß sie die beste, schnellste und zuverlässigste Fahrerin war, die er je gehabt hatte. Trotzdem stellte er keine weiteren Frauen ein. Charlotte mußte eine Ausnahme sein. Sie schien nie unter Launen zu leiden oder unter Liebeskummer oder dem prämenstruellen Syndrom.

Einzig die vorgeschriebene Mütze trug sie nicht, weil sie nicht auf ihre Springbrunnenfrisur gepaßt hätte. Aber das sah jeder ein.

Charlotte hielt das Steuerrad mit einer Hand. Sie fuhr schnell. Sie summte mit dem Radio und rauchte, den Ellbogen ließ sie aus dem Fenster hängen. Der Abend war warm. Es war gegen zehn, ein Samstagabend im Juni.

Als sie zurückkam, wartete in der Küche schon die nächste Ladung.

Beeil dich, sagte der Junge, der die Pizzas fertigmachte, drei Bestellungen, alle an der Langstraße. Kein Problem.

Charlotte nickte.

Kein Problem, sagte sie, ich hab' da mal gewohnt.

Um so besser.

Der Junge stapelte ihr die Pizzaschachteln in die Arme. Sie trug sie über den Hof zum Wagen, die Bestellzettel unters Kinn geklemmt. Die Luft war immer noch warm. Sie setzte sich seitlich in den Wagen, legte die Schachteln auf den Beifahrersitz und sah die Bestellungen durch. Mit dem linken Absatz klopfte sie auf das Pflaster. Die dritte Adresse war ihre eigene. Sie zog die Beine ein, schlug die Tür zu und fuhr los.

Langstraße 12. Drei Jahre lang hatte sie dort gewohnt. Jetzt nicht mehr. Martin Hellstab, Langstraße 12, jetzt wohnte jemand anderes dort. Eine Pizza mit Artischockenherzen, eine Pizza mit Kapern und Sardellen. Charlotte fuhr schneller denn je. Sie wußte, daß Martin keine Sardellen mochte. Also war die Pizza für jemand anderen. Für die andere. Die andere Frau. Die jetzt dort wohnte. Langstraße 12.

Artischockenherzen für Martin.

Sie warf die anderen Pizzaschachteln aus dem Fenster und fuhr direkt hin. Es war beinahe elf Uhr, als sie den Wagen direkt vor dem Haus parkierte. Obwohl sie sich beeilt hatte. Die Pizzas würden nicht mehr sehr heiß sein und nicht mehr sehr knusprig. Sie drückte die beiden untersten Klingelknöpfe, und die Haustüre sprang auf. Das hatte sie nicht vergessen. Genau so wenig wie alles andere. Die beiden Schachteln vor sich herbalancierend, stieg sie die vier Treppen hoch.

Nichts hatte sich verändert, außer, daß sie nicht mehr dort wohnte, dafür jemand anderes. Eine andere Frau.

An der Wohnungstüre stand nur sein Name, aber das wollte nichts heißen, das war immer so gewesen, drei Jahre lang. Sie klingelte. Eine Weile hörte sie nichts, dann hörte sie seine Schritte. Er öffnete die Tür. Er war barfuß. Er trug ein altes T-Shirt und ein Handtuch. Ein blaues Handtuch um die Hüften geschlungen.

Na endlich, sagte er, und dann erst erkannte er sie und blinzelte.

Du? sagte er und lächelte ein kleines schräges Lächeln, du???

Sie erinnerte sich noch an das Geschäft, in dem sie das Handtuch gekauft hatte.

Ja, ich.

Sie ließ die beiden Schachteln fallen und zückte ihr Messer.

Ich hab's doch geahnt, stöhnte der Mann, Frauen!

Mein neunter Mord

Zugfahren habe ich immer gehaßt. Das endlose Rattern. Der Geruch. Die Menschen. Trotzdem bin ich ein Jahr lang mit dem Zug zur Arbeit in die Stadt gefahren. Morgens eine Stunde. Abends eine Stunde. Jeden Tag dieselben Gesichter. Jeden Tag dieselbe Landschaft, die unverändert an den Fenstern vorbeizog, hin und zurück.

Anfangs stand ich morgens um viertel nach sechs auf, duschte, zog mich an, frühstückte, packte meine Tasche zusammen und verließ das Haus rechtzeitig, um den Zug um sieben Uhr nulldrei zu erreichen. Der Zug war selten pünktlich. Ich stand vor dem Bahnhof und beobachtete mit zunehmendem Haß, wie sich täglich dieselben Gestalten auf dem Bahnsteig sammelten. Im Geiste begann ich, die Sitzplätze abzuzählen. Ich wußte genau, wo ich auf dem Bahnsteig warten mußte, um in der Nähe einer Türe zu sein, wenn der Zug endlich einfuhr und hielt. Das wußten die anderen auch. So standen wir in dichten, regelmäßig verteilten Trauben, warteten sprungbereit und nahmen keine Notiz voneinander. Am schlimmsten war es im Sommer, wenn die Schule morgens früher begann und der ganze Zug voll abstoßend junger, hübscher, lauter Schüler war, die Bücher herumschmissen, Musik hörten, rempelten und spotteten und flirteten.

Mit der Zeit stand ich morgens immer später auf, verzichtete auf das Frühstück, nicht aber auf die Dusche. Oft erreichte ich den Bahnhof erst in letzter Minute und mit noch nassen Haaren. Im Winter froren die Haarspitzen in der kalten Luft ein. Sobald ich in den Zug stieg, tauten sie wieder auf, und das Wasser tropfte mir in den Kragen und rann über meinen Nacken.

Der Zug war selten pünktlich. Eigentlich nie. Er fuhr durch die ganzen Vororte, hielt alle vier Minuten und sammelte neue Menschen ein. Immer mehr und mehr. Sie stauten sich in den Gängen, gähnten, rauchten, raschelten mit der Zeitung. Ich wohnte zum Glück weit genug draußen, um meistens noch einen Sitzplatz zu erwischen. Manchmal allerdings war der Zug schon überfüllt, wenn er in meinen Bahnhof einfuhr. Dann war der Tag für mich verdorben. Der Zug fuhr in die Stadt. Dort arbeitete ich an einem Telefon. Von acht bis halb sechs. Nach der Arbeit ging ich einkaufen. Ich mußte mich beeilen. Den Zug um achtzehn Uhr elf erreichte ich immer nur knapp. Abends rechnete ich schon gar nicht mit einem Sitzplatz. Ich stand eingeklemmt im Gang, hielt meine Einkaufstüten umklammert und atmete durch den Mund. Abends waren die Gerüche noch weniger zu ertragen. Der ganze Tag eines Menschen klebte an seinem Mantel. Schultern stießen gegeneinander. Im Zug entwickelte ich Haßgefühle, die mich selber erschreckten.

Nach einem Jahr hatte ich genug von allem. Vom Landleben, von meiner Arbeit, vor allem vom Zugfahren. Ich kündigte die Stelle, vermietete mein Zimmer an eine Kollegin weiter und fuhr in die Ferien. Mit dem Zug.

Allerdings mit dem Schlafwagen, erster Klasse. Ich freute mich sogar darauf. Für die Reise hatte ich mir wunderbare Koffer und Taschen in allen Größen gekauft, ein gepflegtes Picknick und einen Stapel Illustrierte eingepackt und mir die Haare hochgesteckt. Ich trug ein Kostüm von der Art, die allgemein als Reisekostüm bezeichnet wird. In meiner Handtasche befanden sich einzeln abgepackte Erfrischungstüchlein mit Zitronenduft. Ich hatte an alles gedacht. Ich war zufrieden mit mir.

Ich fühlte mich als Frau von Welt. Diese Zugfahrt wollte ich genießen. Voller Erwartung folgte ich dem Schaffner, der meine Koffer trug und mich zu meinem Abteil führte. Er schloß die Tür auf, und ich gab ihm ein großzügiges, im voraus abgezähltes Trinkgeld. Das Abteil war enger, als ich es mir vorgestellt hatte. Auf dem unteren Bett saß eine ungeheuer dicke Frau, die den Raum beinahe ausfüllte. Damit hatte ich nicht gerechnet. Ich fühlte, wie sich mein Lächeln im Gesicht festkrallte.

Guten Abend, sagte ich unsicher und stellte mein Gepäck ab. Die dicke Frau seufzte.

Guten Abend ist das nicht eine grauenhafte Hitze man könnte meinen es sei Hochsommer haben Sie gesehen daß die Betten schon gemacht sind ich nehme das untere wenn es Ihnen recht ist mit meinem Gewicht kann ich schließlich nicht mein Name ist Huwyler wo fahren Sie hin?

Während sie sprach, hatte ich unwillkürlich den Atem angehalten. In dem Moment, als ich die dicke Frau auf der Bettkante erblickt hatte, hatte ich gewußt, daß sie mir die Fahrt verderben würde. Meine Vorfreude war bodenloser Enttäuschung gewichen. Meine Mundwinkel zuckten leise, ich war nahe daran loszuheulen. Ich nahm mich zusammen. Nickte der Frau zu, murmelte meinen Namen, hievte meine Taschen ins Gepäcknetz. Versuchte, mich auf dem oberen Bett einzurichten. Ab und zu stieß ich mit dem Kopf gegen die Decke. Ich packte das Nachthemd aus, das ich extra für die Reise gekauft hatte, und legte es auf das Kissen. Da tauchte Frau Huwylers Gesicht am Bettrand auf. Es glänzte vor Neugierde.

Hübsches Nachthemd haben Sie da vielleicht ein bißchen gewagt aber das können Sie sich ja leisten mit Ihrer Figur echte Seide ist das aber nicht höchstens ein Gemisch

Und schon griffen ihre Finger zu und zerrieben den dünnen Stoff mit unverhülltem Vergnügen. Ich mußte mich beherrschen, um sie nicht auf den Handrücken zu schlagen. Ihr Atem ging leise pfeifend.

Hmmmm was für ein Stöffchen sicher nicht billig aber Sie haben ganz recht man ist nur einmal jung

Ich riß ihr das Nachthemd aus der Hand. Schon hatte sie mir die Freude daran verdorben. Sorgfältig faltete ich es zusammen, versuchte die Stellen, die ihre Finger zerknüllt hatten, wieder glattzustreichen. Ich würde diese Nacht im Unterrock schlafen.

Frau Huwylers Mäuseaugen blitzten ungerührt über den Bettrand. Sie füllte das Abteil mit ihrem Körper, ihrer Stimme, ihrer Selbstgefälligkeit und ihrem Geruch. Ich drückte meine Handtasche gegen den Bauch, murmelte eine Entschuldigung und kletterte die Leiter hinunter. Sie würde mein Gepäck durchwühlen und meine Zeitschriften lesen. Ich konnte kaum mehr atmen. Ich verließ das Abteil.

An einem offenen Fenster stehend, rauchte ich eine Zigarette, während der Fahrtwind meine Frisur löste. Tränen stiegen in meine Augen, ob vom Wind oder vom Rauch, war schwer zu sagen. Die Zigarette verursachte mir leichte Übelkeit. Ich warf sie aus dem Fenster. Ich hatte Hunger. Ich dachte an ein schönes Picknick. Hühnerbeine, Tomaten, russischer Salat, aber da war diese Frau. Ich schloß das Fenster und machte mich auf die Suche nach dem Speisewagen.

Der Speisewagen war überfüllt. Wie es das Schicksal wollte, fand sich nur noch ein einziger freier Platz, und zwar am Tisch eines gutaussehenden Herrn. Er erhob sich leicht und deutete eine Verbeugung an.

Augenniederschlagend und errötend setzte ich mich. Damenhaft meinen Hunger ignorierend, bestellte ich einen kleinen Salat. Der Tisch war so klein, daß sich unsere Teller berührten. Wir saßen zu nahe, um uns nicht zu beachten. Er wünschte mir einen guten Appetit, und so kamen wir ins Gespräch. Er hieß Joachim und hatte weiße Haare an den Rändern und war geschäftlich unterwegs. Er fuhr an den selben Ort wie ich. Vielleicht könnten wir uns wiedersehen.

Er sah gut aus. Er war höflich. Charmant. Was man wollte. Ein Mann wie aus einem Fotoroman ausgeschnitten und samt Sprechblase ins Tagebuch geklebt. Ein Mann, wie es ihn eigentlich nicht geben konnte. Nicht in meinem Leben. Ich akzeptierte einen Cognac, obwohl mein Magen immer noch leise knurrte. Als sich sein Gesichtsausdruck plötzlich veränderte, mußte ich mich nicht umdrehen, um zu wissen, daß Frau Huwyler nahte.

Ach hier sind Sie hören Sie ich würde mich jetzt gern hinlegen und ich möchte nicht mehr geweckt werden vielleicht kommen Sie auch lieber mit

Ihre Stimme dröhnte durch den Speisesaal. Die Gespräche verstummten.

Sie blieb vor unserem Tisch stehen und musterte mich herausfordernd.

Ich möchte nicht geweckt werden, wiederholte sie, ich brauche meinen Schlaf meine Gesundheit ist auch nicht mehr die beste und Sie kommen jetzt besser auch mit dann stören Sie mich nicht wenn Sie spät noch ins Abteil kommen.

Ihr Blick wanderte vielsagend von mir zu Joachim und wieder zurück.

Achso deshalb das hübsche Nachthemd jaja, murmelte sie.

Schamüberflutet erhob ich mich. Joachim zwinkerte mir verständnisvoll zu, und so schaffte ich es, halbwegs aufrecht hinter Frau Huwyler den Speisewagen zu verlassen. Blicke trafen mich in den Rücken. Ich stolperte vorwärts.

Wortlos betrat ich das Abteil, kletterte auf das obere Bett, zog Rock, Jacke und Bluse aus, die ich sorgfältig zusammenfaltete und am Fußende des Bettes aufeinander legte. Frau Huwyler unterdessen schälte sich keuchend und vor sich hin schwatzend aus ihren Kleidern. Ihr Geruch verdichtete sich mit jedem Kleidungsstück, das auf dem Boden landete. Ich konnte es kaum ertragen. Ich rüttelte am Fenster, doch es ließ sich nicht öffnen. Frau Huwyler hätte es, nebenbei bemerkt, auch gar nicht zugelassen. Ich kroch unter die Bettdecke, schloß die Augen und versuchte, gar nicht hier zu sein. Sie scheuchte mich noch ein paarmal auf, um sich nach dem Fahrplan zu erkundigen, ein Taschentuch zu verlangen, meine Illustrierten zu kommentieren. Dann legte sie sich endlich hin. Nachdem sie bis jetzt beinahe ununterbrochen geredet hatte, unterließ sie es sogar, mir gute Nacht zu wünschen. Ich drehte mich zur Wand und zählte meine Atemzüge. Mit offenen Augen starrte ich im Dunkeln vor mich hin.

Ihr schwerer Atem verwandelte sich in Schnarchen. Röchelndes, unregelmäßiges Schnarchen. Ein seltsamer kleiner Laut kam über meine Lippen. Ich zählte von eins bis tausend und von tausend bis eins. Dann warf ich die Decke zurück, erhob mich leise und kletterte die Leiter hinunter. Im wechselnden Licht blickte ich auf diese Frau, die mir bis in den Schlaf meine Zugfahrt verdarb. Ich nahm das Reservekissen und preßte es auf ihr Gesicht, bis das Schnarchen aufhörte. Den Rest der Nacht schlief ich ausgezeichnet.

Der Schaffner weckte mich rechtzeitig. Ich wusch mich, zog mich an und steckte mein Haar hoch. Ich nahm mein Gepäck und verließ das Abteil. Im Gang traf ich Joachim. Er lächelte verschwörerisch.

Die Nachbarin schläft noch?

Ja. Sie fährt noch weiter, soviel ich weiß.

Der Zug fuhr in den Bahnhof ein. Joachim verabschiedete sich höflich, noch bevor der Zug ganz still stand. Er hatte es eilig, aber er würde mich in meinem Hotel anrufen.

Er hat es nie getan.

Der siebte Himmel

Ich wohne im siebten Himmel.

Eigentlich müßte man natürlich sagen, im siebten Stockwerk, aber das klingt nicht annähernd so schön und drückt auch nicht das aus, was ich für meine Wohnung empfinde. Naja, Wohnung, um ehrlich zu sein, handelt es sich mehr um ein Zimmer, neun Quadratmeter mit einem kleinen Fenster zum Müllschacht. Toilette auf dem Flur. Das ist natürlich keineswegs eine Umgebung für eine Dame. Ich muß auch gestehen, daß ich selber ziemlich schockiert war, als ich das Zimmer zum ersten Mal sah, aber damals hatte ich keine andere Wahl, und heute habe ich mich daran gewöhnt. Unterdessen lebe ich zwölf Jahre hier. Im siebten Himmel.

Anfangs hatte ich besondere Mühe mit der Toilette. Es fiel mir furchtbar schwer, nachts im Morgenrock auf den Flur hinauszutreten, in dem schwachen Licht den Schlüssel zu suchen, immer in der Angst, es könnte besetzt sein, ich müßte warten und jemand könnte mich sehen in meinem eleganten Morgenmantel, mit meinen Schwanenfedernpantöffelchen, die so gar nicht hierhin paßten. Ich begann, unter Verstopfung zu leiden. Ich lag nachts wach und lauschte auf Geräusche. So konnte es nicht weitergehen.

Schließlich redete ich mir ganz einfach ein, der Flur und die Toilette gehörten zu meiner Wohnung. Und siehe: es funktionierte. Mehr brauchte es nicht. Ich fühlte mich sofort viel wohler, und meine Verdauung normalisierte sich, als ich mich wieder traute, auf der Toilette russische Romane zu lesen.

Somit wäre alles in Ordnung gewesen. Ich begann mich mit dem Gedanken abzufinden, wohl etwas länger als vorgesehen in diesem Zimmer bleiben zu müssen. Meine Mittel sind ziemlich beschränkt, ebenso meine praktischen Fähigkeiten, was sich aus meinem früheren Lebenswandel erklären läßt. Achja, früher! Früher!

Doch dann hatte ich die ersten Zusammenstöße mit den anderen Bewohnern des siebten Stockwerkes. Hier unter dem Dach gibt es acht Zimmer wie meines. Acht Menschen, die nachts die Toilette aufsuchen wollten, während ich daselbst russische Romane las. Es kam zu äußerst unerfreulichen Szenen, es wurde gegen die Türe gepoltert und geschimpft, und ich kann Ihnen versichern, daß die Menschen hier oben keine sehr gewählte Sprache sprechen! Ein paarmal mußte ich die Toilette beinahe fluchtartig verlassen und unter einem Hagel von Flüchen und wütenden Blicken in mein Zimmer huschen. Einmal wurde ich sogar von einem grobschlächtigen, dunklen Kerl am Arm gepackt und offen bedroht. Ich wäre vor Schreck beinahe ohnmächtig geworden! Ich riß mich los, rannte in mein Zimmer und verschloß die Tür hinter mir. Dann brach ich in Tränen aus. Plötzlich sah ich alles so deutlich: meine unwürdige Situation, das schäbige, winzige, düstere Zimmer, das ganze Elend.

Vielleicht muß ich doch erklären, wie ich in den siebten Himmel gekommen bin.

Ganz einfach: Die Treppe hoch. Stockwerk für Stockwerk. Die Wahrheit ist, daß ich immer schon in diesem Haus gelebt habe. Es ist ein vornehmes, altmodisches Wohnhaus mit einer riesigen, sehr schönen Eingangshalle. Im ersten Stock befindet sich eine einzige, herrschaftliche Wohnung mit einer Flut unnützer Zimmer: verschiedene Salons in verschiedenen Farben, Herrenzimmer, Rauchzimmer, zwei Bibliotheken, Anrichte, Ankleide und so weiter. In dieser wunderbaren Wohnung verbrachte ich eine vergleichsweise unbeschwerte Kindheit.

Im zweiten Stockwerk sind es schon zwei große Wohnungen. In einer davon wohnte ich, als ich mit dem russischen Diplomatensohn Hervé Maximov (er hieß tatsächlich so!) verheiratet war. Leider ergab er sich dem Wodka und ich mich den russischen Romanen, so daß unsere Verbindung kinderlos blieb. Durch meine Lektüre verdorben, verliebte ich mich schon bald, und zwar in den jungen Hauslehrer der Kinder meiner Schwester, die mit ihrer Familie in der anderen Wohnung auf diesem Stockwerk lebte. Er hieß Emil... Nein, Eugen... Nein, wie hieß denn der junge Mann noch gleich? Eduard? Egon? Emerich?

Ich weiß es nicht mehr. Ich weiß es nicht mehr! Wie auch immer, der junge Mann war romantisch, schüchtern, gebildet, er hatte zarte Hände und war mein Verderben. Denn natürlich wurden wir eines Nachmittags von meinen unerträglichen Neffen erwischt, es gab einen fürchterlichen Skandal, und ich wurde von meiner Familie verstoßen. Hervé Maximov reiste empört und beleidigt nach Paris, um dort den traditionsreichen Beruf eines Taxifahrers zu ergreifen, was schon immer sein Traum gewesen war. Ich sah ihn niemals wieder, weder ihn, noch meine Mitgift, noch überhaupt einen roten Heller. Meine Schwester hatte als Entschädigung für die brüskierten Seelen ihrer Kinder meine Wohnung annektiert, und so stand ich auf der Straße.

Diesen unerfreulichen Beruf übte ich allerdings nicht länger als eine Woche aus. Wie das Schicksal so spielt, wurde ich eines Abends von einem alten Freund meines Vaters angesprochen, der vor Schreck beinahe sein Gebiß ausspuckte. Er nannte mich «mein armes Kind» und lud mich zum Essen in seinen Club ein, was er auch gefahrlos tun konnte, da ich immer noch ganz wie eine Tochter aus gutem Hause wirkte. Auf diplomatischen Umwegen überzeugte er meine Familie, mir zu verzeihen und mich wieder aufzunehmen. Das tat sie auch, aber ich mußte zwei Stockwerke überspringen.

So landete ich in einer bürgerlichen, aber immer noch anständigen Dreizimmerwohnung im fünften Stockwerk. Damit war ich bereits im schäbigeren oberen Teil des Hauses angelangt. Das sieht man schon an der Treppe: von der feudalen Halle bis in den zweiten Stock liegt ein roter Teppich mit goldenen Leisten auf den marmornen Stufen, und das Geländer ist poliert. Vom zweiten bis in den vierten Stock wird die Treppe ein bißchen schmaler, der Teppich fehlt, und das Geländer ist matt.

Danach ist es nur noch eine schmale, schiefgetretene Holztreppe mit einem rauhen Geländer, von einer nackten Glühbirne beleuchtet. So weiß man immer genau, wo man steht. Im Haus, in der Gesellschaft. Es ist alles dasselbe.

Der Freund meines Vaters litt sehr unter diesem gesellschaftlichen Abstieg, der mit dem allabendlichen Aufstieg in meine Wohnung verbunden war. Er litt ehrlich darunter, denn er war durch und durch ein Kavalier der alten Schule. So betrank er sich jedesmal gründlich in der Bibliothek meines Vaters, bevor er sich unter einem nichtigen Vorwand frühzeitig verabschiedete und schwerfällig die immer schäbiger werdenden Stufen erklomm, um sich keuchend in meine Arme zu werfen. Kein Wunder, daß ihn eines Nachts der Schlag traf.

Dieser zweite Skandal war noch schlimmer als der erste, denn diesmal ging es immerhin um «einen von uns», und um einen Toten noch dazu. Dummerweise hatte ich in meiner Verzweiflung versucht, ihn wieder anzukleiden und in einer unverfänglichen Position auf dem Lehnstuhl zu arrangieren. Dabei hatte ich mich aber so ungeschickt angestellt, daß man mich prompt des Mordes verdächtigte. Ich wurde verhaftet und verbrachte zwei Nächte in einer Zelle, bis man herausfand, daß der väterliche Freund eines natürlichen Todes gestorben war.

Meine armen Eltern sahen nun keinen anderen Weg mehr, als mich in eine Heilanstalt einweisen zu lassen. Ohne Schwierigkeiten konnten sie den Arzt von dieser Notwendigkeit überzeugen, der ja meine Abenteuer seit frühester Kindheit mitverfolgt hatte. Er beschränkte sich darauf, der Anstaltsleitung mein Leben zu schildern, was diese davon überzeugte, daß ich nicht normal sein konnte. Zwei Jahre blieb ich dort. Es war gar nicht so schlimm. Die Anstalt hatte einen hübschen Garten, ich ging spazieren, flirtete mit den Ärzten und las die russischen Romane, die ich mir schicken ließ. Besucht hat mich allerdings in den ganzen zwei Jahren niemand. Wenn man bedenkt, daß ich ja nur das Beste gewollt hatte und daß das alles nur passiert war, weil ich die Gefühle meiner (und seiner!) Familie hatte schonen wollen, kommt es einem nicht ganz gerecht vor. Aber was heißt schon gerecht! Aus dieser Zeit stammen übrigens meine Verdauungsstörungen. Dann kamen meine Eltern bei einem Zugunglück ums Leben. Natürlich hatten sie mich enterbt. Aber ein Rest von Verantwortungsgefühl und vielleicht auch schlechtem Gewissen ließ sie verfügen, daß ich ein lebenslanges Wohnrecht in diesem Haus haben sollte.

Und so landete ich endlich im siebten Himmel. Das ist jetzt zwölf Jahre her. Meine Schwester ist gestorben, und die gräßlichen Neffen, die mir den Schock einer verfrühten und allzu realistischen Aufklärung nie ganz verziehen haben, regieren das Haus. Sie haben alles umgebaut, es gibt jetzt sehr viel mehr Wohnungen als früher, aber immer noch werden sie nach oben immer schäbiger. Im siebten Stockwerk wohnen Gastarbeiter, Arbeitslose, Säufer. Und ich, die ruchlose Tante. Eigentlich habe ich mich schnell eingelebt. Nach den anfänglichen Schwierigkeiten beschloß ich einfach, die widrigen Umstände zu ignorieren und zu leben wie im bel étage. Acht Zimmer ohne Küche, ohne Bad, ohne Teppich, ohne Licht… Es erfordert schon einige Phantasie. Auch Autorität gegenüber den Mitbewohnern, die ich in meinem Leben zu Bediensteten umfunktioniert habe. Sie sind natürlich ganz unmöglich, aber was kann ich tun? Dabei verlange ich nicht viel. Ich habe versucht, sie daran zu gewöhnen, mich «gnädige Frau» zu nennen, und einige von ihnen tun es sogar. Andere nennen mich lieber «Schlampe», «alte Vettel» und so weiter.

Nachts gehe ich durch den Flur und trete gegen die Türen. Manchmal springt eine auf, die schlecht verriegelt oder nur angelehnt ist (obwohl das immer seltener vorkommt). Ich räuspere mich, verlange, daß man mir Tee bringt oder Gurkensandwiches oder daß man mir beim Auskleiden behilflich ist. Gewöhnlich werde ich beschimpft, am Arm gepackt und aus dem Zimmer geworfen, manchmal lande ich auch auf einer schmutzigen Matratze. Eine Zeitlang hat eine sehr nette, ältere Dame hier gewohnt, die auf alle meine Wünsche einging. Ich habe sie in meinem Testament bedacht, aber sie ist vor mir gestorben.

Wenn mir der Schmutz, die Unhöflichkeit zu viel werden, dann räche ich mich, indem ich meinen Stuhl auf den Flur hinauszerre und den ganzen Tag dort sitzen bleibe, so daß sie über mich hinwegklettern müssen. Oder ich schließe mich mit Wolldecken, Thermosflasche und Oblomow auf der Toilette ein und bleibe, wenn es sein muß, tagelang.

Ich glaube, die anderen Bewohner des siebten Himmels haben sich an mich gewöhnt. Allerdings habe ich gehört, daß sich dieser grobschlächtige, schwarze Kerl und eins der frecheren Mädchen bei meinen Neffen beschwert haben.

So geht es nicht mehr weiter, haben sie gesagt, die Alte muß verschwinden.

Die Neffen haben ernst genickt und versprochen: Keine Sorge. Sie wird gehen.

Ich frage mich nur, wie sie das gemeint haben. Weiter hinauf geht es ja nicht.

Außer... Sie werden mich doch nicht auf den Dachboden sperren?

Mein zehnter Mord

Ruf mich doch an. Der Satz hallte in meinem Kopf. Mit Echo. Ruf mich doch an an an. Die Dorfstraße lag ausgestorben vor mir in der bleiernen Hitze. Ich ging langsam und mit regelmäßigem Schritt vorwärts.

Ruf mich doch an. Versprich es.

Weiter unten an der Dorfstraße stand eine einzelne Telefonkabine. Jeden Tag war ich mindestens viermal daran vorbeigegangen. Scheinbar ungerührt. Jedes einzelne Mal war mir wie ein Sieg vorgekommen. Ich war drauf und dran, den Verstand zu verlieren. Ich konnte mich nicht erinnern, je in einem ähnlichen Zustand gewesen zu sein.

Paß doch auf, zischte ich durch die Zähne, paß doch auf.

Er hieß Peter, wie der Freund von Heidi, Peter, und war zehn Jahre jünger als ich. Wir hatten uns vor ungefähr zwei Monaten auf die romantischste Weise kennengelernt. Er hatte an meiner Tür geklingelt, um meine Meinung über verschiedene Waschmittelmarken zu erfahren. Ich gebe meine Wäsche seit Jahren in eine Wäscherei. Trotzdem bat ich ihn in die Wohnung.

Setzen Sie sich doch.

Er setzte sich auf das Sofa, nahm Fragebogen und Notizblock aus seinem bunten Rucksack, legte beides auf seinen Knien bereit und blickte mich erwartungsvoll an. Er hatte ein offenes, sauberes Gesicht. Helle Augen. Zerzauste Haare. Ganz der nette Junge von nebenan. Ich stand immer noch und wußte nicht recht. Lächelte mehr gegen meinen Willen.

Ich gebe meine Wäsche in eine Wäscherei, schon seit Jahren, sagte ich, tut mir leid. Zum Thema Waschmittel habe ich wohl nicht viel zu sagen... Aber...

Enttäuschung zog über sein Gesicht und verdunkelte es für einen Augenblick.

Ich bot ihm einen Kaffee an.

Ohne seine Antwort abzuwarten, ging ich in die Küche, schaltete die Kaffeemaschine an und klapperte mit den Tassen. Ich fühlte mich aufgeräumt und auf alles gefaßt. Trotzdem dachte ich mir nichts dabei, diesem Jungen einen Kaffee anzubieten.

Ich war vor drei Jahren in diese Gegend zurückgezogen. Nicht gerade in das Dorf, aus dem ich stammte, aber in die nächste größere Stadt. Ich hatte eine Wohnung gemietet, die mir gefiel, und sie für die Ewigkeit eingerichtet. Ich war selbständig und verdiente ziemlich gut. Ich lebte zurückgezogen, versuchte, mich ein wenig zu bilden, Bücher zu lesen. Ich war recht zufrieden. Es ging mir besser als jemals zuvor. Ich lebte mein Leben selber. Und dann kam er.

Als ich mit dem Tablett und den Kaffeetassen zurückkam, hatte er seinen Block und seinen Fragebogen wieder im Rucksack verstaut und die Hände um die Knie geschlungen.

Ich heiße Peter, sagte er.

Ich senkte den Blick und konzentrierte mich auf die Kaffeetassen, damit er mein Lächeln nicht sah.

Peter, wiederholte ich, das ist ein hübscher Name.

Er sah mich unverwandt an.

Möchten Sie ein Stück Schokolade, fragte er.

Sehr gern.

Er wühlte in seinem Rucksack und legte eine angebrochene Tafel Milch-Nuß auf den Tisch. Ich brach einen Riegel ab und schob ihn mir in den Mund. Wir tranken den Kaffee und plauderten eine Weile leicht daher. Ich fühlte mich wohl und achtete gar nicht darauf, ob die Zeit verging oder nicht. Bis er plötzlich sagte:

Schon halb vier. Ich möchte Sie heiraten.

Wie, schon? – Was – was sagen Sie??

Ich möchte Sie heiraten. Ich liebe Sie.

Ich sprang auf und stieß dabei gegen den Tisch, daß die Kaffeetasse überschwappte.

Das reicht, sagte ich scharf, raus jetzt.

Er stand auf und ging zur Tür. Dort drehte er sich um.

Ich meine es ernst, sagte er sanft und ging.

Ich kletterte auf das Sofa, kauerte mich in eine Ecke und aß gedankenverloren die restliche Schokolade auf. Ich war zutiefst verwirrt.

Er schickte mir Blumen. Er schrieb mir Karten. Er rief mich an. Schließlich lud er mich zum Essen ein. Ich sagte erst nein und dann ja und ging hin mit dem Vorsatz, ihm eine Rede zu halten, die ich extra vorbereitet hatte. Eine kühle und vernünftige und endgültige Rede. Doch dann vergaß ich sie. Es war ein schöner, heller Abend. Wir verstanden uns. Was immer der eine sagte, der andere antwortete unausweichlich mit «ich auch». Er brachte mich zum Lachen. Ich fühlte mich wohl mit ihm. Bis mir eine Gräte im Hals steckenblieb. Ich hustete, keuchte, würgte, stopfte mir weißes Brot in den Mund. Nichts half. Peter ließ den Notarzt kommen. Er fuhr mit mir ins Krankenhaus und ließ die ganze Zeit meine Hand nicht los. Als alles vorbei war, küßte er mich. Er mußte es wirklich ernst meinen.

Am übernächsten Tag fuhr ich in die Ferien. Ich ergriff die Flucht. Anders konnte man es nicht nennen.

Und da saß ich nun auf einem weit abgelegenen Zeltplatz irgendwo im Süden und litt unter der Hitze und unter den Mücken und unter den Nachbarn und unter dem regelmäßigen Aufschlagen der Tennisbälle. Selbst das Zirpen der Zikaden ging mir auf die Nerven. Die meiste Zeit saß ich trotz glühender Hitze in meinem Zelt, unfähig, mich zu irgendeiner Tätigkeit zu entschließen. Ich blätterte alte Mickymaushefte durch oder zupfte mit einer Pinzette überflüssige Haare auf meinen Beinen aus. Meine innere Uhr tickte unaufhörlich, noch drei Wochen und fünf Tage, noch drei Wochen und vier Tage, noch drei Wochen und drei Tage… Mehrmals täglich ging ich ins Dorf, um etwas zu trinken oder Zigaretten oder eine Zeitung zu kaufen. Auf der linken Straßenseite, am Eingang des Dorfes, stand eine einzelne Telefonkabine.

Nein, nein, nein.

Ich würde nicht anrufen. Nicht heute. Außerdem hatte ich kein Kleingeld. Aber ich würde auch dann nicht anrufen. So brachte ich Tag für Tag hinter mich wie ein ehemaliger Trinker. Ich würde ihn nicht anrufen. Ich würde ihn nicht einmal wiedersehen. Ich konnte es mir nicht leisten, mein so empfindliches und so hart erkämpftes Gleichgewicht aufs Spiel zu setzen. Nicht für einen Jungen, der behauptete, er liebe mich. Nicht für Peter. Was für ein Name.

Genüßlich malte ich mir aus, wie er schon langsam dabei war, mich zu vergessen. Nein. Ich würde nicht anrufen.

Nach zwölf Tagen überzog sich mein Körper mit juckendem Ausschlag. Sonnenallergie. Am dreizehnten Tag ging ich ins Dorf und ließ mir die Haare blond färben. Das Ergebnis war katastrophal. Umso besser. Ich litt noch ein paar Tage, kämpfte. Am siebzehnten Tag gab ich auf. Ich beschloß, anzurufen. Jetzt. Sofort. Beim bloßen Gedanken fühlte ich mich schon sehr viel besser. Der Ausschlag hörte auf zu jucken, und als ich in eine Fensterscheibe blickte, glänzte mein Haar golden in der Sonne. Ich ließ mir mein ganzes Geld in Münzen wechseln, nahm meine Tasche und ging ins Dorf.

Die Straße lag erledigt in der Mittagshitze. Das Dorf war still. In meinem Kopf rührte sich nichts mehr. Mein Herz klopfte mit meinen Schritten. Laut und regelmäßig. In meiner Tasche klimperte das Geld. Immer wieder schnappte ich nach Luft. Von weitem sah ich die Telefonkabine in der Sonne blinken. Als ob sie mir ein Zeichen gäbe. Als ob freundlich gesinnte Außerirdische sie auf meinen Weg gestellt hätten. Ich hatte sie schon beinahe erreicht, als von hinten mit rasender Geschwindigkeit ein Lieferwagen heranbrauste, mich beinahe über den Haufen fuhr und mit quietschenden Reifen schräg vor der Kabine zum Stehen kam. Ein dicklicher junger Mann in einem orangefarbenen Unterhemd sprang aus dem Wagen und in die Telefonkabine. Er schlug die Türe hinter sich zu. Das Hemd hing ihm hinten aus der Hose. Ich konnte es nicht fassen. Ich konnte es einfach nicht glauben. Nachdem ich mich endlich entschlossen hatte, meinem Leiden ein Ende zu machen und ihn anzurufen, war jeder weitere Aufschub unerträglich. Und sei es nur eine einzige Minute. Ich ging auf die Telefonkabine zu und hämmerte ein bißchen dagegen. Der Mann schien mich nicht einmal zu bemerken. Ich trat gegen die Tür, riß sie schließlich auf.

Ich muß dringend telefonieren, rief ich in die Kabine hinein.

Der Mann sah mich nicht einmal an. Unmißverständlich riß er mir die Tür aus der Hand und schlug sie zu. Er war stämmig, verschwitzt und offensichtlich wütend. Sein Lieferwagen stand mit weit offenen Türen und laufendem Motor mitten auf der Straße, doch das hatte nichts zu bedeuten. Ich sah, wie er Berge von Münzen vor sich aufhäufte und nach Größe sortierte, während er sprach, und ich wußte, es würde ein langes Gespräch werden. Ein unerträglich langes. Ich war völlig verstört.

Drei, viermal umkreiste ich die Kabine mit knirschenden Zähnen. Er brüllte ungerührt weiter ins Telefon. Allem Anschein nach sprach er mit seiner Mutter.

Ich kletterte in den Lieferwagen und drückte auf die Hupe, immer wieder. Er drehte sich um und drohte mir mit der Faust. Dann brüllte er weiter.

Das glaubst du doch nicht im Ernst, Mama, brüllte er.

Da schlug ich die Türe zu, fuhr ein kleines Stück zurück und dann mit Vollgas auf die Telefonkabine zu. Er blickte erst auf, als es schon zu spät war. Im Rückspiegel sah ich einen großen orangefarbenen Fleck in einem riesigen Scherbenhaufen. Verbogene Eisenstangen ragten wie Käferbeine in die Luft. Ich drehte den Rückspiegel ein wenig mehr zu mir, so daß ich meinen Lippenstift kontrollieren konnte, preßte die Lippen ein paarmal aufeinander und fuhr weiter.

Ich fuhr den ganzen restlichen Tag und die halbe Nacht durch und war gegen vier Uhr morgens zu Hause. Als ich die Wohnungstür aufschloß, hörte ich das Telefon klingeln.

Rosen

Meine Leidenschaft für weiße Rosen war mein Verhängnis. Ich liebe weiße Rosen, ich liebe Kleider mit tiefen, spitzenbesetzten Ausschnitten, ich liebe Champagner und Tränen der Rührung, kurz, ich habe in meinem Leben zu oft geheiratet. Und?

Kann man nicht heiraten, so oft man will? War nicht Elizabeth Taylor sieben- oder achtmal verheiratet, davon zweimal mit demselben Mann? Das ist etwas anderes. Ich selber war nur zweimal verheiratet. Der Unterschied zwischen mir und Liz Taylor ist, daß ich meine verschiedenen Ehen nicht nacheinander, sondern gleichzeitig führte. Das nennt man Heiratsschwindel, und es ist, soviel ich weiß, sogar strafbar.

Das erste Mal war ich noch sehr jung. Noch nicht einmal zwanzig. Tony und ich kannten uns, seit wir kleine Kinder waren. Wir waren gleich alt. Er wohnte in der selben Straße. In der Schule saßen wir hintereinander. Er bewarf mich mit Bleistiften und zog an meinen Haaren. Zu meinem zehnten Geburtstag schenkte er mir einen blauen Glasring in einer Kaugummikugel aus dem Automaten. Von diesem Tag an stand für uns fest, daß wir heiraten würden. Wir waren ein schönes Paar, jeder sagte es. Und wir waren auch durchaus glücklich. Es war eine wunderschöne Hochzeit. Dreihundert Menschen tanzten auf dem Dorfplatz, und ich trug eine Kopie des Hochzeitskleides von Prinzessin Anne. Meine Mutter weinte. Seine Mutter weinte. Alle waren betrunken. Am nächsten Morgen wachte ich sehr früh auf. Ich lag neben

Tony in einem Bett, das noch nicht einmal ganz uns gehörte. Ich hörte ihm beim Atmen zu und dachte, schade, das war's schon. Jahrelang hatte ich mich auf diesen Tag gefreut, der so rasend schnell vergangen war. Ich betrachtete Tonys Gesicht, das im Schlaf noch jünger wirkte, und tröstete mich mit dem Gedanken an die Hochzeitsreise. Vier Tage Venedig, ganz wie es sich gehörte.

Tony konnte die Papeterie von seinem Onkel übernehmen. Sie lag direkt hinter dem Bahnhof an der Hauptstraße. In den oberen beiden Geschossen wohnten wir. Das war sehr praktisch für mich. Ich arbeitete gern im Laden, vor allem samstags, wenn viel Betrieb war. Zwischendurch lief ich immer wieder nach oben, um nach den Kindern zu sehen. Wir haben drei Kinder: Susanne, Michael und Barbara. Als meine Schwiegermutter siebzig wurde, fand ich keine passende Glückwunschkarte in unserem Sortiment und malte deshalb selber eine. Am nächsten Morgen fragten zwei Frauen nach ähnlichen Karten. Ich begann also, Karten für verschiedene Anlässe zu malen, die sich ziemlich gut verkauften. Mein früherer Klavierlehrer brachte mich auf die Idee, die Karten einem Verlag anzubieten. Vielleicht könnten sie in Serie gedruckt werden. Bei dem Gedanken wurde ich ganz kribbelig. Aber ich traute mich nicht, anzurufen. Nach ein paar Wochen verlor der Klavierlehrer die Geduld und traf eine Verabredung für mich. Und so fuhr ich in die Stadt und lernte Eric kennen.

Es war ein kalter und düsterer Tag im Januar, es war kurz nach Barbaras Geburt. Ich war noch blaß und müde. Im Zug blätterte ich immer wieder meine Zeichnungsmappe durch und fand alle Entwürfe furchtbar. Kitschig, naiv, stümperhaft. Als der Zug in den Bahnhof einfuhr, wäre ich am liebsten

einfach sitzen geblieben und wieder in mein Dorf zurückge-
fahren. Ich hatte Angst. Ich war schon lange nicht mehr in der
Stadt gewesen und verirrte mich auf dem Weg zum Verlag. Ich
wurde immer nervöser. Nicht nur waren meine Zeichnungen
schlecht, sondern ich würde mich auch noch hoffnungslos
verspäten.

Völlig aufgelöst betrat ich das Verlagsgebäude. Nahe daran,
zu heulen oder wegzulaufen. Eric erwartete mich in seinem
Büro. Er war ungefähr doppelt so alt wie ich. Seine Augen
waren so grau wie sein Haar. Über den Rand seiner halben
Brille hinweg blinzelte er mir zu. Ich setzte mich auf ein Sofa,
um gleich wieder aufzuspringen und nervös auf und ab zu
gehen. Eric warf mir einen durchdringenden Blick zu,
wischte meine Entschuldigungen mit einer Handbewegung
weg und sah sich meine Entwürfe an. Er fand sie großartig
und sehr originell.

Das wird sich wunderbar verkaufen, sagte er begeistert,
darf ich Sie zum Mittagessen einladen? Vier Monate später
heirateten wir. Diesmal war alles ganz anders. Wir heirateten
auf dem Standesamt, und ich trug einen Blumenkranz im
Haar wie Romy Schneider. Seine Eltern waren nicht gekommen, weil sie nicht mehr lebten, und meine natürlich sowieso
nicht. Im Standesamt drängten sich nur Erics Freunde, die alle
schon ziemlich viel getrunken hatten. Sie warfen mit Gummi-
bärchen und Popcorn um sich und ließen Champagner über-
schaumen. Ich war die einzige, die weinte. Ich liebe eben
Hochzeiten. Nachher lud Eric sämtliche Anwesenden in ein
Restaurant ein, das gerade in Mode war. Er kannte alle diese
Orte. Es kamen sogar Leute mit, die eigentlich zu anderen
Hochzeitsgesellschaften gehörten. Es war laut, es war fröhlich, es wurde viel getrunken, geredet, gelacht und ein wenig

getanzt. Leider mußten wir auf die Hochzeitsreise verzichten.

Montag, Dienstag und Mittwoch lebte ich mit Eric in seiner wunderschönen Dachwohnung ganz ohne Wände mitten in der Stadt. Tony hatte ich gesagt, man hätte mir eine gutbezahlte Stelle in dem Verlag angeboten. Er war froh darüber. Seit der Supermarkt im Dorf auch Briefpapier und ähnliches anbot, lief die Papeterie nicht mehr so gut. Er verstand auch, daß ich unmöglich morgens und abends zwei Stunden Zug fahren konnte und deshalb lieber in der Stadt übernachtete. Donnerstag, Freitag, Samstag lebte ich mit Tony und den Kindern. Die Sonntage versuchte ich möglichst gerecht aufzuteilen. Eric hatte ich gesagt, ich wolle das Atelier auf dem Land nicht aufgeben, weil ich nirgendwo so gut arbeiten könne. In Wirklichkeit arbeitete ich im Zug. Und ich wurde immer besser und immer sicherer und begann wirklich, Geld zu verdienen.

Drei Tage in der Woche lebte ich das Leben, das ich mir immer gewünscht hatte: als zufriedene Hausfrau und Mutter in dem Dorf, in dem ich aufgewachsen war und in dem mich jeder kannte und auf der Straße grüßte. Mit dem Mann, den ich immer geliebt hatte, der sich von mir den Rücken massieren ließ und meine Kochkünste lobte und mit den Kindern Drachen steigen ließ oder Eisenbahnschienen quer durch die Wohnung legte.

Drei Tage in der Woche lebte ich mit Eric, der sich für meine Zeichnungen interessierte, mich in nächtelange Diskussionen verwickelte, mit mir ins Theater ging und ins Kino und in Bars und lauter Dinge anstellte, von denen ich keine Ahnung hatte. Meine beiden Leben waren so verschieden, daß ich das eine im anderen fast völlig vergaß. Trotzdem kam es nach beinahe sieben glücklichen Jahren zur Katastrophe. Die weißen Rosen waren schuld daran.

Es war an meinem dreißigsten Geburtstag. Beide, Tony und Eric, hatten meinen Geburtstag wiederholt vergessen. So ging ich aus Trotz an diesem Abend mit einer Bekannten essen. Wir hatten uns ein paarmal im Zug getroffen und uns gut unterhalten. Sie hieß Hildegard. So sah sie aber nicht aus. Sie wußte nichts über mich. Wir verbrachten einen sehr fröhlichen Abend. Wir verstanden uns wunderbar. Nach einem endlosen Essen gingen wir zusammen tanzen, was ich seit Jahren nicht mehr getan hatte. Weder Tony noch Eric konnten tanzen, und ich hatte ganz vergessen, wie gern ich es tat. Ich muß sehr müde und sehr betrunken gewesen sein. Als wir im Morgengrauen auf der Straße standen, eine letzte Zigarette rauchten und nach einem Taxi Ausschau hielten, wußte ich plötzlich nicht mehr, wo ich wohnte. So übernachtete ich bei ihr. Bei Hildegard.

Am nächsten Tag (es war ein Donnerstag) hatten zwei Männer ein schlechtes Gewissen. Tony beunruhigte sich als erster, als ich nicht mit dem üblichen Frühzug nach Hause kam. Eric machte sich erst Gedanken, als er sich gegen Mittag an meinen Geburtstag erinnerte. So brach er zum ersten Mal unsere stillschweigende Abmachung, daß er mich nicht im Atelier besuchen sollte, kaufte dreißig weiße Rosen, lernte Ausreden auswendig und stieg in den Zug. Als er in meinem Dorf ausstieg, sah er Tony auf dem Bahnsteig stehen und warten, mit einem Strauß Rosen in der Hand. Dreißig weiße Rosen. So gut kannten sie mich beide. Sie sahen sich einen kurzen Moment lang in die Augen. Sie verglichen ihre Rosensträuße. Sie ahnten die Wahrheit, bevor sie ganz die Fäuste geballt hatten. Nur glauben konnten sie es nicht. Zwei wun-

derschöne Rosensträuße fielen in den Staub. Es gab eine aus-
gedehnte Schlägerei und zwei Scheidungen und eine Strafe.
Ich blieb so lange bei Hildegard. Ich hätte sie gerne geheiratet.
Aber das ging ja leider nicht. Ich schnitt ein Foto von der
Hochzeit von Prinz Charles und Lady Diana aus der Zeitung
aus und legte es mit einem melancholischen Lächeln zwischen
die Seiten meiner Agenda. Was für ein wunderschönes Hochzeitskleid…

Mein elfter Mord

Jetzt wissen Sie also beinahe alles. Natürlich, da sind noch ein paar dunkle Stellen. Aber wir haben ja auch erst angefangen. Was sind schon drei Monate für einen Analytiker? Nichts.

Man hört ja immer, es sei unausweichlich, daß man sich in seinen Analytiker verliebe. Nun, in meinem Fall war das umgekehrt. Mein Analytiker hat sich in mich verliebt. Da war er aber noch gar nicht mein Analytiker. Ich war seine Putzfrau. Das bin ich übrigens immer noch.

In dieser Stadt leben viele erfolgreiche jüngere Menschen, denen der Gedanke, eine Putzfrau einzustellen, womöglich noch eine arme Portugiesin, Mutter von zwölf Kindern und Analphabetin, zuwider ist. Andererseits ist ihnen die Hausarbeit noch viel mehr zuwider. Ihnen kam ich wie gerufen, die ich ungefähr in ihrem Alter war, es offensichtlich «nicht nötig hatte» und deshalb wohl «ganz gerne machte». Ich mache die Arbeit wirklich nicht ungern. Und ich verdiene gut dabei. Sie lassen sich ihr Gewissen etwas kosten, diese Künstler, Werber, Zahnärzte und Journalisten. Interessante Leute. Sogar ein Psychoanalytiker ist dabei. Eigentlich sehe ich kaum je einen von ihnen. Ab und zu bietet mir einer ein Glas Wein an oder leiht mir ein Buch aus oder schenkt mir Theaterkarten, die er selber nicht nutzen kann. Manche von ihnen laden mich sogar auf ihre Parties ein. Natürlich nehme ich nie an. Ab und zu fragte mich auch einer, warum ich ausgerechnet... ich sei doch eigentlich...

Ich antworte regelmäßig mit «warum nicht», und dabei lassen sie es mit kaum verhohlener Erleichterung bewenden.

Den Analytiker mache ich immer abends, ich meine, seine Wohnung. Wenn er keine Klienten mehr hat, denn er arbeitet zu Hause. Montags und donnerstags, sieben bis neun. Bis vor drei Monaten begegneten wir uns eigentlich selten. Er hinterließ mir kleine Zettel, die ich nicht entziffern konnte, und ab und zu eine Schachtel Konfekt. Eines Abends war er jedoch zu Hause. Er war krank. Ich merkte es nicht sofort. Wie üblich schaltete ich als erstes den Fernseher ein, dann holte ich mir etwas zu trinken aus dem Kühlschrank und begann mit der Arbeit. Im Fernsehen lief gerade eine Gymnastiksendung, der ich zu folgen versuchte. Das konnte mir auf keinen Fall schaden. Und eins zwei drei, und eins zwei drei, und eins... Ich warf die Beine in die Luft, abwechslungsweise rechts und links, während ich Staub wischte. Ich mochte die Wohnung des Analytikers. Sie war hell und großzügig und leicht zu putzen. Wenig Möbel und viele Fenster mit einem wunderbaren Blick über die Dächer der Stadt. Ich hatte mich von Anfang an geweigert, die Fenster zu putzen.

Viel zu hoch, hatte ich gesagt, da gerate ich in Panik.

Und der Analytiker hatte, wie nicht anders zu erwarten war, verständnisvoll genickt und einen dieser sündteuren Putzdienste abonniert. So gab seine Wohnung für mich nicht viel zu tun. Im Fernsehen gingen sie nun zu Kniebeugen über. Ich schlüpfte aus meinem Rock, und da ich mich gerade so beschwingt fühlte, schleuderte ich ihn mit der Fußspitze in eine Ecke. Filmreif.

Kniebeugen: Eins, zwei, drei. Zwischendurch nippte ich immer wieder an meinem Weißwein. Nicht daß ich nicht gearbeitet hätte. Ich hatte die Wohnung wunderbar im Griff.

Natürlich hätte ich das auch in wesentlich kürzerer Zeit geschafft. Aber was sollte ich mich abhetzen. Ich arbeitete lieber in meinem eigenen Rhythmus. Meine junggebliebenen, kreativen Arbeitgeber hätten sicher volles Verständnis für mich – wenn sie es wüßten.

Jetzt kamen die Liegestütze. Ich zog meine Bluse aus und warf mich auf den Boden. Liegestütze sind nicht gerade meine Lieblingsbeschäftigung. Nach drei oder vier gab ich keuchend auf und ließ mich in den weichen Teppich sinken. Ich schloß die Augen. Bei jedem Atemzug kitzelten mich die Teppichflusen in der Nase. Ich rollte mich auf den Rücken. Leise summte ich die sportliche Melodie mit, die die Sendung begleitete. Entspannung wurde angesagt. Als ich die Beine zur Kerze hochstemmte, sah ich ihn. Er stand im Türrahmen, blaß und zerzaust, in einem verschwitzten halben Pyjama. Er starrte mich an, als ob er mich noch nie gesehen hätte. Eine Erscheinung, keine unangenehme, nach seinem Gesichtsausdruck zu schließen. Ich rollte mich zusammen, sprang auf und griff nach meinen Kleidern.

Sie gehören ins Bett, sagte ich freundlich.

Ohne ihn weiter zu beachten, zog ich mich an. Er drehte sich wortlos um und schlurfte ins Badezimmer. Ich nahm meine Arbeit wieder auf. Ich hatte kein schlechtes Gewissen. Warum auch. In Japan zwingt man die Menschen, ihre Arbeit durch Gymnastikschübe zu unterbrechen, und jeder weiß, daß auf der ganzen Welt nicht so viel gearbeitet wird wie in Japan.

Bevor ich an diesem Abend ging, brachte ich ihm eine Tasse Tee ans Bett und fragte, ob er noch etwas brauchte. Ich bot ihm sogar an, einen Arzt zu rufen, denn er sah wirklich schlecht aus. Er schüttelte den Kopf. Dann streckte er die

Hand nach mir aus. Ich wich zurück. Er ließ die Hand auf die Bettdecke fallen. Da lag sie weiß. Ich ging. Als ich das nächste Mal kam, ging es ihm besser. Er wartete auf mich. Die Weißweinflasche stand auf dem Tisch, zwei Gläser und ein Aschenbecher. Ich wußte, daß er selber nicht rauchte und hatte deshalb immer besonders sorgfältig gelüftet. Wie es schien, ohne Erfolg. Er mußte ein guter Beobachter sein. Aber das gehörte wohl auch zu seinem Beruf. Ich lächelte, setzte mich vorsichtig auf eine Stuhlkante und wartete. Was er von mir wollte? Er wollte mich analysieren. Nichts als das.

Warum? fragte ich.

Er zuckte mit den Schultern.

Warum nicht, es könnte interessant sein.

Also gut, warum nicht.

Sachlich erklärte er mir, daß ich einen symbolischen Beitrag für die Stunde bezahlen müßte, damit mir ihr Wert bewußt sei und auch aus Prinzip. Ich war einverstanden. Wir einigten uns auf eine Summe, die mir so symbolisch auch wieder nicht vorkam, und vereinbarten eine Stunde am Dienstagmorgen um acht Uhr. Das war mir eigentlich zu früh, aber ich sagte nichts. Ich war nun selber neugierig geworden. Ich wollte wissen, wie weit er gehen würde. Ich wußte, was er wollte. Er wollte mich. Über den Umweg meiner Seele.

Ich fühlte mich unsicher, als ich mich zum ersten Mal auf das flache, harte Lederbett legte, das ihm als Couch diente. Er saß am Fußende auf einem Stuhl, der rechtwinklig zum Bett stand. Ich mußte den Kopf heben, um ihn zu sehen. Ich hielt meine Arme links und rechts an den Körper gepreßt und kratzte mit den Nägeln nervös über den Lederbezug.

Und jetzt, was soll ich sagen?

Eigentlich hatte ich mir vorgestellt, ihm irgendwelche

Phantasiekindheiten zu erzählen. Nicht meine eigene, natürlich. Ich stellte mir vor, daß er so etwas gern hören würde. Aber dann, als ich auf diesem flachen Bett lag, fiel mir nichts mehr ein. Schließlich schilderte ich ihm die Wohnung der Journalistin, die ich anschließend putzen würde, und wie sich die junge Frau immer wieder entschuldigte, wenn sie zu Hause arbeiten mußte und mir beim Putzen im Weg war, und wieviel sie mir zahlte, um ihr Gewissen ruhig zu halten.

Die Stunde ist um, sagte er.

Mit einem unbestimmten Gefühl der Enttäuschung stand ich auf. Er brachte mich zur Tür. Nur sein Blick verriet ihn.

In der nächsten Stunde versuchte ich, ihn zu provozieren. Ich zog mein linkes Bein an und streckte es wieder. Mehrmals. Langsam. Dabei verrutschte mein Rock. Er ließ sich nicht beirren. Allerdings konnte ich sein Gesicht nicht sehen. Die Hitze in meinem Bein mußte nicht unbedingt von seinem Blick stammen. Mit der Zeit fand ich mich mit diesen Stunden ab. Ich erzählte, was mir gerade durch den Kopf ging, und er hörte mir zu. Mehr schien er nicht zu wollen. Nur an der Art, wie er mich ansah, wenn ich das Zimmer betrat oder verließ, erkannte ich seine Gefühle. Hin und wieder gab ich ihm Zucker. In Form eines Geheimnisses. Ob ihn das wirklich glücklich machte, so wie ich es mir vorstellte, konnte ich natürlich nie wissen. Daß ich mich in seine Hand gegeben hatte, merkte ich erst, als es schon zu spät war. Eines Tages reichte er mir nach der Stunde wortlos einen großen gelben Briefumschlag. Mäßig neugierig öffnete ich ihn erst im Bus, als ich zu meiner Journalistin fuhr. Er enthielt Fotokopien. Fotokopien von alten Zeitungsartikeln aus dem Ressort Unglücksfälle und Verbrechen. Die Französischlehrerin hatte er ausgegraben, die Waldarbeiter, Nuntius, Armin, Frau Huwyler...

Ich bitte Sie, dies als Geschenk zu verstehen, nicht als Drohung, hatte er auf den Rand der untersten Kopie gekritzelt.

Ich warf alles in den Aktenfresser der Journalistin. Ich hatte ihn verstanden. Von Anfang an. Ich hatte wissen wollen, wie weit er gehen würde. Jetzt wußte ich es.

Sie haben nur eins vergessen, Herr Doktor. Ich bin immer noch Ihre Putzfrau. Erst gestern habe ich Ihre Wohnung geputzt. Gründlich wie immer. Auch das Badezimmer. Ist Ihnen gestern abend nicht aufgefallen, daß Ihre Zahnpasta einen seltsamen Nachgeschmack hatte? Oder haben Sie es erst heute bemerkt? Sie sagen nichts, Herr Doktor. Ist Ihnen nicht gut?

Das Schlampenbuch

Katja,
dieses Buch ist für dich

Inhalt

Die Entführung

Es war an der Kreuzung direkt vor dem Bellevue-Platz, nachmittags gegen halb zwei. Die Sonne hatte mich einen Augenblick lang geblendet. Ich sah ihn im allerletzten Moment. Mit langen Schritten lief er über die Straße. Keine zwei Meter von mir entfernt. Der Wind fuhr durch sein Haar. Sein Schritt war leicht. Grüne Hosen flatterten um seine dünnen Beine. Sein Gesicht konnte ich nicht sehen. Es ging alles viel zu schnell. Heftig betätigte ich die Klingel. Er drehte sich nicht einmal um. Mein Herz blieb stehen, klopfte dann unregelmäßig weiter. Viel zu laut. Vorsichtiger als sonst fuhr ich die Acht zur Haltestelle und brachte sie sanft zum Stehen.

Ich blickte in den Rückspiegel. Ich wartete. Das Lichtsignal blinkte. Ich beachtete es nicht. Erst kürzlich war wieder einer dieser Leserbriefe im Tagblatt erschienen, ein W. E. aus Z. (woher denn sonst) empörte sich, das Tram sei ihm vor der Nase abgefahren. Und das nicht zum ersten Mal! Man könnte meinen, die Fahrer machten das absichtlich, aus sadistischem Vergnügen. Nun, lieber W. E., das stimmt natürlich nicht, und wären Sie heute hier, würden Sie Ihre Anschuldigungen zurücknehmen müssen.

Ich wartete ungebührlich lange an der Haltestelle. Bis hinter mir die Neun ihr lila Auge zeigte. Widerwillig setzte ich den Tramzug in Bewegung und fuhr los. Ganz langsam nur. Ganz sanft. Und da war er auch schon wieder.

Außer Atem, zerzaust, bewegte er sich durch den Mittelgang auf mich zu. Ich blickte in den Rückspiegel und in seine Augen. Sie lagen dunkel hinter einer lächerlich kleinen Brille. Warm. Er war nicht mehr ganz jung, sehr dünn. Unter dem Arm trug er mehrere lange Papprollen. Ungeschickt balancierte er auf einen freien Sitzplatz zu. Er setzte sich umständlich auf einen der letzten Plätze vor der Fahrerkabine und war dann aus meinem Rückspiegel verschwunden. Ich richtete meinen Blick geradeaus und stellte entsetzt fest, daß ich beinahe am Bürkliplatz vorbeigefahren wäre. Ich bremste hart. Die Fahrgäste wurden geschüttelt und gegeneinander geworfen und ließen ihr übliches Maulen hören. Was bilden die sich eigentlich ein. Glauben sie, ich höre sie nicht? Ich räusperte mich und entschuldigte mich höflich durchs Mikrophon. Das Maulen wurde nicht etwa leiser. Sehr viele Leute können sich nicht daran gewöhnen, daß eine Frau ein Tram fahren kann. Dabei gibt es nichts Einfacheres. Nach kurzer Zeit schon fährt man wie im Schlaf, gewissenhaft wie ein Automat, aber in Gedanken weit weg.

Ich warf einen Blick aus dem Fenster. Nein, ausgestiegen war er nicht. Außerdem würde er die Türe direkt hinter mir benutzen, ich würde ihn sehen. Er käme nicht so einfach an mir vorbei . . . Ich holte tief Luft und konzentrierte mich wie am ersten Tag auf die Strecke, die vor mir lag.

Bis zur nächsten Haltestelle zwang ich mich, geradeaus zu blicken und mich auf den Schienenstrang zu konzentrieren. Doch dann, als ich das Tram gerade wieder zum Stehen gebracht hatte, klopfte es an die Scheibe, ich drehte mich um, und er war es. Unsicher blickte er mich an. Rückte seine Brille zurecht.

Entschuldigen Sie, wenn ich nach Lochergut muß, bin ich da richtig?

Seine Stimme klang leise und höflich. Er sprach mit starkem Akzent. Ein Fremder. Einer, der wieder abreisen würde. Einer, der morgen nicht mehr hier wäre. Lochergut, da war er falsch. Ganz falsch. Ich hätte es ihm sagen können, und er wäre ausgestiegen und hätte die Nummer zwei abgewartet und mich im selben Augenblick vergessen. Ich fragte mich, wer wohl im Moment auf der Zwei war. Meine Kollegin Annemarie mit den langen dunklen Haaren? Eine Welle der Eifersucht schlug über mir zusammen. Ich fühlte, wie ich rot wurde. Dann fiel mir ein, daß Annemarie in den Ferien war. Ich fuhr weiter, drehte mich dabei halb zu ihm um und lächelte. Zu allem entschlossen, zeigte ich ihm meine kleinen Zähne. Lochergut ist richtig, ich sage Ihnen Bescheid.

Danke, vielen Dank.

Er setzte sich wieder. Diesmal auf den allerletzten Platz, direkt hinter mir. Durch die Scheibe fühlte ich seine Anwesenheit in meinem Rücken. Gemächlich fuhr ich auf den Paradeplatz zu. Meine Hände waren kühl, aber mein Herz raste, meine Wangen brannten, Schweißtropfen bildeten sich auf meiner Stirn. Was tust du, flüsterte ich, was tust du da? Bist du verrückt?

Endlich holte ich tief Luft. Ein Grinsen flog über mein Gesicht. Dabei hatte ich noch Glück gehabt, daß sich keiner von diesen pensionierten Freizeitfahrern eingemischt hatte, die immer alles besser wissen.

Aber Fräulein, das stimmt doch nicht, fürs Lochergut muß der Herr doch . . . und so weiter.

Gut, ich war verrückt.

Seit zwei Jahren saß ich in dieser Kabine. Die Einsamkeit der Tramfahrerin kennt keine Grenzen. Man verbringt ganze Schichten, ohne ein Wort mit jemandem zu wechseln, und an jeder Haltestelle wundert man sich, daß die eigene Stimme noch funktioniert. Man kauft sich an jeder Endstation einen Schokoladestengel, nur um ein bißchen mit den Kioskverkäufern zu plaudern, und wird in kürzester Zeit dick und fett. Man läßt sich von den Fahrgästen anschnauzen, weil man zu schnell fährt oder zu langsam. Hausfrauen sammeln die herumliegenden Tageszeitungen auf und bringen sie sauber gebündelt in die Fahrerkabine, dabei beschweren sie sich, daß ich den Wagen nicht in Ordnung halte, als handle es sich um mein Wohnzimmer. Jugendliche fangen an zu kreischen, wenn sie eine Ansage nicht verstanden haben oder einen obszönen Hintersinn darin entdecken, der nur ihnen verständlich ist. Hin und wieder sagt eine alte Oma «Danke vielmals», während sie sich zur vorderen Türe hereinschleppt, und man könnte ihr dafür die Hände küssen. Man arbeitet sehr früh morgens oder sehr spät abends, und irgendwann kommt der Tag, an dem man mit einem Kollegen die Schicht tauscht und drei Stunden früher als vorgesehen nach Hause kommt. Dieser Tag kommt für alle einmal. Bei mir war es Frau Hess, die Lehrerin meiner Tochter Marianne. Frau Hess lag auf meinem halbweißen Wohnzimmerteppich, nackt um meinen Mann geschlungen. Ich stand in der Tür, müde, verschwitzt, in dieser furchtbaren Uniform, die auch schon zu eng wurde, ich stand da und bekam den Schluckauf. Ich konnte nichts sagen. Es war lächerlich. Ich wunderte mich auch nicht sehr, als ich bei der Scheidung leer ausging und Marianne bei ihrem Vater bleiben wollte. Und Frau Hess natürlich, die zu diesem Zeitpunkt schon schwanger war. Die Wohnung immerhin konnte ich behalten. Ich ließ als erstes den Teppich auswechseln.

Sanft fuhr ich wieder an und warf dabei aus den Augenwinkeln einen Blick auf meinen Gast. Er saß ein bißchen gekrümmt, die Arme um seine Papprollen gekrampft. Er sah aus dem Fenster. Seine Blicke schweiften suchend über die Fassaden.

Paradeplatz, sagte ich leise ins Mikrophon. Es war eine Liebeserklärung. Und er blickte auf und legte den Kopf leicht schief. Er hatte es verstanden.

Der Augenblick verging, weil er vergehen mußte. Ich überlegte fieberhaft. Ewig konnte ich hier nicht stehenbleiben. Ich kaute unentschlossen auf meiner Unterlippe. Dann mußte ich unwillkürlich kichern. Ich könnte ihn entführen.

Schmeiß die anderen Idioten raus. Fahr mit ihm durch die Stadt. Das ganze Schienennetz entlang. Die Türen natürlich verriegelt. In den Kurven ein bißchen zu schnell, damit er schon nach Atem ringt, wenn ich dann endlich anhalte, an einem dieser ruhigen, schattigen Plätze, an denen man ganz sicher ungestört ist . . . Aber solche Plätze gibt es nicht im Zürcher Tramnetz. Natürlich nicht.

Ich schüttelte leise den Kopf und fuhr ganz langsam an. Wenn ich schon dabei war, konnte ich ihn auch gleich zum Lochergut bringen. Ich spähte nach einer Weiche, bereit, rechts abzubiegen, statt, wie es dem Kurs entsprach, geradeaus weiterzufahren. In meinem Kopf war ein helles Licht. Ich fühlte mich glasklar und kalt. Einen Augenblick lang hielt ich mich für einen Engel. Viel zu schnell schoß ich auf die Kreuzung zu. Die Metallräder quietschten vorwurfsvoll.

Hinter mir hörte ich einstimmiges Seufzen. Kollektives Luftanhalten. Plötzlich ging alles ganz langsam. Mitten auf der Kreuzung hob sich der schwere Wagen ächzend aus den Schienen und kippte zur Seite. Immer noch ganz langsam. Aus dem Fenster sah ich die aufgerissenen Mäuler der Passanten. Der Wagen kippte, es krachte, Metall kreischte, Funken sprühten. Dann war alles schwarz.

Ich hörte die Sirenen der Krankenwagen. Ich hörte kleine spitze Schreie hinter mir. Ich hörte ein Stöhnen, das mein eigenes war. Ich lag hinter meinem Sitz eingeklemmt und konnte mich nicht bewegen. Ich hatte keine Schmerzen. Keine Gedanken.

Psst! Psst!

Eine Hand legte sich auf meine Schulter. Atem streifte mein Ohr. Ein Gesicht schwebte langsam in mein Blickfeld, hoch über mir. Dunkle Augen, die besorgt blickten. Die dünne Brille baumelte verdreht von seinem Ohr. Er!

Sind Sie ganz? Alles in Ordnung? flüsterte er. Ich schloß die Augen, öffnete sie wieder, seine Hand lag warm auf meiner Schulter.

Er lächelte leicht. Ich konnte den Blick nicht mehr von ihm abwenden.

Mein Name ist Henri, sagte er, und ich möchte Sie gerne kennenlernen.

Monatsbeschwerden

Das Wartezimmer der Frauenärztin war hoffnungslos überfüllt. Seit vierzig Minuten saß Ruth auf dem harten weißen Plastikstuhl. Und wartete. Kein Wort wurde gesprochen, nur das Rascheln der glatten Illustriertenseiten war zu hören und hin und wieder ein unterdrückter Seufzer. Ruth rutschte unbehaglich auf dem Stuhl nach vorn. Die anderen Frauen schienen alle mehr oder weniger schwanger zu sein. Verstohlen musterte sie die unterschiedlich gewölbten Bäuche. Sie schloß die Augen.

Bitte nicht, dachte sie, bitte nicht.

Die Türe wurde vorsichtig geöffnet, die Sprechstundenhilfe streckte ihr hübsches, sauberes Gesicht herein. Die Köpfe der wartenden Frauen hoben sich erwartungsvoll. Ruth versuchte, aus dem Lächeln der Sprechstundenhilfe zu lesen, wie ihre Tests ausgefallen waren.

Frau Huber, bitte.

Eine der schwangeren Frauen erhob sich schwerfällig und folgte der Sprechstundenhilfe, in diesem typisch watschelnden Gang, das Becken vorgeschoben, mit einer Hand das Kreuz stützend.

Bitte nicht, dachte Ruth noch einmal.

Unkonzentriert blätterte sie in ihrer Illustrierten. Es schien ihr schon seit Tagen, als handelten alle Artikel, die sie las, nur noch von Kindern. Kleinen Kindern. Babies. Schwangeren. Sie blätterte noch eine Seite um, und ihr Blick fiel auf eine Anzeige für einen neuen Schwangerschaftstest. *Ich* habe es gleich gewußt, lächelte die junge Frau auf dem Bild und drückte ihr Baby an sich.

Ruth preßte eine Hand auf die Lippen, um das saure Aufstoßen zu unterdrücken, das sie seit Tagen schon quälte. Sie legte die Illustrierte zurück auf den kleinen Tisch und nahm sich eine Tageszeitung. Umständlich faltete sie die großformatigen Blätter auseinander und wieder neu zusammen.

Neues Opfer in unheimlicher Mordserie, las sie auf der letzten Seite.

Vorgestern abend, Mittwoch, den 14., wurde die Leiche einer 54jährigen Schalterbeamtin der PTT im Hinterhof der Postfiliale aufgefunden. Die Frau wurde offenbar beim Verlassen des Gebäudes überfallen und von hinten niedergestochen. Als Dienstälteste hatte sie die Angewohnheit, das Gebäude als letzte zu verlassen, so daß ihre Leiche erst gegen 20 Uhr 30 vom Putzpersonal gefunden wurde. Erste Ermittlungen schließen einen Raubmord aus. Die Angestellten der Filiale sind bereits überprüft worden und scheiden als Täter aus. Die Ermordete war bei ihren Kolleginnen und Kollegen offenbar sehr beliebt. Auch aus dem direkten Umfeld des Opfers ergeben sich bisher keine Tatmotive. Es scheint vielmehr, als handle es sich hier um ein neues Opfer in einer nun schon seit Tagen andauernden Serie von völlig sinnlos scheinenden Morden . . .

Furchtbar, nicht wahr, murmelte die Frau, die neben ihr saß, und deutete mit dem Finger auf die aufgeschlagene Seite.

Ruth nickte.

Mein Mann ist nämlich auch bei der Post, fuhr die andere fort und zog schaudernd die Schultern hoch.

Ruth versuchte, aufmunternd zu lächeln, obwohl sie

eine Art dumpfer Übelkeit gegen die Stuhllehne zurückwarf. Die Frau neben ihr verströmte einen leichten, süßlichen Schweißgeruch, kaum überdeckt von billigem Parfüm. Ruth schluckte. Diese Empfindlichkeit schon seit Tagen.

Lieber Gott, betete sie, bitte mach, daß ich nicht schwanger bin, und ich werde es nie wieder tun. Nie, nie wieder.

Tatsächlich ließ die Übelkeit ein bißchen nach, und Ruth brachte das Lächeln zustande. Es gelang ihr sogar, eine Hand auf den Arm der Nachbarin zu legen.

Ich glaube nicht, daß Ihr Mann in Gefahr ist, sagte sie freundlich. Es trifft ja schließlich nicht nur Postbeamte. Hören Sie doch – sie hob die Zeitung und las den nächsten Abschnitt halblaut vor:

Die Opfer scheinen in keinerlei Beziehung zueinander zu stehen. Fest steht nur, daß alle mit demselben Messer erstochen wurden. Es handelt sich dabei um ein besonders scharfes Küchenmesser, wie es zum Filetieren verwendet wird.

Erinnern wir uns, daß in der Nacht von Montag, dem 11., auf Dienstag, den 12., ein Kellner einer sogenannten Singles-Bar auf dem Nachhauseweg erstochen wurde. Der Mann trug die gesamten Einnahmen des Abends auf sich. Ein Raubmord kann also ausgeschlossen werden. Am Dienstag sank eine 23jährige Kosmetikerin in der Schlange vor der Kasse eines Supermarktes zusammen. Da man erst eine Ohnmacht vermutete, hatte der Täter oder die Täterin schon fliehen können, bis man die Stichwunde entdeckte. Auch diese junge Frau war von hinten erstochen worden, der Täter oder die Täterin muß also direkt hinter ihr in der Schlange gestanden haben. Als einzigen

Hinweis fand man einen liegengelassenen Einkaufskorb, dessen Inhalt aber wenig über die Person aussagt, außer, daß es sich um jemand Alleinstehenden handeln muß. Am Mittwoch, dem 14., fand man eine 83jährige Rentnerin erstochen im Tram. Die alte Frau mußte gemäß gerichtsmedizinischer Untersuchung bereits am frühen Morgen ermordet worden sein. Die Leiche wurde jedoch erst beim Schichtwechsel gegen Mittag entdeckt. Der Tramfahrer sagte aus, er habe jeden Tag alte Leute im Wagen, die von Endstation zu Endstation mitfahren, und könne sich nicht um jeden einzelnen kümmern. Am Abend desselben Tages traf es dann diese Postbeamtin, die . . .

Sehen Sie, sagte Ruth, nur eine einzige Postbeamtin.

Das macht es aber auch nicht besser, warf nun eine andere Frau mit scharfer Stimme ein.

Nein, natürlich nicht . . . Ruth begann, leicht zu stottern, das wollte ich doch gar nicht sagen, ich meinte nur . . .

Dann kam die Sprechstundenhilfe und rief einen Namen, und die Frau mit der scharfen Stimme stand auf. Auch sie ging leicht breitbeinig und nach hinten geneigt. Ruth sah ihr nach. Auf ihrer Stirn begannen sich Schweißperlen zu bilden. Ihre Haare klebten. Ich bin nicht mehr ich selbst, dachte sie.

Na, hoffentlich kriegen sie ihn bald, seufzte die Frau des Postbeamten abschließend.

Es könnte doch auch eine Frau sein, gab Ruth zu bedenken.

Die andere Frau kicherte, so daß ihr hoher Bauch schaukelte.

Ja, da haben Sie allerdings recht, wir Frauen halten ja viel mehr aus als die Männer. Wenn ich da an meine Geburten denke . . . das ist mein viertes . . . Und Sie? Ist es das erste Mal?

Ruth öffnete den Mund und schloß ihn wieder. Sah man es ihr also schon an? Ihre Zunge klebte irgendwo fest, sie konnte nichts sagen. Verlegen senkte sie den Blick wieder auf die Zeitung.

Vor ungefähr fünf Wochen gab es bereits eine ganz ähnliche Serie von bisher unaufgeklärten Morden: eine Kioskverkäuferin und ein Jogger sind an aufeinanderfolgenden Tagen niedergestochen worden. Der Sprecher der Polizei bestätigte nun, daß auch bei diesen unheimlichen und absurden Morden dasselbe Filetiermesser benutzt wurde . . .

Ruth mußte erneut aufstoßen und preßte sich die Hand vor den Mund. Vor fünf Wochen hatte sie ihre letzte Periode gehabt, das wußte sie ganz bestimmt. In den letzten Tagen hatte sie stundenlang auf die kleinen Kreuze in ihrer Agenda gestarrt, als könnte sie sie durch bloßes Starren an den richtigen Ort schieben. Plötzlich fiel ihr ein, daß sie sich damals auch ganz komisch gefühlt hatte. Ohne daß sie hätte schwanger sein können. Aber jetzt . . . Sie legte die Zeitung auf den Tisch und rutschte tiefer in ihren Stuhl. Nein. Sie durfte sich keine falschen Hoffnungen machen. Morgens war ihr übel, ihre Haut spannte, ihre Brüste hingen schwer und schmerzten, und dann dieses Aufstoßen. Es konnte gar nichts anderes sein. Sie war schwanger.

Das erklärte dann sicher auch ihre unheimlichen Stimmungsschwankungen und die unverhofften Tränengüsse, die Art, wie sich ihr Hals zuschnürte, wenn sie sich eine Zigarette anzündete und sie dem Erbrechen plötzlich genauso nahe war wie dem Weinen.

Fräulein Meier, rief die Sprechstundenhilfe.

Ruth zuckte zusammen. Sie stand auf, bückte sich ungeschickt nach ihrer Tasche, die sich mit dem Riemen am Stuhlbein verfangen hatte, und folgte der Sprechstundenhilfe.

Die Ärztin quetschte ihre Hand, wie sie das immer tat, und bat sie in den Behandlungsraum. Ruth zog sich hinter dem Vorhang aus. Sie hörte, wie die Ärztin sich die Hände wusch.

Ich glaube, ich bin schwanger, flüsterte Ruth durch den Vorhang.

Die Untersuchung war kurz und sachlich. Die Ärztin trug Gummihandschuhe. lhre Miene war undurchdringlich.

Bitte, ziehen Sie sich wieder an, sagte sie, und kommen Sie dann ins Sprechzimmer.

Ruth wagte nicht, nach dem Ergebnis zu fragen. Sie würde es ja sowieso gleich erfahren, und sie war gar nicht mehr sicher, ob sie es wirklich wissen wollte. Sie betrat das Sprechzimmer. Die Ärztin bat sie mit einer knappen Geste, Platz zu nehmen. Sie drehte einen Bleistift zwischen den Fingern und blickte mit gerunzelter Stirn auf die Karteikarte. Sie fragte noch einmal nach den Symptomen und nach dem Datum der letzten Blutung. Dann verlangte sie durch die Gegensprechanlage die Ergebnisse der Laboruntersuchung.

Ruth hielt den Atem an.

Es ist nichts, sagte die Ärztin und lächelte breit. Auf ihren Schneidezähnen klebte ein Rest von rosa Lippenstift.

Was soll das heißen, es ist nichts?

Sie sind nicht schwanger.

Das kann nicht sein. Ruth zog nervös an ihren Fingern,

bis sie knackten. Immerhin habe ich alle Symptome: die Brüste tun mir weh, morgens ist mir schlecht, und zwischendurch fange ich an zu heulen. Machen Sie den Test noch einmal.

Sie sind nicht schwanger, wiederholte die Ärztin, Sie leiden ganz einfach unter dem Prämenstruellen Syndrom. Das ist eine relativ neue Erscheinung, aber weit verbreitet. Gerade die starken Stimmungsschwankungen sind typisch dafür. Sicher reagieren Sie manchmal auch überempfindlich, übertrieben vielleicht?

Ruth nickte beschämt.

Sie erinnerte sich, wie sie in den letzten Tagen mit völlig Unbekannten in Streit geraten war, gestern zum Beispiel mit einer Schalterbeamtin, die sich geweigert hatte, ihren Brief abzustempeln, weil die Zäckchen der Briefmarke zum Teil abgerissen waren. Ruth wurde noch bei der Erinnerung rot. Auch diese Überempfindlichkeit auf Gerüche und Geräusche . . . deshalb dachte ich doch . . .

Ruth brach ab.

Sehen Sie, das geht vielen Frauen so, tröstete die Ärztin. Dann sagte sie noch einiges, was Ruth nicht mehr verstand, weil sie sich ganz auf den rosa Fleck auf den Zähnen der Ärztin konzentrierte. Würde sie merken, daß sie wie gebannt darauf starrte, würde sie ganz unwillkürlich mit der Zunge über den Fleck fahren? Nein.

Die Ärztin stellte ein Rezept aus und stand auf. Sie haben Lippenstift am Zahn, sagte Ruth beim Gehen. Die Ärztin drückte ihr zum Abschied noch einmal schmerzhaft die Hand zusammen.

Nehmen Sie es nicht schwer, sagte sie, Sie sind noch jung. Sie können jederzeit schwanger werden.

Genau das wollte Ruth eigentlich nicht. Aber das konnte sie der Ärztin nicht erklären. Im Gehen warf sie noch einen Blick über die Schulter. Die Ärztin stand vor dem Fenster und versuchte, ihr Spiegelbild in der offenen Scheibe zu sehen. Sie hatte die Lippen hochgezogen und rieb mit dem Zeigefinger über die obere Zahnreihe.

Auf Wiedersehen! rief Ruth und bildete sich ein, sie zusammenzucken zu sehen.

Ruth ging schnell die Treppe hinunter, dabei kreuzte sie die Arme vor den Brüsten, die bei jedem Schritt schmerzhaft mithüpften. Auf dem untersten Treppenabsatz blieb sie stehen.

Hatte sie wirklich alles richtig verstanden? Sollte das nun jeden Monat so gehen?

Ruth las noch einmal das Rezept, das die Ärztin ihr gegeben hatte. Eigentlich konnte man nicht viel dagegen machen, hatte sie gesagt, aber diese Kapseln konnten helfen. Offen gestanden war es so: Manchmal halfen sie, manchmal auch nicht.

Es hatte wieder leicht zu regnen begonnen. Verschwommen leuchtete auf der anderen Straßenseite das grüne Kreuz der Apotheke. Ruth rannte über die Straße und stieß die Türe auf. Die Ladenglocke bimmelte leise. Ruth schüttelte den Kopf, Regentropfen flogen aus ihren Haaren. Sie legte das Rezept auf den Ladentisch und wartete. Mit der anderen Hand umklammerte sie das Messer in ihrer Manteltasche.

Hoffentlich wirkten die Kapseln. So konnte es ja nun wirklich nicht weitergehen.

Der Haarschnitt

Sie saß bei Edith in der Küche, ein dünnes Handtuch um die Schultern gelegt, ihr Haar klebte naß im Nacken. Edith zog langsam mit dem Kamm Strähne für Strähne hoch und schnitt ein Stück ab.

Nicht zuviel, bitte, mahnte Greta.

Edith nickte konzentriert. Eigentlich war sie die Hausmeisterin, aber sie kümmerte sich auch um persönliche Dinge, wie die Beantwortung amtlicher Briefe, Beratung in Kleiderfragen vor wichtigen Verabredungen oder eben einen neuen Haarschnitt. Greta mußte am nächsten Tag wegen einer Stelle vorsprechen. Sie war etwas nervös, denn die letzten neun Male war sie abgelehnt worden. Sie war seit einem halben Jahr arbeitslos, und die Frau auf dem Amt behandelte sie, als mache sie es mit Absicht. Jedesmal, wenn es bei einem Vorstellungsgespräch nicht geklappt hatte, wollte sie am nächsten Morgen ganz genau wissen, was Greta gesagt habe, wie sie ausgesehen, was sie angehabt und wie sie auf die einzelnen Fragen reagiert habe. Sie ließ sich sogar vormachen, in welcher Haltung sie dagesessen hatte, Beine gekreuzt oder sittsam nebeneinander, verkehrt war es ohnehin. Sie hatte so eine Art, die Augenbrauen hochzuziehen, als wollte sie sagen, es sei einfach ganz und gar hoffnungslos. Jedenfalls wollte Greta morgen ordentlich aussehen, und einen richtigen Haarschnitt konnte sie sich im Moment nicht leisten. Sie hatte sich gern von Edith beraten lassen. Sie waren beinahe befreundet, soweit es der Altersunterschied von vierzig Jahren zuließ. Doch an diesem Abend war Edith ungewöhnlich still und angespannt.

Gerade zog sie mit dem Kamm eine neue Strähne hoch, als es an der Tür klingelte. Sie hielt in der Bewegung inne, legte den Kopf schräg und lauschte. Es war schon nach dem Abendessen, gegen neun, halb zehn. Etwas spät für Besuch. Zögernd schnitt sie in die Haarsträhne, ließ die Schere dann sinken.

Geh nur, sagte Greta, bevor du mir ein Ohr abschneidest.

Das hätte ein Scherz sein sollen. Doch Edith war zu gespannt, um zu lachen. Sie steckte die Strähne auf Gretas Kopf fest, die Haarnadel pikste in ihre Kopfhaut. Sie ging und öffnete die Tür. Leo! rief Edith.

Wie du siehst, antwortete eine rauhe, etwas schleppende Stimme. Greta verrenkte sich den Hals, konnte aber nichts sehen.

Leo! wiederholte Edith fassungslos, ja, haben sie dich . . .

Dann hörte sie einen Augenblick lang nichts mehr und dann Ediths Stimme, unmerklich verändert: Nicht jetzt!

Sie zog die Augenbrauen hoch. Edith, die unscheinbare ältliche Edith hatte also einen Liebhaber. Mit einer einnehmenden Stimme und einem romantisch, beinahe gefährlich klingenden Namen. Leo.

Als Edith zurückkam, schimmerten ihre Wangen rosig, und ihr Blick wich dem Gretas aus. Mechanisch löste sie die Haarklemmen.

Au! schrie Greta aus reinem Trotz.

Oh, entschuldige, habe ich dir weh getan?

Ja, allerdings!

Verwirrt fuhr Edith fort, Strähne für Strähne abzuschneiden, ohne überhaupt darauf zu achten, daß sie auch nur einigermaßen gleich lang wurden. Greta bemerkte es nicht. Sie verhakte ihre Finger ineinander und zog daran, bis die Gelenke knackten. Warum bin ich so allein, dachte sie, warum klingelt nie ein Leo an meiner Tür, oder überhaupt jemand?

Hör auf damit, sagte Edith, das kann ich nicht mitanhören. Greta entflocht ihre Finger.

Ist er das? fragte sie scheinbar gleichgültig.

Wer?

Na, der Sträfling, von dem du mir erzählt hast.

Sie sagte es absichtlich so brutal wie möglich.

Edith zuckte zusammen und blickte reflexartig auf ihre Schlafzimmertür. Schscht, mahnte sie freundlich, ja, das ist er. Er ist heute entlassen worden . . .

Greta nickte. Ihr Mund verzog sich unwillig. lch wußte gar nicht, daß ihr so gut miteinander steht?

Edith errötete zart.

Ich eigentlich auch nicht, wisperte sie, aber in all den Monaten, in denen wir uns Briefe schreiben, sind wir uns natürlich schon ein wenig nähergekommen.

Ach! Na gut, ich kann auch später wiederkommen, wenn du Besuch hast, sagte Greta mit einem bitteren Unterton, den sie selber hören konnte. Aber nein, wir sind ja gleich fertig, und wenn du den Fön mit nach oben nimmst . . .

Das tat sie immer, seit ihr Edith einmal die Kopfhaut versengt hatte. Trotzdem fühlte sie sich an diesem Abend abgeschoben.

Sie biß die Zähne zusammen und nickte heftig mit dem Kopf. Das hätte sie nicht tun sollen. Edith schrie leise auf, ließ die Schere fallen und preßte den Daumen an die Lippen. Etwas Blut tropfte über ihr Kinn.

Die Tür sprang auf.

Liebling, ist etwas passiert?

Mit drei Sätzen war er bei ihr, Leo der Besucher. Er hatte in der kurzen Zeit bereits sein Hemd ausgezogen und stand in grauer Hose und Strümpfen vor ihnen. Er war jünger als Edith, viel jünger, groß und seltsam anziehend, mit seinem unrasierten Gesicht, dem schmutzigen, strähnigen Haar und den gelben Augen. Ein strenger Geruch ging von ihm aus, vor allem, wenn er sich bewegte.

Er nahm Ediths Hand. Edith errötete.

Nein, nein, es ist nichts.

Er untersuchte ihren Daumen, küßte ihn und leckte die Blutstropfen ab. Dazu sah er ihr tief in die Augen. Sie sah aus, als würde sie jeden Moment in Ohnmacht fallen. Greta stand auf. Sie hatte die Szene schon im Fernsehen gesehen.

Oh, entschuldige, rief Edith, das ist Leo, ein alter Bekannter von mir, Greta, meine Nachbarin.

Sie nickten sich zu, abwägend, mißtrauisch. Ein Moment verging in der Stille. Plötzlich veränderte sich seine Haltung. Er trat einen Schritt auf Greta zu, griff in ihre nassen Haare und rief: Um Himmels willen, was ist denn mit Ihnen passiert!

Warum?

Unsicher betastete sie ihren Kopf, dabei berührte ihre Hand die seine. Sie zog sie sofort zurück.

Da fehlt ja eine ganze Strähne. So geht das nicht, so können Sie nicht unter die Leute. Setzen Sie sich.

Sie gehorchte, während Edith an den Herd zurückwich.

Schweigend beobachtete sie die beiden. Ab und zu steckte sie ihren Daumen in den Mund.

Leo begann, Gretas Haar neu zu schneiden. Er tat es mit leichter Hand, gekonnt. Leise rieselten seine Worte über ihren Nacken. Sie schloß die Augen. Als er fertig war, hatte sie kurze Haare. Sie betrachtete sich im Spiegel. Sie sah wieder genauso aus wie an ihrem letzten Schultag. Jung. Zuversichtlich. Ihr Blick begegnete seinem. Ihre Augen brannten große Löcher in den Spiegel. Sie drehte sich um. Er stand ganz dicht vor ihr.

Gut, sagte sie schroff. Was schulde ich Ihnen?

Edith schien wieder zu erwachen.

Aber Greta! Du weißt doch, daß du mir nichts schuldest!

Sie lächelte etwas gezwungen.

Also dann, vielen Dank.

Sie streckte eine Hand aus. Leo nahm sie, drückte sie, preßte sie zusammen. Sie konnte sich nicht rühren.

Edith ging zum Küchenschrank, nahm den Fön heraus und trat entschlossen zwischen sie.

Hier.

Sie schlug den Fön leicht vor Gretas Brust. Diese wich einen Schritt zurück, ließ Leos Hand los und nahm den Fön an sich.

Greta fönt ihre Haare immer oben, erklärte Edith ihrem Freund. Freundlich nickend, aber nicht mehr fähig, einen einzigen Ton zu sagen, verließ Greta die Wohnung.

Edith schloß mit spürbarer Erleichterung die Tür hinter ihr.

Greta setzte sich vor den Fernseher und trank heiße Milch mit Whisky. Sie versuchte, an nichts zu denken, vor allem nicht an das Vorstellungsgespräch am nächsten

Morgen. Als sie gerade den Sender wechseln wollte, hörte sie ein langgezogenes Heulen. Wie von einer Katze. Sie drehte den Ton lauter.

Als das Programm längst beendet war, saß sie immer noch da und starrte auf die flimmernden Punkte.

Sie bekam die Stelle und einen Vorschuß. Sie kaufte eine Flasche Champagner, einen Strauß gelber Rosen und eine Schachtel Konfekt. Sie machte große Schritte und schwang die beiden Einkaufstüten im Takt. Als sie ihr Spiegelbild in einer Schaufensterscheibe sah, hätte sie sich beinahe nicht erkannt. Es mußte an den kurzen Haaren liegen.

An der Straßenecke unten vor dem Haus lag der Sperrmüll bereit. Automatisch bückte sie sich nach einem beinahe neu aussehenden Dampfkochtopf, als ihr plötzlich klar wurde, daß sie das nicht mehr nötig hatte. In drei Wochen würde ihr erstes Gehalt überwiesen. Sie konnte sich einen neuen Dampfkochtopf kaufen, wenn sie einen brauchte. Sie stand vor den Abfallbergen und ließ ihre Pakete baumeln. Sie gehörte also wieder zu dieser Welt. Doch wen interessierte das? Sie ging eine Treppe hoch und klingelte bei Edith.

Niemand antwortete.

Sie klingelte noch einmal.

Es war beinahe Mittag. Edith mußte wach sein, Besuch hin oder her.

Endlich öffnete sie.

Ihr Morgenrock war zerrissen, ihr linkes Auge geschwollen, ihre Lippe geplatzt. Aber das war noch nicht das Schlimmste. Ihr Blick war völlig leer. Greta griff nach ihrer Schulter, ihre Hand krallte sich in den Frotteestoff. Sie schob sie in ihre Wohnung und schloß die Tür hinter ihnen.

Edith! Was ist passiert!

Edith schien durch sie hindurchzusehen, dann ging ein kleiner Ruck durch ihren Körper.

Oh, Greta, wie nett.

Ja.

Fassungslos stellte sie ihre Geschenke auf den Tisch.

Champagner! Heißt das, du hast die Stelle bekommen?

Edith war genauso wie immer, freundlich und ein bißchen schüchtern. Sie setzten sich an den Küchentisch. Greta mühte sich mit dem Champagnerkorken ab.

Dein Freund schläft noch? fragte sie scheinbar gleichgültig.

Oh ja, er schläft noch. Willst du ihn sehen?

Ihn sehen? Wie meinst du das?

Ja, komm mit! Komm ruhig!

Edith nahm sie an der Hand und führte sie ins Schlafzimmer, wo der schöne Leo auf dem Bett lag, nackt, auf dem Rücken ausgestreckt, die Augen zur Decke gedreht. Die Haarschneideschere steckte tief in seiner Brust.

Edith seufzte.

Es ist wirklich ein Jammer um so einen schönen Mann, flüsterte sie, und Greta nickte unwillkürlich. Edith schloß leise die Schlafzimmertüre.

Auf dem Küchentisch lag ein Bündel Briefe. Sie wog sie in der Hand.

Ich war nicht die einzige, die ihm schrieb, weißt du.

Und weil Greta noch nicht kapiert hatte, fuhr sie fort: Seit er entlassen ist, und das ist schon Wochen her, kassiert er bei all diesen einsamen Witwen ab.

Sie zuckte mit den Schultern und lächelte beinahe entschuldigend . . .

Du weißt ja, wo das Telefon steht. Ruf die Polizei.

Greta reagierte nicht.

Worauf wartest du?

Hast du eigentlich den Flickenteppich noch? fragte sie.

Wie bitte?

Den Flickenteppich, der früher in deinem Wohnzimmer gelegen hat.

Verständnislos sah sie sie an.

Im Keller, warum?

Die Sperrmüllabfuhr, sagte sie leise.

Edith nickte.

Die Sperrmüllabfuhr. Darauf wäre ich nicht gekommen.

Greta legte ihre Hand auf ihre und drückte sie einen Moment. Da ihr nichts einfiel, was sie noch sagen könnte, öffnete sie die Champagnerflasche.

Laß uns erst einmal anstoßen, sagte sie und hörte selber, wie schrecklich munter das klang.

Edith lächelte und stellte die Gläser auf den Tisch. Sie sahen sich an. Es würde bestimmt nicht schaden, ein bißchen Champagner zu trinken, bevor sie den schönen Leo in den Flickenteppich wickeln und am heiterhellen Nachmittag zum Sperrmüll an den Straßenrand legen würden.

Es mußte sie ja nur jemand dabei beobachten.

Aber die Straße war menschenleer, und so gingen sie gleich weiter bis zu dem kleinen Laden an der Ecke, wo sie eine zweite Flasche Champagner kauften, von derselben Marke. Das konnte auf gar keinen Fall schaden.

Die Fitnessfabrik

Ich stand schon eine ganze Weile im Büro und wartete. Das dumpfe Hämmern der Musik ließ den Fußboden erzittern. Der alles überdeckende, scharfe Schweißgeruch raubte mir den Atem. Ich war nahe daran, in Ohnmacht zu fallen. Ich hielt mich an der Theke fest. Der junge Mann mit der Löwenmähne schob gewissenhaft mit einer kleinen Feile seine Nagelhäutchen zurück und beachtete mich nicht weiter. Ungeduldig trommelte ich mit den Fingern auf die Theke, doch da ich meine Nägel bis aufs Fleisch abkaue, verursachten sie so gut wie kein Geräusch. Die Uhr tickte unaufhaltsam. In wenigen Minuten würde die Lektion beginnen. Durch die raumhohen Fenster fiel mein Blick in einen der Säle, in dem sich mindestens dreißig Frauen und zwei oder drei Männer am Boden in rhythmischen Zuckungen wanden.

Und mir gelang es nicht einmal, ein Ticket für die nächste Lektion zu bekommen.

Hal-loooo, sagte neben mir eine Stimme, die sogar die Musik übertönte. Ich wandte den Kopf, aber natürlich war ich nicht gemeint. Die Stimme schoß pfeilscharf aus einem dunkelrot geschminkten Mund und traf den Blondgelockten ins richtige Ohr. Er erhob sich und ließ die Nagelfeile fallen.

Esti, wie nett! hauchte er und küßte an der dezent geschminkten Wange vorbei.

Esti spitzte höflich die Lippen. Sie trug eine Lederjacke,

die so neu war, daß sie sich kaum darin bewegen konnte. Wenn sie die Arme anwinkelte, knarrte es. Aber es war genau die Art von Jacke, die ich mir immer gewünscht hatte. Ich senkte den Blick.

Wie war's im Osten? fragte der Blonde in lässig gedehntem Ton.

Furchtbar! Esti winkte ab. Du machst dir keinen Begriff! Vier Tage ohne Shopping!

Er verzog mitfühlend das Gesicht. Dann kramte er in seiner Kartei und förderte ein Bündel bunter Karten zutage.

Was darf's denn heute sein? Fitness? Aerobic? Modern? Stretching?

Esti zog eine Schnute, während der Zeiger unerbittlich vorrückte. Ich würde endgültig zu spät kommen. Schließlich entschied sie sich für ein bißchen Krafttraining, nahm ihr Ticket entgegen und verließ das Büro. Müde wandte sich der Blonde zu mir und hob fragend die Augenbrauen.

S-stretching, flüsterte ich.

Er musterte mich streng. Kontrollierte sehr sorgfältig meinen Mitgliedsausweis. Endlich gab er mir eine der kleinen bunten Karten, ungern zwar, aber schließlich hatte ich dafür bezahlt. Ich nahm die Karte und eilte zu den Umkleidekabinen. Die große Umhängetasche mit dem Aufdruck *Where's the beach* schlug gegen meine Knie. Nichts war schlimmer, als zu spät zu kommen. Das war mir nur einmal passiert. Beim Klicken der Türe war die Musik verstummt, zwanzig hagere Gestalten, unbeweglich auf einem Bein stehend, hatten die Köpfe verdreht, um mich vorwurfsvoll zu mustern, und nicht eine, nicht eine einzige hatte dabei die Balance verloren.

Der Umkleideraum war beinahe leer. Eine tiefgebräunte Dame mit Fönfrisur wand sich Frotteebänder in verschiedenen Farben um Taille, Stirn und Handgelenke. Ein junges Mädchen versuchte, eine kaum getragene Turnhose in Größe 34 zu verkaufen. Turnhose war natürlich nicht die richtige Bezeichnung für das glänzende, rosasilbern getigerte Kleidungsstück, viel eher schon für das verwaschene schwarze Ding, das ich aus meiner Tasche zerrte. Die beiden jungen Mädchen in der Ecke warfen einen kühlen Blick auf mich und rutschten demonstrativ noch ein Stück weg und setzten ihre Diskussion mit leiser Stimme fort. Ich lächelte verkrampft und zog die Turnhose hoch, die ich schon in der Schulzeit getragen hatte und seither nie mehr. Das Gummiband war ausgeleiert, ich verknüpfte es vor dem Bauch. Mein T-Shirt behielt ich an. Was mir weitere vernichtende Blicke eintrug.

Ich dusche zu Hause, beeilte ich mich klarzustellen, ich wohne gleich um die Ecke.

Nur einmal hatte ich hier geduscht, in der Gemeinschaftsdusche, verschämt zwischen gestählten und nahtlos gebräunten Frauenkörpern. Freundlich und ganz beiläufig hatte mir eine dieser jungen Frauen angeboten, ihren Ladyshave zu benutzen – vielsagender Blick auf die dunklen Schatten unter meinen Armen. Einen Deodorant hatte sie ganz zufällig auch dabei.

Heiß war die Schamesröte in mein Gesicht gestiegen, ohne ein Wort hatte ich meine Kleider übergestreift, ohne die Seife abzuspülen oder mich auch nur abzutrocknen.

Zu Hause hatte mich eine Tafel Marzipanschokolade nur halbwegs trösten können. Nie wieder, hatte ich mir geschworen, nie wieder. Und war am übernächsten Tag zurückgekommen.

Alles hatte damit begonnen, daß ich im Tram ein Gespräch belauschte.

Eine junge Frau zur anderen: Man müßte das Selbstbewußtsein einer Dreißigjährigen und den Körper einer Sechzehnjährigen haben, das müßte man!

Nun, ich hatte keines von beidem. Ich war auch noch nicht dreißig. Das heißt – ich hielt einen Augenblick den Atem an – so gut wie. Ich rechnete noch einmal nach. Ich war so gut wie dreißig, nur noch wenige Wochen fehlten. Ich erinnerte mich, wie ich als Kind mit einer Mischung aus Schaudern und Faszination die Kaloderma-für-die-Haut-ab-dreißig-Werbung angestarrt hatte. Damals war ich mir ganz sicher gewesen, daß ich selber niemals dreißig Jahre alt werden würde. Offensichtlich hatte ich mich getäuscht.

Interessiert beugte ich mich vor, um das Gespräch der beiden Freundinnen weiter zu belauschen. Sie rollten jetzt die Ärmel ihrer T-Shirts hoch, um die Festigkeit ihrer Oberarme zu vergleichen.

An den Oberarmen fängt es nämlich an, sagte die eine.

Unwillkürlich schob ich eine Hand in meinen Pullover und fühlte nach.

Und am nächsten Morgen schrieb ich mich in der Fitnessfabrik ein, im vollen Bewußtsein, gegen meine Natur zu handeln.

Ich stopfte mein T-Shirt in die Turnhose und ging zum Plastikvorhang, der die Garderobe nur unzulänglich vor der Außenwelt schützte. Im Vorbeigehen fiel mein Blick in den Spiegel: Blaß. Esti, die gerade dabei war, ihr Make-up zu entfernen und eine getönte Sportcreme aufzutragen, runzelte die Stirn und funkelte mich wütend an. Mit einer Kinnbewegung scheuchte sie mich weg. Als wäre der Anblick meines Gesichtes neben ihrem im Spiegel mehr, als sie ertragen konnte.

Langsam ging ich den langen, schlecht beleuchteten und muffig riechenden Gang hinunter. Der einzige Raum in der ganzen Fitnessfabrik, der nicht auf einschüchternde Weise durchgestylt war. Von hinten nahte leises Trappeln. Ein ganzes Rudel Ballettratten drängte sich flüsternd und kichernd an mir vorbei. Ich blieb stehen, drückte mich an die Wand, zog den Bauch ein und ließ sie vorbei. Wieselflink huschten sie auf ihren ausgedrehten Füßchen davon, die Hälse gereckt, die zarten Knochen schimmerten unter ihren Trikots durch. Die einheitlichen Haarknoten reichten kaum bis an mein Brustbein. Ich fühlte mich wie ein altes Nashorn inmitten einer Schar zierlicher weißer Putzvögel. Es kostete mich eine ganze Minute, mich wieder in Bewegung zu setzen und mit erhobenem Kopf auf den Gymnastiksaal zuzuschreiten.

Als ich an der offenen Türe des Büros vorbeikam, brachte mich der Blick des Blondgelockten zum Stolpern. Schon zweimal hatte er mir beiläufig einen kleinen Handzettel mitgegeben, der auf besonders günstige Angebote hinwies, die der hauseigene Shop zu bieten hatte: Stirnbänder im Dutzendpack, Aerobicschuhe mit Luftkissensohle in aktuellen Pastellfarben, Elastikgürtel mit gepolsterten Schnallen und natürlich Trikots in allen Formen und Farben. Diesen Sommer bitte nur noch knielang! Bauchnabel frei!

Ich ignorierte den Blick, ebenso wie den grellbunten Wegweiser, der zum Shop zeigte, und ging zum Saal Nummer drei. Dort ging eben eine dieser mörderischen Aerobicstunden zu Ende. Ich sah durch die Glasscheibe zu. Mich schauderte, doch konnte ich den Blick nicht von dieser Schinderei wenden, von den zuckenden Körpern, den dunkelrot angelaufenen Gesichtern, geschwollenen

Adern, schweißnassen Trikots, dazu gnadenlos hämmernde Musik, unterbrochen von schrillen Schreien zwischen Schmerz und Ekstase. Der Saal war wie immer voll, übervoll, mehr als einmal sah ich, wie sich die Trainierenden mit weitausholenden Armbewegungen reihum ohrfeigten. Und links! Und rechts! Again! Again!

Die Musik brach kreischend ab, die Stunde war zu Ende, mit letzter Kraft klatschten sie in die Hände, wie es der Brauch verlangte, und schleppten sich aus dem Saal. Die Türe wurde geöffnet, ein scharfer, feuchter Geruch schlug mir entgegen. Keuchend taumelten sie an mir vorbei, ihre Augen leuchteten wie die der heiligen Märtyrer, und ich hätte schwören können, daß die eine oder andere von ihnen einfach durch mich hindurch trat, als wäre ich gar nicht da.

Jemand tippte auf meine Schulter. Ich fuhr herum. Mein heuschreckenähnlicher Tanzlehrer stand hinter mir und schenkte mir ein professionell aufmunterndes Lächeln.

Stretching heute im Saal 4, Schätzele, meinte er freundlich und ging an mir vorbei.

Ich folgte ihm schweigend, ergriffen und baß erstaunt über seine unerwartete Freundlichkeit. Mein Blick ruhte ehrfurchtsvoll auf seinen perfekt gerundeten, rollenden Hinterbacken. Für ihn würde ich bis ans Ende der Welt gehen. Für ihn würde ich die Beine hinter dem Nacken verschränken und so die Treppe hinunterkugeln. Wie im Traum schwebte ich an Swimmingpool, Solarium und Fitnessraum vorbei. Doch der Abstand zwischen mir und dem Heuschreckenmann wurde immer größer. Und plötzlich war er verschwunden.

Ich blickte mich um. Ich befand mich im Herzen der

Folterfabrik, im Kraftraum. Unmerklich flackernde Neonröhren tauchten den Raum, der ohne Ende schien, in ein unwirkliches Licht. Auf Maschinen, die ein fremder Geist ersonnen haben mußte, lagen wohlgeformte Körper ordentlich auf saubere Frottiertücher drapiert. Mit schaurigem Quietschen hoben und senkten sich Gewichte, die nicht für Menschen gedacht schienen. Dazu hörte man nur das rhythmische Atmen, fffh, fffh, fffh, aus gewissenhaft aufgeblasenen Backen.

Wie gelähmt blieb ich in dieser Vorhölle der Disziplin stehen. Ich starrte. Ich hielt den Atem an. Bis dicht neben mir mit unerlaubtem Krachen ein Gewicht niederging, eine perfekte, grünschillernd verpackte Gestalt aufschnellte und mich wütend anfauchte:

Raus! Hier wird trainiert!

Es war Esti, meine Freundin aus der Umkleidekabine. Ihre Augen blitzten unter dem grünen Stirnband, ihr Gesicht glänzte fleckig von Schweiß und geronnenem Sport-Make-up.

Meine Handflächen wurden feucht. Ich öffnete den Mund, um mich zu verteidigen, aber da lag sie schon wieder und stemmte eine gebogene chromglänzende Stange in die Luft. Ich senkte den Kopf, murmelte eine Entschuldigung und drehte mich um. Im Gehen fiel mein Blick auf die Rückseite der Maschine. Eine beachtliche Anzahl Gewichtsscheiben hob sich sehr, sehr langsam. Dazu hörte ich Estis regelmäßiges ffh ffh ffh.

Ich wartete, bis die Gewichte ganz oben waren, dann zog ich den Stöpsel heraus, der die Scheiben fixierte.

Krachend sauste die schwere Stange nieder und traf Esti genau am Halsansatz. Sie riß die Augen auf und gab einen unmenschlich gurgelnden Laut von sich. Niemand schien sie zu hören, und wenn, dann war es zumindest für niemand ein Grund, seine Übungsreihe zu unterbrechen. Das Geheimnis der Wirksamkeit dieser Übungen liegt in der Regelmäßigkeit ihrer Ausführung. Empfohlen werden zwei bis drei Sets zu 15 bis 20 Wiederholungen. Die Sets sind unter keinen Umständen zu unterbrechen. Also.

Ich atmete tief ein, hob den Kopf, zog den Bauch ein und preßte den Po zusammen, wie es mir die Heuschrecke mühsam beigebracht hatte. In dieser stolzen Haltung ging ich mit elastischen Schritten zurück. Die Umkleidekabine war leer. Ich setzte mich auf die Holzbank, meine Schenkel zitterten unkontrolliert. Mit fahrigen Bewegungen suchte ich meine Jeans und zog sie über die Turnhose. Als ich mich nach meinen Schuhen bückte, riß ich Estis Lederjacke vom Haken. Ich hob sie auf, befühlte sie mit den Fingern, zog sie schließlich an. Ich drehte mich vor dem Spiegel hin und her. So eine Lederjacke hatte ich mir immer schon gewünscht. Und sie paßte.

Im Gehen faßte ich unwillkürlich in die Jackentasche. Meine Finger berührten eine vertraute, eckige Form, Papier knisterte. Ich blieb stehen, ganz langsam zog ich meine Hand aus der Tasche, mit einem Marzipan-Nougat-Schokoladeriegel. Meine Lieblingssorte.

Blondinen
haben einfach mehr Spaß ...

Bis gleich also, sagte meine Schwester und legte auf.

So war sie.

Ich stand noch einen ganzen Augenblick so da und hielt den Hörer ans Ohr, aus dem nur noch ein dumpfes Summen klang. Ich fragte mich, was sie wohl diesmal wollte.

Nach all den Jahren.

Geld?

Zigaretten?

Gute Ratschläge?

Ein Kleid ausleihen?

Meinen Mann?

Ich legte den Hörer auf und ging ins Badezimmer. Mein Mund war ganz trocken. Ich trank einen Schluck direkt aus dem Wasserhahn. Dann ließ ich das kalte Wasser weiter laufen und hielt meine Handgelenke darunter. Ich schaute in den Spiegel. Dunkle Augen, etwas starr blickend. Helle Haut. Dunkle Haare. Dichte, glänzende, dunkelbraune Haare.

Als kleines Mädchen war ich blond gewesen. Ganz blond, fast weiß. Wilde Locken und dunkle Augen. Ich war ein hübsches Kind. Alle sagten das. Ich hüpfte an der Hand meiner Mutter durchs Leben und nahm Bonbons und Komplimente ganz selbstverständlich entgegen. Bis eines Tages meine Schwester kam und noch viel blonder war als ich.

Und vor allem hatte sie blaue Augen.

Nur darauf kommt es nämlich an.

Von diesem Tag an begann ich nachzudunkeln, unaufhaltsam. Wie alle Braunaugen. Bei denen hält das Blond nämlich nicht hin. Nie.

Je dunkler mein Haar wurde, desto seltener hörte ich, was für ein hübsches Kind ich doch sei. Die hohen Töne und zugesteckten Bonbons galten nur noch ihr. Sie nahm sie genauso selbstverständlich hin wie ich früher.

So wurde mir also schon als drei-, vierjähriges Mädchen klar, daß es Blondinen einfach leichter haben im Leben.

Meine Mutter bleichte ihr Haar. Wahrscheinlich dachte sie, nachdem sie schon unter Schmerzen zwei kleine Blondinen geboren hätte, könnte sie jetzt quasi ehrenhalber auch eine werden. Aber so einfach geht das nicht. Blond sein oder nicht ist Sache des Schicksals. Ihre Haare waren so struppig wie ein alter Abwaschschwamm. In der Farbe erinnerten sie an geronnene Milch oder an konzentrierten Urin. Je nach Packung.

Ich haßte meine Schwester. Mehrmals versuchte ich, sie umzubringen. Auf allen Babyfotos schreit sie – wenn ich mit drauf bin. Ich habe die Unterlippe vorgeschoben und die Stirn gefährlich gerunzelt. Meine Hände sieht man nicht. Irgendwo verberge ich einen spitzen Gegenstand, mit dem ich das Baby traktiere, während ich mürrisch in die Kamera schaue.

Natürlich hat sie schnell gelernt, sich zu wehren. Noch bevor sie reden konnte, bewies sie mir, daß die Blondere von zwei Streitenden immer recht hat. Ich frage mich, wo sie wohl bleibt. Das sieht ihr ähnlich. Einfach anzurufen, mitten am Nachmittag, und mich hier festzunageln. Ich werde ihr wohl etwas anbieten müssen. Tee . . . da ist noch ein Rest Kuchen . . . Um vier kommen die Kinder von der

Schule. Ich will nicht, daß sie sie sehen. Mein erster Mann war natürlich blond. Ich meine, der erste, den ich geheiratet habe. Mit dreiundzwanzig. Und er hatte blaue Augen. Mit ihm wollte ich Kinder haben. So viele und so schnell wie möglich. Ich sah mich manchmal durch die Straßen gehen, nach der Mode der sechziger Jahre gekleidet, wie meine Mutter damals, selbstsicher auf dünnen, gebogenen Absätzen, an jeder Hand ein blondes Kind und noch eins und noch eins und noch eins, eine endlose Kette, und die Leute würden am Straßenrand stehenbleiben, jubelnd, und uns mit Bonbons bewerfen.

Aber gerade noch rechtzeitig las ich in einem Buch, daß sich blaue Augen nur mit einer Chance von 4 zu 1 durchsetzen. Und was mit blonden Braunaugen passiert, wußte ich ja. Sie dunkeln nach. Das Risiko wollte ich nicht eingehen.

Mein jetziger Mann ist so schwarz, wie man nur sein kann, und unsere drei Kinder nicht viel heller. Innerhalb der Familie gehe ich schon fast als Blondine durch.

Während ich das Teewasser aufsetzte und den Tisch deckte, wurde ich langsam ruhiger. Ich hatte meine Schwester lange nicht gesehen. Das war alles.

Sie war ja bei weitem nicht die einzige Blondine auf der Welt.

Da war zum Beispiel diese fesche junge Englischlehrerin, die das tödlich Verletzende des typisch britischen Humors immer an mir demonstrierte.

Dann war da das Mädchen mit den unerträglich langen Beinen. Jedesmal, wenn ich mit meinen Freunden ausging, baten sie mich, sie doch auch einzuladen. Sie trauten sich nicht einmal, sie selber anzurufen. Und dann kam sie und saß da und sagte den ganzen Abend kein Wort.

Streckte nur ihre Beine aus und war blond. Und das genügte. Vollkommen.

Dann mein Lehrmeister in der Apotheke, der einem Vertreter erklärte, warum bei ihm nur blonde Frauen arbeiteten. «Blonde wirken einfach irgendwie seriöser und auch vertrauenerweckender. Irgendwie sauberer, Sie verstehen, darauf kommt es bei uns schließlich an. Brünette haben allesamt so etwas Vulgäres!» Er redete so laut, daß man es bis in den Verkaufsraum hören konnte, wo ich gerade eine Kundin bediente, und ich wurde rot. Ich wußte ja selber, daß ich zwei Jahre früher, bei meinem Lehrantritt, noch einiges heller gewesen war.

Und dann natürlich die Blondine im Supermarkt, die mir von hinten ihren Wagen in die Knöchel rammte. Ich sprang zur Seite, stolperte und riß im Fallen ein Gestell mit Essiggurkengläsern um. Während ich in einer übelriechenden Pfütze saß, kurvte sie elegant an mir vorbei zur Kasse und bezahlte mit kühlem Lächeln. Blondinen haben einfach mehr Spaß.

Na schön, dachte ich in diesem präzisen Moment, dafür haben sie oft eine erstaunlich kurze Lebenserwartung.

Und von da an bemühte ich mich, dem nachzuhelfen, wo immer sich eine Gelegenheit ergab. Und das war gar nicht so selten. Schließlich arbeitete ich in einer Apotheke.

Aber das alles war lange her.

Ich goß den Tee auf und stellte den Kuchen auf den Tisch. Es war nicht mehr sehr viel davon übrig, ich sah, daß sich die Kinder unregelmäßige Stückchen herausgeschnitten hatten. Ich nahm das elektrische Brotmesser aus der Schublade, um den Rest in winzige, saubere Vierecke zu zerteilen. Meine Schwester würde nichts merken. Ich war eine gute Hausfrau, eine wunderbare Hausfrau, durch nichts aus der Ruhe zu bringen. Blond oder nicht blond.

Hübsch, sagte meine Schwester laut, um das Dröhnen des elektrischen Messers zu übertönen. Ich wirbelte herum. Da stand sie im Türrahmen, dünn, ein bißchen blaß, stark geschminkt, die Augen riesig unter einer Wolke leuchtendoranger Locken.

Leuchtendorange Locken?

lch habe geklingelt, fuhr sie fort, aber du hast mich wohl nicht gehört.

Was . . . was . . . hast du mit deinen Haaren gemacht . . .? stotterte ich und zeigte verwirrt auf ihren Kopf. Sie fuhr zurück.

He, paß auf mit diesem Messer, das ist ja die reinste Motorsäge!

Sie kam in die Küche, nahm sich ein Kuchenstückchen vom Tisch und aß es im Stehen.

Henna, antwortete sie dann mit vollem Mund. Ihre Lippen waren schokoladeverschmiert.

Aber warum?

Das elektrische Messer vibrierte in meiner Hand. Ach, ich hatte es satt, blond zu sein. Paß doch um Himmels willen mit dem Messer auf! Blondinen sind irgendwie fad, findest du nicht?

Der junge Mann von gegenüber

. . . und dann hat die Eiserne Jungfrau zu mir gesagt . . .

Den Rest konnte sie nicht hören. Christa hielt einen Moment ganz still, dann richtete sie sich auf, zog die Strumpfhose hoch, strich Unterrock und Rock glatt und drückte die Spülung. Die Stimmen im Vorraum verstummten. Als sie die Toilettentür öffnete, sah sie gerade noch, wie zwei junge Frauen dicht aneinandergedrängt aus dem Raum huschten.

Christa wusch sich die Hände und trocknete sie methodisch ab, jeden Finger einzeln. Von diesen Heißluft-Handtrocknern, die vor kurzem installiert worden waren, hielt sie gar nichts.

Sie kontrollierte ihr Bild im Spiegel. Sie trug ein metallfarbenes Kostüm und eine kleingemusterte Seidenbluse mit passendem Schal. Die Sachen waren neu, und teuer. Christa hatte durchaus Sinn für modische Kleidung, sie hatte auch lange genug darauf verzichten müssen, aber irgendwie wirkte an ihr alles gleich sehr viel strenger und freudloser als auf dem Bügel. Genauso war es mit ihrem Haar, das sie einmal im Monat von einem bekannten Friseur nachschneiden ließ. Der Friseur war so berühmt, daß er noch öfter als seine Kundinnen in den Klatschspalten auftauchte. Alle schönen und reichen Frauen der Stadt gingen zu ihm. Sie nannten ihn einen Zauberer, einen Künstler und luden ihn sogar zu ihren Parties ein. Doch Christa schien es einfach nicht zu gelingen, mit ihm ins

Gespräch zu kommen, und so saß sie einmal im Monat ganz still inmitten des aufgeregten Summens, während der Meister mißmutig ihr graues Haar zu einem Eisenhelm zurechtstutzte. Christa fuhr sich versuchshalber mit der Hand durch die Haare, aber die Strähnen fielen genau dorthin zurück, wo sie hingehörten.

Eiserne Jungfrau . . . wie originell.

Und «eisern» stimmte nicht einmal.

Christa war schüchtern. Natürlich ließ sie sich das nicht anmerken, schon gar nicht in der Firma. Aber es war so. Nur deshalb war sie auf der mittleren Führungsebene steckengeblieben, wo es höchstens interne Sitzungen und ab und zu ein Mittagessen gab. Keine Reden auf Kongressen, keine Reisen in fremde Städte, keine Diners, bei denen viel Geld verschoben und trotzdem viel getrunken wurde.

Christa war eine der ersten Frauen gewesen, die die Firma eingestellt hatte. Als Schreibhilfe in einem riesigen Büro mit anderen jungen Frauen. Es war eine langweilige und ermüdende Arbeit, die Frauen wechselten oft. Die meisten heirateten, aber das kam für Christa nicht in Frage. Sie war aufgestiegen, langsam, mühsam, aber unaufhaltsam. Damals war es von Vorteil, nicht allzu hübsch oder kokett zu sein. Christa war keins von beidem. Da sie für den Empfang nicht in Frage kam (von dem aus kein Weg weiterführte, jedenfalls nicht für die Angestellten), war sie erst einmal Sekretärin geworden. An ihrem ersten Arbeitstag in ihrem ersten eigenen winzigen Büro, eigentlich mehr ein Vorzimmer, hatte sie sich einen Plan gemacht. Stufe für Stufe hatte sie eingezeichnet, und wie sie sie erreichen wollte und wann, in verschiedenen Farben. Der Plan lag in einem Klarsichtmäppchen immer noch in ihrem Schreibtisch, Schritt für Schritt abgehakt und durchgestrichen. Seit ein paar Jahren hatte sie die Position, die sie für sich vorgesehen hatte. Sie hatte es geschafft. Doch sie erlaubte sich deswegen noch lange nicht, sich zurückzulehnen. Das wäre gefährlich gewesen. Sie arbeitete weiter hart und gab sich keine Blöße, niemals.

Nur ganz selten fragte sie sich, warum sie das alles machte. Vor allem, seit ihre Mutter gestorben war. Aber der Gedanke war unheimlich, sie schob ihn schnell beiseite. Immerhin hatte sie Kurt. Das durfte sie nicht vergessen. Ohne ihn hätte sie die letzten Jahre wohl nicht durchgestanden.

Keine andere Frau hatte es so weit gebracht – nicht in dieser Firma. Aber die Zeiten änderten sich. Heute sah sie junge Frauen scheinbar mühelos Karriere machen, und zwar durchaus die Hübschen, die Koketten, gerade die. Sie schienen überhaupt nicht zu wissen, was Verzicht bedeutete, oder daß das Leben ein Kampf war, vielleicht war es das für sie auch nicht. Christas Leben war ein einziger Kampf. Sie haßte diese jungen Frauen, denen alles so leicht fiel. Manche hatten sogar Männer zu Hause, die abends für sie kochten!

Christa merkte am Schmerz des leichten Muskelkrampfes, wie fest sie ihre Kiefer aufeinandergepreßt hatte. Langsam öffnete sie den Mund und streckte gewissenhaft die Zunge heraus. Der Krampf löste sich.

Christa verließ die Firma als letzte. Bevor sie ging, brachte sie noch ein paar Dossiers auf den Pulten dieser jungen Aufsteigerinnen durcheinander, ließ hier eine Akte verschwinden und da ein Computerprogramm abstürzen.

Allzu leicht sollten sie es nicht haben.

Als sie die Wohnungstür aufschloß, schlug ihr ein abgestandener, fauliger Geruch entgegen. Als ob hier eine Tote lebte. Sie öffnete das Fenster.

Die Wohnung gehörte ihr. Sie lag im elften Stockwerk eines luxuriösen Hochhauses, war hell und großzügig und modern und gehörte ihr. Sie hatte sie nach dem Tod ihrer Mutter vor fünf Jahren gekauft. Irgend etwas mußte sie mit dem Geld ja machen, das sich auf der Bank angehäuft hatte. Die ganzen Jahre hatte sie gut verdient und kaum etwas ausgegeben. Wie sollte sie auch. Sie hatte mit ihrer Mutter in einem kleinen Häuschen am Stadtrand gelebt. Ihre Mutter hatte an Multipler Sklerose gelitten. Die Tagesschwester, die Gehhilfen, den Bügel am Bett und die Griffe in der Dusche, sogar die Gummiunterlagen hatte die Krankenkasse bezahlt. Christa war abends niemals ausgegangen, sie konnte ihre Mutter nicht allein lassen, aber das hatte sie nicht gestört. Sie hatte immer gewußt, daß ihr wirkliches Leben erst später beginnen würde. Deshalb hätte es auch gar keinen Sinn gehabt, sich vorher schon etwas zu leisten, neue Kleider etwa, teures Essen oder einen Plattenspieler. Sie ertrug die Abende geduldig und gutgelaunt und dachte dabei an später.

Nach dem Tod ihrer Mutter hatte sie das Haus und die Möbel und alles verkauft. Sie wollte nichts davon behalten, sogar die Fotos hatte sie weggeworfen. Sie wollte sich gar nicht mehr an diese Zeit erinnern. Sie hatte die moderne Wohnung in der Innenstadt gekauft und ganz neu eingerichtet.

Und trotzdem war alles ganz anders gekommen. Ihr Leben hatte sich kaum verändert. Sie saß abends zu Hause und hörte Platten oder las Bücher. Ihre Mutter hatte wenigstens ab und zu eine Bemerkung zum Essen gemacht, es war ihr aufgefallen, ob Christa schlecht gelaunt war oder eine andere Bluse trug, und sie hatte ihr zugehört, wenn sie vom Büro erzählte. Nach ihrem Tod war Christa ganz allein mit ihren modernen Möbeln, den teuren Kleidern und den funkelnagelneuen Schallplatten und wartete darauf, daß irgend etwas passierte. Bevor sie Kurt kennengelernt hatte, war sie einigermaßen verzweifelt gewesen.

Sie sah sich um. Die Wohnung war peinlich sauber und aufgeräumt. Bis auf den Blumenstrauß auf dem Tisch könnte sie gut als Demonstrationsappartement durchgehen. Christa hatte immer frische Blumen in der Wohnung. Der Garten fehlte ihr, das war wahr.

Christa trug die Blumenvase in die Küche, um das Wasser zu wechseln und die Stiele nachzuschneiden. Als sie das grünliche Wasser ausleerte, wurde der faulige Geruch beinahe unerträglich. Daher kam es also. Christa schenkte sich ein Glas Weißwein ein. Sie mußte vergessen haben, das Wasser zu wechseln, und zwar mehrere Tage lang. Sie konnte sich nicht vorstellen, wie das passieren konnte. Andererseits war sie erleichtert, daß der unangenehme Geruch eine genau bestimmbare Ursache hatte, die außerdem ganz einfach zu beseitigen war.

Sie füllte die Vase neu und rieb mit einem sauber gefalteten Lappen die Wasserspritzer von der Chromstahlfläche.

Zweites Glas.

Sie packte ihre Einkaufstasche aus. Eine Handvoll Jakobsmuscheln, Wildreis, ein bißchen Spinat. Dazu ein kleiner Salat, mit diesem teuren neuen Essig angemacht, und zum Nachtisch vielleicht ein Zitronenschäumchen. Christa war sehr streng mit sich selber, wenn es ums Essen ging. Sie wußte, wie groß die Versuchung war, abends etwas Vorgekochtes aus einem Plastikgeschirr zu löffeln und dabei fernzusehen. Es wäre so einfach, dem nachzugeben, und so praktisch, doch das wäre nur der Anfang. Sie würde sich komplett gehenlassen. Das durfte nicht geschehen. Christa kochte jeden Abend drei Gänge für sich ganz allein, deckte den Tisch im Zimmer mit Leinenserviette und Kerze und Salz- und Pfefferstreuer aus Sterlingsilber.

Drittes Glas.

Trinken war an sich erlaubt, so lange der Wein wirklich gut war. Dann machte es auch nichts, wenn es einmal ein bißchen viel war. Eine Flasche Weißwein war doch nicht viel, oder?

Meistens blieb es allerdings nicht bei einer.

Kurt trank Bier, daran lag es. Er trank es direkt aus der Dose, das ging natürlich schneller, und da sie ihn nicht allein trinken lassen wollte, mußte sie meist schon bald die zweite Flasche öffnen. Gut, sie hatte früher schon getrunken, aber sie war besser damit fertig geworden. In letzter Zeit hatte sie morgens manchmal das Gefühl, ihr Kopf sei zu schwer und schwanke gefährlich auf ihrem dünnen Hals.

Sie stand immer schon um halb sechs auf. Sie bügelte die Kleider auf, die sie am Vorabend zurechtgelegt hatte, wusch sich die Haare, fönte ihren Helm zurecht und spülte das Frühstücksgeschirr. Dann setzte sie sich hin und schrieb eine Liste von Dingen, die sie nicht vergessen durfte. Sie brauchte diese Zeit am Morgen, um den Tag in Angriff nehmen zu können. Ehrlich gesagt, war sie früher auch nicht so spät ins Bett gegangen. Unwillkürlich warf sie einen Blick aus dem Fenster. Kurt wohnte in dem anderen Hochhaus, gleich gegenüber. Seine Fenster waren noch dunkel.

Er kam meistens erst nach dem Essen, um neun, halb zehn. Und dann konnte sie doch nicht gleich ins Bett gehen, oder? Das wäre nicht höflich gewesen.

Sie dämpfte das Licht. Auf dem Fensterbrett standen ein paar Kerzen mit zitternden Flammen. Sie hatte den schweren Ledersessel ans Fenster gerückt und eine Wolldecke auf den Ledersessel gelegt, damit sie nicht fror. Sie trug jetzt nur noch ihren Unterrock. In einer Hand hielt sie ihr Glas, die andere lag wie zufällig auf ihrer linken Brust. Die Wohnung gegenüber war hell erleuchtet. Kurt war nicht zu sehen. Er stand wohl noch in der Küche, wo er sich etwas zu essen zurechtmachte. Gleich würde er ins Zimmer treten, mit seinem Brot und seiner Bierdose, er würde sich aufs Sofa setzen und eventuell den Fernseher einschalten, aber nicht unbedingt. Er saß ihr direkt gegenüber, wenn sie das Opernglas richtig einstellte, war es, als sei er in ihrer Wohnung. Sie konnte mit ihm sprechen. Ihn berühren, beinahe. Meistens trug er ein weißes, geripptes Unterhemd, von der Sorte, die Marlon Brando berühmt gemacht hatte. Er saß breitbeinig, die Füße weit von sich gestreckt oder auf den kleinen Tisch gelegt. Manchmal las er die Zeitung, dann konnte sie sein Gesicht nicht sehen. Einmal hatte er telefoniert, und während er sprach, gedankenlos eine Hand in sein Unterhemd geschoben und sich die Brust massiert, dabei hatte er direkt in ihre Augen geschaut, und sie war atemlos zurückgewichen. Obwohl er sie ja wohl kaum sehen konnte.

Oder?

Christa wartete nun schon eine ganze Weile. Langsam fröstelte sie in ihrem dünnen Unterrock. Er würde doch nicht etwa in der Küche bleiben? Was er wohl so lange machte, an diesem ganz normalen Montagabend? Sie wußte, daß er nicht kochen konnte, sie erkannte es an seinem ungeduldigen Ausdruck, wenn er sein belegtes Brot anschaute, kurz bevor er hineinbiß. Er mußte diese Brote gründlich satt haben. Eines Abends würde sie ihn zum Essen einladen, hier an diesem Tisch würde er sitzen und jeden Bissen genießen, und dann würde er ihre Hand küssen und sagen: Du hast mir neue Welten eröffnet.

Sie mußte nur den richtigen Zeitpunkt abwarten.

Christas Hand krallte sich schmerzhaft in ihre eigene Brust. Kurt hatte das Zimmer betreten. Er trug ein buntbedrucktes Hemd und frisch gebügelte Hosen. Sie drehte am Opernglas, tatsächlich, das Preisschild baumelte noch über den Kragen des Hemdes, es mußte ganz neu sein. Er deckte den runden Tisch in der Ecke. Er zündete Kerzen an. Christa sah an seinen Bewegungen, daß er nervös war.

Sie warf das Opernglas weg, es kollerte geräuschvoll über das glatte Parkett. Sie stand auf und zog einen Pullover über den Unterrock. So war das also. Nach all diesen Abenden, Wochen, Monaten des Wartens. Sie hatte sich nicht aufdrängen wollen, sie hatte gewartet. Und das hatte sie nun davon. Kurt war nicht besser als alle anderen Männer. Sie wußte schon, warum sie sich nie mit einem von ihnen eingelassen hatte. Christa trank ihr Glas im Stehen aus, dann ging sie ins Badezimmer. Zähneputzen, Zahnseide und Munddusche nahmen eine gute Viertelstunde in Anspruch, und langsam beruhigte sie sich. Sie würde früher ins Bett gehen und besser schlafen. Weniger trinken, das war alles. Mit methodischen, kreisenden Bewegungen trug sie ihre Nachtcreme auf und bürstete ihr Haar. Hundertmal gegen den Strich. Sie löschte das Licht.

In der Wohnung gegenüber war nun der Tisch gedeckt. Kerzen brannten. Kurt kam gerade aus der Küche. Mit einem erwartungsvollen Lächeln balancierte er eine Platte, auf der ein Braten lag, ein riesiger Braten, vollkommen ungeeignet für zwei Personen.

Mit dem Rücken zu ihr saß der Gast. Eine junge Frau mit burschikosem Haarschnitt und leuchtendroter Bluse. Seltsam, daß sie ihn allein kochen ließ . . . Christa hätte das nicht zugelassen. Sie setzte sich auf die Armlehne des Sessels und tastete nach ihrem Glas. Es war leer. Sie schenkte sich noch einmal Wein ein und trank einen Schluck, obwohl er so kurz nach dem Zähneputzen nach nichts schmeckte. Kurt stellte die Platte auf den Tisch, beugte sich über die junge Frau und küßte sie. Christa bückte sich nach dem Opernglas. Die junge Frau stand auf und legte ihre Arme um Kurt. Ihre Unterarme waren behaart. Christa stellte das Glas scharfer ein.

Na also. Es war ein junger Mann. Dunkelhaarig, feingliedrig, wunderschön.

Christa kuschelte sich in den Sessel zurück. Sie hob ihr Glas und prostete den beiden zu.

Sie hatte sich ganz grundlos aufgeregt. Vincent, so würde er heißen, hätte sicher auch bald genug von Kurts belegten Broten. Sie würden sich bestimmt freuen, wenn sie sie zum Essen einlud. Genau das würde sie tun. Sie mußte nur den richtigen Moment abwarten.

Der Ausflug

Der grüne Streifen Wald am Horizont verschwamm vor ihren Augen. Die Sonne brannte auf ihre nackten Schultern, der Asphalt schien zu schmelzen, ihre Füße sanken millimetertief darin ein. Mit zusammengebissenen Zähnen schob sie das alte Fahrrad den Hügel hinauf, wo Heinz im Schatten des Waldrands auf sie wartete. Das hoffte sie jedenfalls. Sie atmete schmerzhaft und keuchend durch den Mund, es mußte bis an den Waldrand zu hören sein. Schweiß rann in Strömen zwischen ihren Brüsten hinab, unter ihrem Haaransatz pochte es.

Sie kniff die Augen zusammen. Zerquetschte Tränen im Augenwinkel, vielleicht nur Schweiß. Sie war nahe daran, das Rad fallenzulassen, sich seitlich in den Abgrund zu werfen und die trockenen Sommerwiesenhänge hinunterzukugeln bis auf die Eisenbahnschienen ganz unten im Tal, wo sie einfach liegenbleiben würde, bis sie der nächste Bummelzug barmherzig überrollte . . . Statt dessen zwang sie sich weiter. Schritt für Schritt. Heinz würde so etwas überhaupt nicht lustig finden.

Sie kannte ihn erst seit drei Wochen. Das war nicht besonders lange. Sie wußte nicht viel über ihn, aber sie liebte ihn und hatte deshalb die Einladung zur Radtour am Wochenende erfreut angenommen.

Sie hatte dabei an schattige Wege gedacht, an einen eiskalten Bach, in den sie die Zehenspitzen tauchen würden, an verschlafene Dörfer, an Liebe auf einer Wiese, an

Mückenstiche, Vanilleeis mit heißer Schokolade unter breiten, grünen Blättern. Auf die Sportlichkeit, den Ehrgeiz und die Unerbittlichkeit von Heinz war sie nicht vorbereitet gewesen. In keiner Weise.

Sie hatten sich morgens in aller Frühe auf einem kleinen Landbahnhof getroffen. Der Tag war noch frisch. Sie fröstelte ein bißchen in ihrem kurzen, engen Rock. An der Lenkstange ihres Fahrrades hatte sie eine Plastikrose befestigt. Sie freute sich auf den Tag. Dann sah sie ihn.

Er trug eine knallbunte Mütze, Handschuhe, Trikothosen und aufwärts gebogene Schuhe. Mit einer Hand hielt er ein federleicht aussehendes Rennrad, mit der anderen hob er eine graue Plastikflasche an die Lippen. Sie hätte ihn beinahe nicht erkannt. Als er sie kommen sah, ließ er die Flasche sinken. Er starrte sie an. So willst du fahren??

Er deutete auf ihren kurzen, ausgewaschenen, roten Rock.

Sie lächelte unsicher. Sie wußte nicht, was sie sagen sollte. Es war ganz offensichtlich, daß sie sich unter Radfahren etwas anderes vorstellte als er.

Er schüttelte den Kopf, murmelte etwas von Zeitplan und wann er die erste Etappe erreicht haben wollte, schwang sich in den Sattel und flitzte davon. In kürzester Zeit hatte sie ihn aus den Augen verloren.

Unterdessen war es früher Nachmittag geworden. Das Mittagessen hatte aus Trockenfleisch und diesem lauwarmen Sportgetränk bestanden, hastig an einem Straßenrand eingenommen. Jede volle Stunde wartete Heinz auf sie, den Blick auf die Uhr geheftet. Kaum sah er sie kommen, fuhr er auch schon wieder davon. Beim dritten Mal hatte sie ihn außer Atem und den Tränen nahe gebeten, sich doch bitte nicht weiter um sie zu kümmern. Ernsthaft hatte er ihr erklärt, er tue das nicht ihretwegen, sondern wegen seiner Kondition. Es erhöhe den Trainingseffekt ungemein, wenn man den Puls sich regelmäßig beruhigen lasse, bevor man ihn um so härter wieder hinaufjage. Darauf hatte sie keine Antwort gewußt.

Er war sowieso schon wieder außer Hörweite.

Während sie ihr Rad zu dem Wäldchen hinaufschob, fragte sie sich, warum sie bis jetzt nichts von der gnadenlosen Sportlichkeit ihres Freundes gemerkt hatte. Dann fiel ihr ein, daß es die letzten drei Wochen beinahe ununterbrochen geregnet hatte. Heinz war ab und zu abends in ein Fitnesscenter verschwunden, aber das taten schließlich viele Menschen, sogar manche ihrer besten Freunde. Obwohl jeder Atemzug in der Lunge stach, brach sie in keuchendes Gelächter aus. Sie blieb einen Augenblick stehen, legte die Hand auf die schmerzende Seite und lachte bitter beim Gedanken daran, daß der regnerische Frühsommer an allem schuld war. In der Zeitung wurde das ungewöhnlich schlechte Wetter – das schlechteste seit Jahrzehnten – für Krankheiten, Todesfälle, Depressionen und sogar Selbstmorde verantwortlich gemacht. Was war dagegen eine unglückliche Liebesgeschichte?

Ihre Fußsohlen begannen zu glühen, sie setzte sich mühevoll wieder in Bewegung. Täuschte sie sich, oder wich der Waldrand immer weiter zurück, je länger sie sich daraufzuschleppte?

Ich habe die Nase voll, dachte sie trotzig.

Sie kam oben an und sah, daß der Wald nur aus einem schmalen Streifen von Bäumen bestand, und daß es gleich dahinter in der prallen Sonne weiter bergauf ging. In endlosen Schleifen bergauf. Und von Heinz keine Spur. Sie warf das Fahrrad hin und brach in Tränen aus.

Ein Sportwagen kam neben ihr zum Stehen, ein junges, feistes, schnurrbärtiges Gesicht beugte sich aus dem offenen Fenster und bot an, sie bis zur nächsten Ortschaft mitzunehmen. Sie zog die Nase hoch, fuhr sich mit der Hand über das Gesicht und stand auf.

Und das Rad?

Das Rad lasse ich da, sagte sie unbekümmert.

Im Wagen hämmerte Musik. Achthundert Watt und Megabaß, erklärte der junge Mann. Sie fuhren mit quietschenden Reifen los. Ließen den Baumstreifen hinter sich. Der Mann hieß Albi. Er schielte begehrlich auf ihre langen braunen Beine. Mit näselnder Stimme wies er sie auf all die kleinen Extras hin, die er in seinen Wagen eingebaut hatte, ganz allein übrigens, mit diesen beiden Händen. Sie drehte den Kopf zum Fenster. Er fragte sie, ob sie aus der Stadt sei, und als sie nickte, fand er, sie sei erstaunlich hübsch für eine aus der Stadt.

Er räusperte sich.

Ich bin bei meiner Mutter zum Kaffee eingeladen. Wie jeden ersten Sonntag im Monat.

Aha.

Sie, hm, Sie wollen nicht zufällig mitkommen?

Sie drehte den Kopf und sah, daß er jetzt stark schwitzte.

Nein danke, sagte sie knapp und sah wieder geradeaus.

Ja, die Sache ist die, sagte er verlegen, ich wollte ihr meine neue Freundin vorstellen, und jetzt haben wir uns gestern gestritten, was heißt gestritten, davongelaufen ist sie, und wie soll ich das meiner Mutter erklären, sie hat sich so gefreut . . .

Das ist doch nicht Ihr Ernst! Gegen ihren Willen mußte sie lachen.

Meine Mutter hat Ines nie gesehen, fuhr er fort, es käme also gar nicht darauf an. Abgesehen davon würden Sie ihr bestimmt besser gefallen, Sie haben so etwas Natürliches.

Albi zuckte mit den Schultern und entspannte sich ein bißchen. Immerhin hatte sie ihn nicht gleich geohrfeigt. Sie legte den Kopf zurück und blinzelte in die Sonne. In hohem Tempo fuhren sie um die nächste Kurve. Da sah sie Heinz, verbissen, gebückt auf seinem Fahrrad. Rechts von der Straße immer noch der Abgrund, der ihr vor kurzem noch so verlockend erschienen war, der Abgrund, der steil und steinig war und erst sehr viel tiefer auf den Eisenbahnschienen endete. Sie streckte ihre Hand aus und faßte zwischen Albis dickliche, weiche Beine.

Er ließ das Steuerrad los. Schnappte nach Luft. Schloß die Augen. Der Wagen schlingerte nach rechts. Einen Augenblick später hatte er sich wieder gefangen, aber dieser Augenblick hatte gereicht. Sie nahm ihre Hand weg.

Entschuldige, murmelte sie, ich wollte dich nicht erschrecken.

Das . . . das . . . was war das? Er bremste und brachte den Wagen zum Stehen.

Meine Hand?

Nein . . . da war . . . ein Stoß.

Sie blickte über ihre Schulter zurück. Von Heinz keine Spur.

Da war nichts, sagte sie sanft, es tut mir wirklich leid, wenn ich dich erschreckt habe.

Sie kuschelte sich in den Sitz zurück.

Deine Mutter, fragte sie, macht sie Kuchen zum Kaffee?

In weiter Ferne hörte sie das Pfeifen des Zuges. Ich liebe Kuchen, murmelte sie träge.

Ein Opfer der Hormone

Nicht schon wieder, sagte Mama.

Doch.

Mama sah einen Augenblick lang aus, als wollte sie ihr die Türe vor der Nase zuschlagen, dann überlegte sie es sich, seufzte, hakte die Sicherheitskette aus und ließ Klara eintreten.

Im Wohnzimmer saßen ungefähr zehn Kinder jeden Alters vor dem Fernseher, Babies, Krabbelkinder, Schulkinder mit aufgeschlagenen Knien. Drei davon waren Klaras.

Sie zeigten weder Überraschung noch übertriebene Begeisterung, eher gelangweilt blickten sie auf, gaben ihr ein kleines Zeichen mit der Hand und wandten sich dann sofort wieder dem Bildschirm zu.

Mama zog sie in die Küche, schloß die Türe und zündete sich sofort eine Zigarette an. Mama rauchte nicht in Gegenwart der Kinder. Sie war eine sehr gewissenhafte Tagesmutter, eine der besten, der Fernseher lief auch nur bei schlechtem Wetter, sonst spielten die Kinder in dem kleinen, verwilderten Garten hinter dem Haus. Mama konnte nicht verstehen, warum sie nie eine offizielle Bewilligung erhalten hatte. Klara wußte es: zu viele Vorstrafen, aber sie sagte nichts, sie wollte ihre Mutter nicht verletzen. Außerdem gab es genügend Frauen, die es sich gar nicht leisten konnten, auf einer offiziellen Bewilligung zu bestehen. Mama konnte sich nicht beklagen, sie hatte immer mehr als genug Anfragen. Klara konnte froh sein, daß sie ihre drei überhaupt aufnehmen konnte. Jonathan war jetzt sechs, Marina vier und Lola zwei.

Es überkam sie in regelmäßigen Abständen.

Du hast es also wieder einmal geschafft, sagte ihre Mutter mit einem resignierten Blick auf ihren gewölbten Bauch und stellte einen Aschenbecher auf den Tisch. Klara nickte. Sie lächelte, sie konnte nicht anders, ihre Mundwinkel rutschten von alleine auseinander, sie bleckte die Zähne, ein blödsinnig glückliches Lächeln, das jeden Außenstehenden zu Tode erschreckt hätte.

Du kannst es einfach nicht lassen, sagte Mama. Kannst du nicht wenigstens einmal vorher heiraten? Ist das denn zuviel verlangt? Deine Kinder brauchen einen Vater!

Sie biß sich auf die Unterlippe. Mindestens einen, fügte sie hilflos hinzu. Klara nahm ihr die Bemerkung nicht übel, ihre Mutter hatte sie auch allein erzogen, aber das waren noch andere Zeiten gewesen. Klara stellte sich vor, wie es sein mußte, täglich mindestens einmal zu hören: Dem Mädchen fehlt halt der Vater.

Sie hatte mit schmutzigen Schuhen im Treppenhaus gespielt – ihr fehlte der Vater. Sie hatte die Hausaufgaben nicht gemacht – ihr fehlte der Vater. Sie hatte Kaugummi geklaut, die Schule geschwänzt, Hosen getragen, sich geprügelt – ihr fehlte der Vater. Sie ging mit Männern aus, ging nicht mit Männern aus, sie schminkte sich zu stark oder zu wenig – ihr fehlte der Vater.

Klara hatte das gar nie in Frage gestellt. Tatsache war, daß es bei ihr zu Hause keinen Vater gab, und fehlen mußte er ihr wohl, denn wozu wären Väter sonst da?

Manchmal kamen ihr allerdings Zweifel. Die Väter ihrer Freundinnen schienen immer ausgerechnet am schulfreien

Samstag Ruhe und Schonung zu brauchen. Gerade, wenn sie so schön spielten, mußten sie leise sein. Väter kamen abends im ungünstigsten Moment nach Hause und erwarteten von ihren Kindern, daß sie alles stehen- und liegenließen, um sie zu umarmen. Sie waren unrasiert und hatten laute Stimmen und schimpften wegen nichtiger Kleinigkeiten, die ihnen die Mütter gepetzt hatten. Sie setzten voraus, daß man sich vor Begeisterung überschlug, wenn sie ausnahmsweise einmal früher nach Hause kamen, sie stellten idiotische Fragen über die Schule und die Lehrer und die Hausaufgaben und warteten dann nicht einmal eine Antwort ab. Manchmal warfen sie kurze, verwirrte Blicke auf ihre Kinder, als fragten sie sich, aus welchem Raumschiff diese seltsamen Fremden wohl geklettert waren. Die Kinder empfanden offensichtlich dasselbe, waren aber zu höflich, um sich etwas anmerken zu lassen.

Klara seufzte. Das alles hatte sie nie daran gehindert, sich einen Mann zu wünschen, einen Ehemann, meinte sie, einen Familienvater.

Diesmal geht es wirklich nicht, sagte sie.

Ihre Mutter fuhr mit der Zigarette durch die Luft.

Verheiratet?

Das auch.

Klaras Freunde waren immer verheiratet.

Mama zündete sich eine neue Zigarette am Stummel der alten an. Sie kniff die Augen zusammen und warf ihrer Tochter einen nur noch halbherzig strengen Blick zu.

Deinetwegen hätte man die Pille nicht erfinden müssen, was?

Klara blieb stumm, sie sah, wie Mama sich zurücklehnte, aufs Rauchen konzentrierte, bald würde sie es akzeptieren, was blieb ihr auch anderes übrig?

Ich verstehe dich nicht, seufzte Mama abschließend, und Klara nickte, sie verstand sich selber nicht.

Sie wußte noch, wie verzweifelt sie gewesen war, als sie zum ersten Mal diesen blauen Ring im Teströhrchen gesehen hatte, damals war sie einundzwanzig und arbeitslos. Jonathans Vater war natürlich verheiratet gewesen, aber das erfuhr sie erst bei der Gelegenheit, und Mama saß gerade eine kurze Strafe ab.

Denn Mama räumte in regelmäßigen Abständen die Läden aus, ganz offen und ungeniert, so daß sie dauernd erwischt wurde. Ein cleverer Anwalt verschaffte ihr schließlich ein Zeugnis, welches die kleptomanischen Anfälle als zyklusbedingt deklarierte und ihr so die volle Zurechnungsfähigkeit absprach – Mama war also ebenso ein Opfer der Hormone wie sie.

Denn Klara konnte nicht mit einem Mann ins Bett gehen, ohne schwanger zu werden, das heißt, eigentlich konnte sie nicht mit einem Mann ins Bett gehen, ohne sich in ihn zu verlieben, und wenn sie verliebt war, wünschte sie sich ein Kind, und wenn sie sich ein Kind wünschte, wurde sie schwanger, Verhütung hin oder her. Ruhe hatte sie nur, wenn sie stillte, und da sie alle ihre Kinder ungefähr ein Jahr lang gestillt hatte, war es eben zu diesen regelmäßigen Abständen gekommen.

Und wie stellst du dir das vor? fragte Mama. Ja, ich weiß schon, ein Jahr Fürsorge, und dann bin ich wieder dran, hör mal, meinst du, das sei ein Leben für diese kleinen Würmer, immer mit mir alter Frau, sie brauchen ihre Mutter, wenn sie schon keinen Vater haben, sie kennen dich ja kaum mehr!

Klara senkte den Kopf, schuldbewußt, sie hielt die Pose aber nicht lange genug durch, sie war einfach zu glücklich.

Zwischendurch gab es auch Zeiten, in denen sie klar denken konnte, Zeiten, in denen sie ihre Kinder verfluchte und sich selbst, die sie eine gute Mutter sein wollte und nicht konnte. Und dann kam wieder der Moment, wo sich die Straßen mit lächelnden, schwangeren Frauen zu füllen schienen, die Klara neidisch beobachtete, sie fing wieder an, diese Unausgefülltheit, diese Leere zu empfinden, sie erwischte sich dabei, wie sie Umstandskleider anprobierte, Stricknadeln und weiche Wolle kaufte und die Hände über ihrem Bauch faltete, bevor es überhaupt etwas zu schützen gab. War sie erst einmal soweit, konnte es nicht mehr lange dauern, bis sie wieder schwanger wurde.

Es war eine rein körperliche Sehnsucht, die nichts mit vernünftigen Überlegungen zu tun hatte, und der sie nicht beikommen konnte. Sie liebte dieses Gefühl von gespannter Haut und schweren Brüsten, sie liebte die Überempfindlichkeit und sogar die morgendliche Übelkeit. Sie liebte ihren unförmigen Bauch und wie er sich bewegte, wenn das Kind strampelte, und noch Wochen nach der Geburt meinte sie jeweils, die Tritte zu spüren.

Dabei wußte sie sehr gut, daß jemand wie sie keine Kinder haben sollte, oder zumindest nicht so viele. Klara arbeitete als Kellnerin in einem dieser schmuddligen Lokale, in denen es immer nach abgestandenem Öl riecht, obwohl die meisten Leute nur zum Trinken kommen. Sie arbeitete zu unmöglichen Zeiten und verdiente nur gerade so viel, daß sie sich ein möbliertes Zimmer leisten konnte. Wenn sie nicht immer wieder schwanger geworden wäre, hätte sie es vielleicht geschafft, eine bessere Arbeit zu finden, etwas Geld auf die Seite zu legen, eine richtige Wohnung zu mieten, Jonathan zu sich zu nehmen, vielleicht sogar einen netten Mann kennenzulernen. Ganz abgesehen davon, daß man in einer Stadt, in der sogar in der Zeitung stand, daß Frauen mit kleinen Kindern in der Straßenbahn nichts zu suchen hatten, sowieso keine Kinder haben sollte, machte Klara sich über das Ozonloch ebenso große Sorgen wie darüber, daß sie keine gute Mutter war. Aber das andere war einfach stärker. Sie kam nicht dagegen an. Manchmal hätte sie sich mit bloßen Händen die Eingeweide aus dem Bauch reißen mögen, damit sie endlich Ruhe hätte. Natürlich war all das vergessen, sobald sie wieder schwanger war. Wahrscheinlich war sie einfach süchtig nach den Endorphinen, die ihr Körper dann produzierte – ein Opfer der Hormone, wie gesagt.

Mama drückte energisch ihre Zigarette aus.

Das wird schwierig, sagte sie, ich habe nächsten Monat eine Verhandlung.

Aber Mama!

Jetzt war es an ihr, den Kopf zu senken.

Ich dachte, du hast dieses ärztliche Zeugnis, sagte Klara vorwurfsvoll.

Ich bin doch schon längst in den Wechseljahren, das gilt doch alles nicht mehr.

Klara beugte sich vor und legte eine Hand auf Mamas Arm.

Mach dir keine Sorgen, sagte sie, ich habe Geld. Viel Geld.

Du hast Geld bekommen? Mama runzelte die Stirn und dachte nach. Du meinst, der Kerl hat dir Geld gegeben, damit du abtreiben kannst, und statt dessen behältst du beides, das Geld und das Kind, und kommst damit zu mir?

Ihre Stimme war immer lauter geworden, ihre Geduld mit Klara ging eindeutig zur Neige. Eines der größeren

Kinder öffnete die Küchentüre einen Spalt weit und streckte den Kopf herein, es war keines von Klaras Kindern, die schien es nicht weiter zu interessieren, was hier vor sich ging.

Es muß alles anders werden, sagte Klara mit fester Stimme, wir werden aufs Land ziehen, ich suche mir eine bessere Arbeit, wir können ein Häuschen mieten, du kommst mit uns.

Aufs Land, ganz bestimmt nicht, widersprach Mama, was soll ich denn da?

Es muß sein, sagte Klara, nicht nur aufs Land, sondern am besten gleich ins Ausland, um ehrlich zu sein. Nicht nur du bist in Schwierigkeiten.

In Schwierigkeiten!

Dann klingelte die erste Mutter an der Tür, grau im Gesicht, ausgelaugt von einem langen Arbeitstag und dem Gehetze, dem Gedränge im Supermarkt, schnell noch einkaufen, dann den Kleinen holen, der Tag war ja noch nicht zu Ende, nach Hause, kochen, abwaschen, Fernseher einschalten, es war kein Leben. Die Mütter gaben sich die Klinke in die Hand, bis nur noch Klaras Kinder übrig waren und zwei größere Jungen, die über Nacht blieben, weil ihre Mütter Schicht schoben. Es gab gebratenen Schinken, Spiegeleier und Kartoffelbrei, frischen, nicht aus der Tüte. Klara stach mit der Gabel ins Eigelb, ließ es über den Kartoffelbrei laufen, mischte und schüttete reichlich Streuwürze dazu.

Das war ihr Leibgericht, seit sie ein kleines Mädchen war.

Mama sprach sie nicht ein einziges Mal direkt an, bis die Kinder im Bett waren. Sie wurden alle zusammen gebadet und schliefen auf Matratzen im selben Zimmer. Klara fiel im Augenblick nichts ein, was sich ein Kind noch wünschen könnte, als Kartoffelbrei zum Abendessen und Freunde, die im selben Zimmer schliefen, und Matratzen, auf denen man hopsen konnte.

Mama schenkte sich ein Glas Schnaps ein. Klara bot sie nichts an, wenn sie schon unbedingt schwanger sein wollte, sollte sie gefälligst auch die Nachteile in Kauf nehmen.

Ins Ausland also, sagte Mama. Einfach so.

Es muß sein.

Da war dieser Gast gewesen, der beinahe jeden Abend kurz vorbeikam, ein schöner Mann mit grünen Augen, ein bißchen klein vielleicht, ein bißchen o-beinig, aber das konnte sie ja von der anderen Seite der Theke aus nicht sehen. Er hatte diese tiefen Linien im Gesicht, auf die Klara immer wieder hereinfiel, sie gaben einem Mann so etwas Verwegenes, Abenteuerliches, dabei stammten sie meistens nur von harter, demütigender Arbeit und zuwenig Schlaf.

Er hatte sich in schöner Regelmäßigkeit betrunken, und irgendwann war er nach der Polizeistunde noch sitzen geblieben und hatte ihr alles erzählt.

Seine Frau konnte keine Kinder bekommen. Sie hatte alles versucht und war schon vollkommen verzweifelt. Er wußte nicht mehr, wie er ihr helfen konnte. Ihm lag gar nicht so viel an Kindern, aber er konnte nicht zusehen, wie seine Frau sich verzehrte. Adoption kam auch nicht in Frage, erstens war er zu alt, und zweitens hatte er da ein paar Lücken im Lebenslauf. Er erzählte von den Untersuchungen und den demütigenden Versuchen, immer am selben Tag im Monat ein Kind zu zeugen. Klara war das Herz übergeflossen vor Mitleid. Es war gerade drei Monate her, daß sie Lola abgestillt hatte, und die Hormone begannen schon wieder kräftig an ihrer Willenskraft zu rütteln. Vielleicht wäre das die Lösung aller Probleme: schwanger zu sein, ohne ein Kind zu haben.

Schnell waren sie sich über einen Preis einig geworden. Klara dachte nachher, sie hätte ruhig ein bißchen handeln sollen, der andere konnte ja nicht wissen, wieviel ihr daran lag. Andererseits fand sie die Vorstellung recht verlockend, sich mit der Empfängnis etwas Zeit zu lassen, einen unregelmäßigen Zyklus vorzutäuschen, Vorwände zu finden, diesen faszinierenden Mann öfter zu treffen. Es war aber alles ganz anders gekommen. Er hatte seinen Samen vorübergehend in einem leeren Yoghurtbecher deponiert, dann hatte er ihn in eine Spritze aufgezogen und ihr ohne weitere Zeremonie zwischen die Beine gejagt.

So hatte sie sich das nicht vorgestellt.

Tut mir leid, hatte er gesagt, aber meine Frau will es so.

Das würde sie doch niemals merken! wandte Klara schmollend ein, aber der Mann wollte seine Frau nicht belügen, so einer war er.

Unter diesen Umständen war Klara doch erleichtert gewesen, als es schon beim ersten Mal geklappt hatte, und von da an war alles wie immer.

Klara war glücklich. Das Leben lag vor ihr wie eine breite, kurvenlose Straße. Der Mann kam nicht mehr ins Lokal, sie hörte, er habe sich scheiden lassen, aber das konnte ja wohl nicht sein. Als sie die ersten Bewegungen spürte, war ihr Verstand längst weggeschwemmt. Sie dachte nicht mehr an diesen Mann, an seine Frau, an das Zuhause, das sie dem Kind bieten konnten. Es war ihr Kind, logisch, es wuchs in ihrem Bauch, drückte auf ihren Magen, wenn sie etwas gegessen hatte, und strampelte nachts schmerzhaft gegen ihre Wirbelsäule.

Sie nahm das Geld und fuhr zu ihrer Mutter.

Und als ihre Mutter hörte, wieviel es war, willigte sie endlich ein. Das war gut so, denn im Gegensatz zu Klara hatte sie Freunde, die wußten, wie man an einen neuen Paß und so weiter kam.

Ungefähr zwei Jahre später stand Klara in der Tür ihres kleinen Ausflugslokals, hielt schützend eine Hand vor die Augen und beobachtete ihre Mutter, die mit den Kindern zum See hinunter gegangen war. Es war einer der ersten wirklich warmen Tage des Jahres. Der See war zum Schwimmen noch viel zu kalt. Nur ein paar größere Kinder wagten sich schon hinein. Jonathan stand mit ein paar Jungen auf dem Schiffssteg, sie feuerten sich gegenseitig an, hineinzuspringen, aber Jonathan hielt sich zurück. Klara lächelte. Mama saß auf einem Klappstuhl unter einem Sonnenschirm und blätterte in einer Illustrierten. Die Kleinen spielten im feinen Sand. Yves, der Jüngste, war jetzt eineinhalb. Sein Haar war ganz blond, an den Spitzen beinahe weiß, nichts erinnerte an seinen Vater. Klara glaubte nicht, daß man ihn wiedererkennen und zurückfordern könnte.

Seufzend wandte sie sich zur Terrasse, wo ein einsamer Wanderer gerade seinen Rucksack auspackte. Er saß mit dem Rücken zu ihr. Klara beschloß, ihn noch nicht gesehen zu haben, eine kleine Pause würde ihr bestimmt guttun. Sie merkte, wie wieder dieses bekannte Gefühl der Leere in ihr aufstieg, sie versuchte dagegen anzukämpfen, vier Kinder waren wirklich genug. Irgendwann mußte es doch aufhören! Sie gab sich einen kleinen Ruck und ging auf den Wanderer zu, der bereits angefangen hatte, seinen mitgebrachten Imbiß zu verzehren. Das war schon in Ordnung, er mußte einfach etwas zu trinken bestellen, und sie würde ihm dann Plastikbesteck bringen. Als er ihre Schritte hörte, drehte er sich um, hielt einen sauber ausgelöffelten Yoghurtbecher hoch und lächelte.

Ich denke, du schuldest mir noch etwas, sagte er. Sie nahm ihm den Becher aus der Hand und warf ihn in hohem Bogen weg.

Du mir auch, sagte sie und setzte sich auf seinen Schoß.

Business Class

Kurz nach ihrem fünfzigsten Geburtstag kam Emma zu Geld. Einer ihrer früheren Arbeitgeber war gestorben und hatte ihr ein kleines Vermögen hinterlassen. Ein ganz kleines nur, aber es kam gerade recht. Sie brauchte sich keine Sorgen mehr zu machen.

Dachte sie.

Als erstes leistete sie sich eine kleine Reise nach Süddeutschland. Mit dem Zug, denn sie war noch nie geflogen und sah nicht ein, warum sie jetzt damit anfangen sollte. Aber sie kaufte sich eine Fahrkarte erster Klasse, buchte ein Zimmer in einem wunderschönen Hotel mit mehr Sternen als Buchstaben im Namen und Opernkarten der teuersten Sorte. Es war eine Art verspätetes Geburtstagsgeschenk. Zum ersten Mal in ihrem Leben konnte sie sich etwas leisten, für sich ganz allein, und sie wollte es genießen.

Es kam alles ganz anders.

Die Welt der ersten Klasse, der Taxis, der schönen Hotels, der Opernhausgarderoben und der Champagnertheken war besetztes Gebiet. Fest in den Händen von Männern in dreiteiligen Anzügen, modischen Krawatten und hellen Regenmänteln. Sie hatte nicht die geringste Chance.

Das begann schon auf der Hinfahrt. Die erste Klasse war voller Geschäftsmänner, die ihre Aktenkoffer wie Waffen einsetzten, zum Schubsen, Drängeln, Rammen und Plätzebelegen. Als sie sich im Speisewagen auf den letzten freien Stuhl setzen wollte, schob sich ein Anzugmann von hinten unter sie, so daß sie beinahe auf seinem Schoß gelandet wäre, was ihr ausgesprochen peinlich war. Daraufhin war ihr der Appetit vergangen, sie verzichtete auf ihr Mittagessen. Als sie ankam, brauchte sie vierzig Minuten, um ein Taxi zu ergattern, nur um dann festzustellen, daß ihr Hotel gleich um die Ecke in einem großen Park lag. Ihr Zimmer ging allerdings nach hinten hinaus auf eine Straße. Als sie ihre Tasche auf das Bett warf, gab es federnd nach.

Sie war nicht einfach eine hilflose ältere Frau, nein. Sie konnte sich durchaus durchsetzen, wenigstens hatte sie das bisher gedacht. Ihr Leben lang hatte sie sich allein durchgeschlagen, hatte als Haushälterin gearbeitet und als Kinderfrau, sie hatte Generationen von rotznasigen reichen Kindern die Hosen strammgezogen. Seit ein paar Jahren fand sie keine Arbeit mehr, sie war in ein billiges Zimmer gleich hinter dem Bahnhof gezogen, an der Straße, an der sich blutjunge drogensüchtige Mädchen anboten. Das Quartier galt als gefährlich, ihre Freundinnen besuchten sie dort nur tagsüber, wenn überhaupt. Trotzdem hatte sie sich noch nie so hilflos gefühlt wie in dem Moment, als ein dicklicher Geschäftsmann mit nassen Haaren sie vom Frühstücksbuffet wegdrängelte und die letzten vier frischen Croissants auf seinen Teller häufte.

Sie ging mit leeren Händen zurück zu ihrem Tisch. Sie brachte nicht mehr die Kraft auf, nach einer zweiten Tasse Kaffee zu verlangen, sie hatte das Gefühl, regelrecht darum kämpfen zu müssen. Daß diese schöne, bunte Welt der Gutbetuchten so anstrengend war, hätte sie nicht gedacht. Schließlich nahm sie ihr Frühstück in einem Schnellimbiß ein, fritierte Apfelküchlein und Milkshake, sie tröstete sich, so gut sie konnte, schließlich gehörte das immer noch zu ihrem Geburtstagsgeschenk. Im Lokal roch es nach altem Öl, aber immerhin ging es hier strikt nach der Reihenfolge, und sie sah keinen einzigen Geschäftsmann.

Mechanisch wischte sie mit der Papierserviette den klebrigen Plastikstuhl ab, bevor sie sich setzte. Sie war nicht die einzige, die sich vor diesen Aktenkoffer-Randalierern fürchtete, das war klar. Die Taxifahrer fielen ihr ein, die mit starrem Blick an ihr vorbeifuhren, um einen Weißmantel aufzuladen, der eine Quittung verlangen und reichlich Trinkgeld geben würde, auf Spesen natürlich. Und die hagere Frau, die an der Garderobe im Opernhaus arbeitete und sie so geflissentlich übersehen hatte, daß es ihr peinlich gewesen war. Wenn ich schon hier stehen und bedienen muß, dann sicher nicht eine wie dich, sagte der Blick der Garderobiere, und unterwürfig hatte sie sich an den nächsten dynamisch drängelnden Herrn gewandt. Dieser hatte eine goldene Krawattennadel in Form eines Tennisschlägers angesteckt, mit einem übergroßen, brillantbesetzten Ball.

Emma verstand die Welt nicht mehr.

Als sie die Rückreise antreten sollte, einen Tag früher als vorgesehen, fühlte sie sich krank. Reiß dich zusammen, schalt sie sich, aber da blieb ein flaues Gefühl. Sie hatte den Abendzug gebucht, weil sie im Speisewagen essen und die Landschaft im Abendlicht vorbeiziehen sehen wollte. Sie hatte nicht daran gedacht, daß der Zug um diese Zeit voll von Geschäftsleuten sein mußte.

Und daß sie am Ende eines Tages nicht nur unverschämt, sondern auch betrunken sein würden.

Emma war nicht auf den Mund gefallen. Sie ließ sich nicht etwa stumm herumschubsen.

Haben Sie keine Mutter, die Ihnen ein Minimum an Manieren beibringen könnte, fuhr sie ein jüngeres Exemplar an, das sie beim Einsteigen überholt und beinahe aus dem Zug geworfen hatte. Doch der ließ sich nicht aufhalten.

Und der Schaffner, bei dem sie sich später beschwerte, weil die Herren mit ihren Koffern und Mänteln und Abendzeitungen sämtliche Sitze belegt hielten, auch den, den sie reserviert hatte, gab ihr deutlich zu verstehen, daß eine wie sie in der ersten Klasse nichts verloren hatte. Emma mußte ihm recht geben. Sie kaufte sich ein Sandwich und eine halbe Flasche Wein mit Schraubverschluß und flüchtete sich in die zweite Klasse. Diese war hoffnungslos überfüllt. Erst im vierten oder fünften Wagen, den sie schwankend durchquert hatte, fand sie einen Platz in einem Sechserabteil, in dem schon fünf sturzbetrunkene Jugendliche mit grellbunten Haaren und klobigen Schuhen saßen. Guten Abend, sagte Emma höflich und setzte sich auf den freien Platz, nachdem sich ein Paar zierlicher Mädchenfüße in Clownsschuhen zurückgezogen hatte. Die Jugendlichen verstummten, wechselten ein paar Blicke und kicherten dann unbeholfen los. Emma lächelte freundlich zurück. Sie biß in ihr Sandwich, trank ihren Wein. Sie saß in einem Nebel von übelkeiterregendem, süßlichem Rauch, der ihrer Meinung nach nicht von normalen Zigaretten stammen konnte. Aber als Zigarrenraucherin konnte sie sich nicht leisten, zu meckern. Zigarrenrauch erregte schließlich auch Übelkeit bei manchen Leuten. Deshalb fragte sie höflich «Stört es Sie?», bevor sie sich eine Havanna anzündete. Daraufhin war es ungefähr zehn Minuten still im Abteil. An der Grenze wurde sie gefragt, ob sie für diese Bande verantwortlich sei, und sie gab in ihrem eisigsten Erzieherinnenton zurück: «Was verstehen Sie unter Bande, junger Mann?», und sie wurden alle in Ruhe gelassen.

Wenig später wurde ihr ein lauwarmes Bier angeboten, das sie dankend annahm. Dann schloß sie die Augen.

Sie mußte etwas tun, das war klar. Aber zum ersten Mal in ihrem Leben fühlte sie sich vollkommen hilflos und ausgeliefert. Die einzige Möglichkeit, diesen Geschäftsleuten beizukommen, war wohl, eine lautere Stimme, einen größeren Aktenkoffer und eine teurere Uhr zu tragen. Einen höheren Rang zu bekleiden. Kurz, ein Mann zu sein. Dann ja! Dann würden sie auf dem Bauch kriechen und Staub fressen wie die biblischen Würmer! Sie dachte kurz an ihren Sohn, einen schüchternen, weltfremden und leicht übergewichtigen Künstler, er würde ihr keine Hilfe sein. Sie war also ganz auf sich gestellt. Es gab nur eine Möglichkeit: sie mußte sich eine Waffe beschaffen. Wie komme ich denn zum Beispiel zu einer Pistole? fragte sie ganz beiläufig und ohne jemand Bestimmtes dabei anzusehen. Die Jugendlichen wechselten unsichere Blicke. Es stellte sich heraus, daß Emma sie ganz falsch eingeschätzt hatte. Es war eine Gruppe von Mittelschülern, die ein Rockkonzert besucht hatten, mit Erlaubnis der Eltern natürlich, und auch nur, weil gerade Schulferien waren. Wie man in den Besitz einer Waffe kam, wußten sie wirklich nicht.

Emma lehnte sich zurück und hielt ein Streichholz an ihre erkaltete Zigarre.

Ich wüßte ja gar nicht, wie man so ein Ding bedient, beruhigte sie die jungen Leute.

Doch kurz bevor sie ausstiegen, beugte sich einer von ihnen zu ihr hinüber und meinte vertraulich, mit einem

Stellmesser könne er eventuell dienen. Sie trafen sich auf der Toilette am Ende des Wagens. Das erinnerte Emma an einige Zugreisen in ihrer Jugend, manche Väter der Kinder, die sie erzogen hatte, verabredeten sich mit ihr in der Toilette, allerdings ging es dabei nicht um Waffen. Heutzutage schien niemand mehr auf solche Ideen zu kommen, wahrscheinlich lag es einfach daran, daß die Toiletten früher sauberer gewesen waren. Und geräumiger.

Sie bekam also das Stellmesser, ein interessantes Modell, schlank und leicht, es paßte genau in ihre Faust, und wenn sie auf den Knopf drückte, schnappte eine spiegelblanke, rasiermesserscharfe Klinge heraus.

Sie schob das Messer in ihre Jackentasche und hatte es bald ganz vergessen. Das Leben, das sie führte, bot wenig Berührungspunkte mit den Geschäftsleuten. Die Läden, in denen sie einkaufte, zum Beispiel, wurden von knopfäugigen Matronen beherrscht, die einen Drängler wahrscheinlich kurzerhand ohrfeigen würden. Manchmal kam ihr alles wie ein schlechter Traum vor, und sie fragte sich beschämt, ob sie nicht etwa langsam alt würde, daß sie sich über ein paar schlecht erzogene Rüpel derart empören konnte.

Doch eines Tages hatte sie die unselige Idee, mit dem Geld, das sie noch hatte, eine Freundin aus dem Viertel zum Essen einzuladen, in ein richtig teures Feinschmekkerlokal, kein Vergleich mit den Kneipen, in denen sie sonst verkehrte.

Als sie anrief, um einen Tisch zu reservieren, fragte die Frau nach dem Firmennamen. Sie hielt sie offenbar für eine Sekretärin. Der Tisch sei für sie selber, sagte Emma ebenso tapfer wie unüberlegt, sie komme gegen halb eins.

Um halb eins war das Restaurant voll. Zehn Minuten

oder länger standen sie am Eingang herum, bis sich endlich ein Kellner erbarmte und sie zu einer Art Ablagefläche neben der Küchentür führte. Das war ihr Tisch. Nachdem sie ungefähr zwanzig Minuten auf die Speisekarte gewartet hatten, wurde Emma nervös. Das Schlimmste war, daß sie ihrer Wut nicht Luft machen konnte, schließlich hatte sie ihre Freundin eingeladen, sie wollte ihr nicht das Essen verderben. Die war nicht so kompliziert, stand auf, strich ihren Rock glatt und sagte ziemlich laut: Findest du nicht, daß es im Schwarzen Egg netter ist?

Im Gehen legte Emma einen Arm um ihre Schultern. Sie lächelte. Es war ja alles gar nicht so schwierig. Als sie an der Garderobe vorbeikamen, wo die eierschalenfarbenen Regenmäntel ordentlich nebeneinanderhingen, faßte sie in ihre Tasche, zog das Messer heraus, ließ es aufschnappen und schlitzte die ganze Reihe auf. Futterseide blitzte, Ärmelfetzen fielen zu Boden, aber niemand bemerkte etwas, nicht einmal ihre Freundin, es war alles so schnell gegangen, daß Emma nicht einmal den Arm von ihrer Schulter genommen hatte.

Im Schwarzen Egg bestellten sie Cordon bleu mit Pommes frites und eine Flasche Wein. Auch hier saßen laute und betrunkene Männer an den Tischen, aber das hinderte den Kellner wenigstens nicht daran, sie zu bedienen, außerdem trugen sie keine weißen Mäntel.

Emmas Arm kribbelte noch lange in eigenartiger körperlicher Befriedigung, vor allem, wenn sie sich die Gesichter der Herren vorstellte, die in ihre Mäntel schlüpfen wollten und feststellen mußten, daß die Ärmel fehlten.

Emma vermied weitere Ausflüge in die Welt der Kreditkartenträger. Schließlich und endlich konnte sie ihr

Geld auch anders loswerden. Das Messer aber trug sie immer bei sich. Helle Regenmäntel konnten einem schließlich überall begegnen, sogar in der Straßenbahn. Das Gefühl beim Aufschlitzen des glatten, teuren Stoffes ließ sich mit nichts vergleichen.

Vor allem, wenn noch einer drinsteckte und sein Blut langsam den Stoff durchtränkte.

Eine andere Frau

Er küßte sie. Sie wandte sich ab.

Was hast du denn? fragte er.

Was sollte sie sagen? Deine Frau hat angerufen, sie will mich sehen?

Nichts, sagte sie, gar nichts.

Elisa schloß die Augen, und als das nicht half, preßte sie ihren Kopf fest ins Kissen.

Später sagte sie: Ich muß jetzt gehen. Leider, fügte sie schnell hinzu, als sie sein Gesicht sah.

Wie spät ist es denn? Er stand auf und zog seine Hose hoch, über die nackte Haut. Schon halb fünf, verdammt, ich muß los, ich habe . . .

. . . meiner Frau versprochen, auf die Kinder aufzupassen.

Sie würde sie ja wohl nicht mitbringen zu dem Treffen mit der anderen Frau. Oder? Ihre Mutter hatte sie damals mitgenommen, sie und ihre zwei Brüder, absichtlich ungewaschen, abgerissen und rotzverschmiert. Doch das hatte die andere nicht übermäßig beeindruckt, sie hatte sie nur verächtlich gemustert, und ihr Vater war am nächsten Tag schon ausgezogen. Ihre Mutter hatte sich ganz einfach verkalkuliert. Elisa konnte bis heute nicht vergessen, wie die Frau sie damals angeschaut hatte. Schon deshalb wäre es ihr nie in den Sinn gekommen, sich mit einem verheirateten Mann einzulassen.

Aber woher hätte sie es denn wissen sollen, bitte schön?

Am Ende des Sommers hatte sie mit ein paar Freundinnen ein Open-air-Konzert besucht. Es war ein trauriger Sommer gewesen, für Elisa wenigstens. Sie fühlte sich fremd unter all den braungebrannten, sorglosen, betrunkenen Menschen. Sie schwitzte in ihrem langärmligen T-Shirt, sie langweilte sich, sie schien als einzige allein zu sein. Ihre Freundinnen hatten sie auf sämtliche gutaussehenden Männer aufmerksam gemacht. Es war ihr schon etwas peinlich gewesen. Aber sie hatten ganz recht, sie brauchte Ablenkung. Sie brauchte einen Grund, um morgens aufzustehen. Edy hatte mit seiner Band im Vorprogramm gespielt. Später hatte sie ihn an der Bar stehen sehen, auf seinen zentimeterdicken Gummisohlen schwankend, die großen, dunkel nachgezogenen Augen unverwandt auf sie gerichtet. Zarte Locken krochen unter seiner Schirmmütze hervor, und er war ebenso blaß wie sie.

Verdammt noch mal, wie hätte sie ahnen sollen, daß dieser rührende, viel zu dünne Junge verheiratet und Vater von zwei Kindern war?

Es sind Zwillinge, sagte Aline und legte ein Photo auf den klebrigen Kaffeehaustisch, zwei Mädchen, gerade ein halbes Jahr alt.

Aline war genauso kräftig und rosig wie Elisa blaß. Elisa konnte sich nicht vorstellen, wie eine so bodenständige Frau einsam und verzweifelt sein konnte, aber es mußte wohl so sein, sonst wäre sie nicht hier.

Elisa betrachtete die beiden kugelrunden, glatzköpfigen Babygesichter. Niedlich, sagte sie, obwohl sie, ehrlich gesagt, diese beiden nicht von anderen Babies unterscheiden könnte. Sie verlangte vom Kellner eine Schachtel Zigaretten. Sie hatte gerade wieder angefangen zu rauchen.

Ich auch, sagte Aline und nahm sich eine.

Dann zeigte sie auf das Bild.

Natürlich hat er dir kein Wort davon gesagt, stellte sie fest.

Sie hatten kaum miteinander geredet an diesem Abend. Belanglosigkeiten. Magst du ein Bier? Ja, danke. Er hatte das Bier für sie geholt, dann hatte er sie am Ellbogen gefaßt und sicher und schnell durch die Menge geführt, bis zu dem schmalen, steinigen Weg am Seeufer. Sie hatte das für Ungeduld gehalten, Leidenschaft, genau das, was sie brauchte.

Natürlich wollte er nur vermeiden, daß jemand Zeit hatte, ihn zu begrüßen und nach den Kindern zu fragen.

Elisa legte eine Hand über die Augen.

Ein halbes Jahr alt, hast du gesagt.

Seit gestern, um genau zu sein. Deshalb habe ich dich ja angerufen. Es war einfach . . .

Elisa rechnete zurück. Es sah ganz so aus, als hätte sie sich mit Edy auf den Kieselsteinen am Seeufer gewälzt, während Aline sich im Krankenhaus von der Entbindung erholte.

Und das mußte ausgerechnet ihr passieren.

Das ist doch wohl eher mein Text, korrigierte Aline mit gerunzelter Stirn.

Das verstehst du nicht.

Nein.

Aline sah auch gar nicht ein, warum sie Elisa verstehen sollte.

Daraufhin wollte Elisa nichts mehr mit Edy zu tun haben. Als sie es ihm sagte, begann er zu weinen, und da sie noch nie einen Mann weinen gesehen hatte, legte sie ihre Arme um ihn, wie sie das mit einer Freundin auch tun würde. Doch Edy reagierte ganz anders als ihre Freundinnen, und so blieb alles beim alten.

Sie hätte Aline beinahe nicht erkannt, als sie sie einige Wochen später wieder traf. Zufällig. Sie war ins Kino gegangen, allein, weil Edy im letzten Moment abgesagt hatte. In der Pause drängelte sie sich am Kiosk um ein Eis. Sie fühlte einen Blick von der Seite, bohrend, sie drehte sich um, grüßte freundlich ein vage bekanntes Gesicht. Erst dann fiel ihr wieder ein, woher sie Aline kannte. Sie wurde rot. Aber Aline schien sich zu freuen. Sie drängte sich zu ihr durch. Selbstbewußt hob sie die Stimme, verlangte zwei Eis, Vanille und Schokolade, und ohne Elisa zu fragen, reichte sie ihr das richtige, Vanille. Sie setzten sich auf ein Mäuerchen und ließen die Beine baumeln. Aline war klar, daß Elisa nur deswegen allein im Kino war, weil Edy die Kinder hütete.

Irgendwie bin ich dir fast dankbar, sagte sie.

Das mochte Elisa nicht glauben.

Ich habe mich viel zu lange auf Edy verlassen, irgendwann mußte einfach Schluß sein damit.

Jahrelang, beantwortete sie Elisas Frage, noch bevor sie sie gestellt hatte. Sie winkte mit der Hand ab. Jahre-jahre-jahrelang!

Dann war die Pause vorbei. Aline kritzelte ihre Telefonnummer auf Elisas Zigarettenschachtel. Edy hatte immer gesagt, er habe leider, leider noch keinen Anschluß, aber sie konnte ihn im Übungsraum erreichen. Immer am Montag und am Donnerstag.

Hör mal, sagte Edy, wir können uns leider nicht sehen. Diese Woche üben wir ausnahmsweise am Mittwoch. Schon um fünf Uhr.

Das macht doch nichts.

Am Mittwoch hatte Elisa auch keine Zeit. Sie traf sich um fünf mit einer Freundin.

Sie sprachen eigentlich kaum mehr über Edy.

Und eines Abends passierte es dann endlich.

Edy wußte es gleich, als er das leise Zupfen am Ärmel fühlte, und er war beinahe erleichtert. Eine alte Bekannte. Edy, was für ein Zufall, rief sie, küßte ihn auf beide Wangen und fragte nach den Mädchen. Edy legte Fotos auf die Theke und tat, als stünde Elisa nur zufällig neben ihm. Als die Frau gegangen war, bestellte er einen dreifachen Wodka und stürzte ihn theatralisch hinunter. Dann stürmte er aus dem Lokal und überließ es Elisa, ihm verwirrt zu folgen. Was sie auch tat. Sie kannte schließlich ihre Rolle.

Edy, was hat das alles zu bedeuten?

Sie kletterten in seinen VW-Bus. Edy jammerte und klagte, raufte sich die Haare und riß an seinem karierten Flanellhemd. Er ließ den Motor anspringen und drohte, mit Elisa geradewegs in die nächste Mauer zu donnern, da er sie nicht verlieren wollte. Er warf in seiner Verzweiflung sogar seine Schirmmütze aus dem Fenster, nur um gleich darauf aus dem Wagen zu steigen, sie aufzuheben und sorgfältig abzuklopfen. Dann, als ihm nichts mehr einfiel, brach er in Tränen aus. Diesmal beeindruckte sie das schon weniger. Trotzdem drückte sie ihn fest an sich, sein feuchtes Gesicht zwischen ihren Brüsten.

Edy war froh. Ein furchtbarer Druck war von ihm gewichen. Nun, da er Elisa die Wahrheit gesagt und sie ihm verziehen hatte, konnte ihm niemand mehr einen Vorwurf machen. Als er nach Haus kam, schlief Aline schon. Schade. Denn hätte sie ihn in diesem Moment gefragt, wo er gewesen sei, er hätte es ihr gesagt. Ganz ehrlich. Denn es lebte sich so viel einfacher mit der Wahrheit.

Nun gut, dachte Edy, als er leise neben Aline ins Bett schlüpfte, eines Tages wird sie ja wohl fragen. Er versuchte sich vorzustellen, wie sie reagieren würde. Zuerst würde sie wütend werden, ihn vielleicht sogar ins Gesicht schlagen, er kannte sie gut. Sie würde weinen. Aber dann würde sie sich beruhigen. Sie würde ihn verstehen. Sie würde ohne weiteres zugeben, daß sie nicht ganz unschuldig war. Seit der Geburt der Mädchen hatte sie sich kaum noch um ihn gekümmert. Vielleicht würden sie sich sogar wieder näherkommen. Vielleicht würde sie Elisa sogar kennenlernen wollen. Edy konnte sich das durchaus vorstellen. So war Aline: direkt und praktisch. Sie wollte den Dingen auf den Grund gehen. Sie würden sich also kennenlernen und gut verstehen, bestimmt würden sie sich gut verstehen nach dem ersten Schrecken, und dann könnten sie alle miteinander in Liebe und Frieden leben . . . Und kurz bevor er einschlief, wurde ihm klar, was er schon lange geahnt hatte: Er konnte ja eigentlich gar nichts dafür.

Elisa, sagte Edy, ich glaube, meine Frau betrügt mich.

Sein Gesicht war ernst.

Armer Schatz, ich habe dich die ganze Zeit belogen. Wir üben nämlich gar nicht am Mittwoch, da hüte ich die Kinder und meine Frau geht weg. Jeden Mittwoch um fünf.

Er legte seinen Kopf in ihren Schoß und sah treuherzig zu ihr auf.

Ich bin so froh, daß ich nicht mehr lügen muß. Endlich sind wir uns ganz nah . . .

Elisa schob ihn sanft von sich.

Und, was ist mit diesen Mittwochabenden?

Das weiß ich eben nicht! Sie hat mir gesagt, sie geht ins

Aerobic und nachher was trinken. Sie sagt, sie muß ihre Figur wieder hinkriegen wie früher, habe ich ja gar nichts dagegen.

Na und?

Ja, also, ehrlich gesagt, nach vierzehn Aerobiclektionen sollte doch irgendwas zu sehen sein, glaubst du nicht auch?

Plötzlich war ihre Hand in seinem Gesicht.

Er faßte an seine Nase, er sah, daß seine Finger voller Blut waren, er war fassungslos. Elisa hatte ihn geschlagen. Das paßte überhaupt nicht zu ihr. Doch dann verstand er und lächelte gerührt.

Liebste, du bist eifersüchtig! Aber du weißt doch, daß Aline und ich schon lange nicht mehr . . .

Elisa sah weg.

Was findest du eigentlich an ihm? hatte Aline schon zweimal gefragt.

Und du?

Von da an wurde alles anders. Elisa begann sich von Edy zu verabschieden. Von seiner weißen Haut, seinen flügelartigen Schulterblättern, seiner rötlichen Körperbehaarung, seinen gewölbten Augenlidern. Dann begann sie, am Telefon nach Ausreden zu suchen und ihre Treffen in letzter Minute abzusagen. Er insistierte nicht wirklich. Er schien sich jetzt wieder mehr für Aline zu interessieren. Für die Mädchen. Aline erzählte, er wolle eine Beziehung zu ihnen aufbauen und deshalb zwei Tage in der Woche allein für sie zuständig sein.

Und, was hast du gesagt?

Das trifft sich gut, denn wenn ich eine eigene Wohnung gefunden habe, müssen wir sowieso zu einer Regelung kommen.

Aline fand keine Wohnung. Nicht allein und ohne Beruf und mit Zwillingen im Quengelalter.

Also das Arbeitszimmer benutze ich eigentlich kaum, sagte Elisa.

Elisa, Liebste, ich habe dich so vermißt.

Elisa lächelte unergründlich. Sie standen eng aneinandergedrängt in einer Bar und tranken Wodka. Elisas Fingerspitzen brannten. Sie mußte ihn berühren, sie mußte einfach, seine Augenbrauen, seine Lippen. Edy hielt ihre Hände fest und küßte sie.

Ich habe diese Trennung gebraucht, um mir darüber klar zu werden, daß du es bist, die ich liebe, sagte er ganz ernst.

Das freut mich, sagte Elisa. Sie küßten sich.

Gehen wir zu dir, flüsterte sie.

Lieber zu dir.

Gut, daß du kommst, sagte Aline, die im Flur stand und mit einem Arm ihren Jackenärmel suchte. Die Mädchen sind im Bett, wenn sie aufwachen, gibst du ihnen ein bißchen Tee. Ich geh dann, ich bin gegen elf zurück.

Du mußt dich nicht beeilen, wir wollten sowieso zu Hause bleiben. Nicht wahr, Edy?

Edy?

Die Einladung

Ich hielt die Zigarette zwischen die Lippen geklemmt, kniff ein Auge und hob die beiden Einkaufstaschen auf den Küchentisch. Es war erst kurz nach fünf. Reto würde nicht vor halb acht da sein. Ich hatte also Zeit.

Kein Grund zur Aufregung, sagte ich mir – aber das sagt sich so leicht.

Ich packte die Taschen aus. Ich hatte ein Huhn gekauft. Es geht nichts über ein anständiges Huhn, sagte meine Mutter immer, mit einem Huhn kann man alles machen.

Hoffentlich stimmte das auch. Ich konnte nämlich nicht kochen.

Im allgemeinen ernähre ich mich von Fertiggerichten. Pizza, Lasagne, Schlemmerfilets, egal. Nur überbacken muß es sein. Vor diesen Fleisch-Nudeln-Gemüse-Mahlzeiten, die man mitsamt dem dreigeteilten Plastikteller im Wasserbad erwärmen muß, graut mir. Hingegen liebe ich das immer gleiche, leicht versalzene Béchamelsaucen-Imitat und die labbrige, schwitzende Käsekruste. Hin und wieder streue ich selber noch zusätzlich Reibkäse auf die weißliche Masse. Aber weiter reichen meine Kochkenntnisse nicht. Ich befreite das Huhn von seinen Plastikhüllen und legte es in eine flache Schüssel. Mit einem Huhn kannst du alles machen.

Na schön, aber was?

Ein bißchen Asche fiel auf das nackte, weiße Hühnerfleisch. Ich drückte die Zigarette in der kalten, zähen Haut aus.

Meine Freundin Bettina streckte ihren Kopf durch die Küchentür.

Was hast du vor, fragte sie, willst du jemanden vergiften?

Sie lachte. Eine hellblonde Locke fiel über ihre Stirn. Ich zuckte mit den Schultern.

Bettina kam in die Küche. Mit einem Blick erfaßte sie das traurige Huhn, den übervollen Aschenbecher, das leichte Zittern meiner Hände. Sie legte einen Arm um meine Schultern und zwang mich mit sanfter Gewalt auf einen Stuhl. Also, was ist los? fragte sie.

Seufzend atmete ich aus.

Ich habe Reto zum Essen eingeladen, sagte ich.

Reto! Bettina entfernte den Zigarettenstummel aus dem Hühnerfleisch und rieb mit dem Daumen über die geschwärzte, runde Stelle.

Es stört dich doch nicht, oder? fragte ich ein wenig schüchtern. Ich wußte, daß sie und Reto . . . aber das war lange her.

Bettina ließ mit einem Finger den Gummifaden schnappen, der die Hühnerbeine zusammenhielt. Das mußt du selber wissen, sagte sie unergründlich.

Es ist nicht, was du denkst, sagte ich lahm, nicht mehr.

Sie hob spöttisch die Augenbrauen, ihre Augenbrauen waren dunkel und geschwungen und klar gezeichnet wie Flügelspitzen. Sie paßten weder in ihr sanftes, blasses Gesicht noch zu ihren weichen, hellblonden Locken. Die Augenbrauen paßten zu ihrer eigensinnigen, schwarzgefärbten Seele.

Ich räusperte mich.

Bettina, sagte ich, was war denn eigentlich zwischen euch?

Sie winkte mit der Hand ab.

Alte Geschichten, sagte sie, vergiß es.

Ich möchte es aber wissen.

Sie antwortete nicht gleich. Ihr Stuhl kippte nach hinten, sie streckte einen Arm aus und öffnete den Kühlschrank. Sie griff sich ein Glas Silberzwiebeln und eine Tube Mayonnaise extrascharf, schubste die Kühlschranktür zu, kippte noch weiter nach hinten und angelte sich eine angefangene Packung dreieckiger Cracker. Das alles mit einer Hand und ohne hinzusehen.

Bettina begann zu essen. Langsam und konzentriert. Ein Cracker, ein Tupfer Mayonnaise, eine Silberzwiebel. Prüfender Blick, in den Mund damit, regelmäßig kauen. Wir wohnten seit einem halben Jahr zusammen, aber ich hatte Bettina noch nie eine vollständige Mahlzeit zu sich nehmen, geschweige denn einen Teller benutzen sehen. Sie schnippelte, bröckelte und naschte. Salzmandeln mit Mangochutney, Schokoladestückchen auf Brotrinde, Kuchenkruste mit Frischkäse, Essiggurken mit Schinkenfetzen. Gierig schnappte ihr breiter Mund nach diesen Häppchen. Dabei blieben ihre Hüften schmal und ihre Haut rein, und natürlich wurde ihr auch nie schlecht davon. Mit vollem Mund holte sie noch einen Rest Appenzellerkäse aus dem Kühlschrank, den sie in winzige Würfel zerteilte. Käse, Mayonnaise, Silberzwiebel, Cracker, Mayonnaise, Käse.

Ich möchte es aber wissen, wiederholte ich.

Sie blickte auf und in meine fasziniert starrenden Augen. Sie leckte sich die Finger ab. Ihre Lippen glänzten.

Ach, Reto, sagte sie. Reto. Was soll ich dir erzählen? Hauptsache, du bist glücklich mit ihm.

Das war ich nun eben nicht.

Ich schluckte, als ich daran dachte, was es mich gekostet hatte, ihn zu dieser letzten Aussprache zu bewegen. Ich hatte ihn buchstäblich anflehen müssen, mir diesen einen einzigen halben Abend noch zu schenken.

Um zehn muß ich aber gehen, hatte er klargestellt, spätestens um halb elf.

Ich stand auf, nahm die Flasche Gewürztraminer aus dem Kühlschrank, die ich eigentlich für den Aperitif vorgesehen hatte, und versuchte, sie zu öffnen. Meine Augen brannten. Ich beugte mich tiefer über den Korkenzieher. Bettina teilte mit einer Hand den Haarvorhang vor meinem Gesicht und sah mich von unten herauf an.

Himmelherrgott! sagte sie leise, gib schon her.

Sie riß mir die Flasche aus der Hand und bohrte die Spitze des Korkenziehers mit wenigen, kräftigen Umdrehungen in den Korken, als sei er ein menschliches Herz. Ein männliches Herz, Retos Herz. Himmelherrgott, stieß sie noch einmal hervor, jetzt sag aber nicht, daß du wegen diesem . . . diesem . . . diesem . . .

Doch!

Sie zog den Korken mit einem Knall heraus und stellte die Flasche so hart auf den Tisch, daß der Wein überschwappte.

Ich stand auf und drehte mich um. Umständlich suchte ich zwei saubere Gläser im Schrank. Meine Schultern zitterten. Ich schämte mich. Da stand ich und heulte. Wegen irgendeinem Reto.

Schniefend stellte ich die Gläser auf den Tisch. Bettina räumte die Überreste ihrer Vogelmahlzeit weg. Ich erinnerte mich, wie blaß Reto geworden war, als er sie das erste Mal bei mir gesehen hatte.

Warum hast du mir nicht gesagt, daß du mit jemandem zusammenwohnst? hatte er mich angefahren.

Dann war ihm ganz plötzlich eingefallen, daß er etwas Wichtiges zu Hause vergessen hatte. Etwas, das er am nächsten Morgen unbedingt brauchte. Er hatte sich auf seine Vespa geschwungen und war mit knatterndem Motor in der milden Nachtluft verschwunden. Seither hatte ich ihn kaum mehr gesehen.

Tu mir den Gefallen und bleib heute abend da, bat ich meine Freundin.

Bettina dachte nach. Sie legte den Kopf in den Nacken und schloß die Augen. Ihre Haare fielen tief über die Rückenlehne des Stuhles. Als sie sich endlich wieder aufrichtete, war ihr Gesicht leicht gerötet, und ihre Augen hatten einen gefährlichen Glanz.

Gut, sagte sie, gut, ganz wie du willst. Aber dann laß mich dir wenigstens beim Kochen helfen.

Kurz vor halb acht war alles bereit. Der Tisch war für zwei Personen gedeckt. Während der Vorspeise, Avocado mit Crevetten und dem Rest des Gewürztraminers, würde ich versuchen, mit Reto zu reden. Ich wollte ihm noch eine Chance geben, und sei es nur wegen dem verschwommenen Blick seiner grauen Augen, der mich so oft und so gründlich aus der Fassung gebracht hatte. Dann würde ich den Hauptgang auftragen, und Bettina würde wie zufällig dazukommen. Pünktlich um halb acht klingelte es an der Tür. Ich öffnete. Er lächelte und hielt mir eine Flasche Rioja entgegen, an der noch das Preisschild klebte. Sechs Franken fünfundsiebzig.

Das wäre aber nicht nötig gewesen, flüsterte ich und bat

ihn herein. Er zuckte zusammen, als er den feierlich gedeckten Tisch sah. Ich hatte nicht an Kerzen und frischen Blumen gespart. Schließlich wollte ich es ihm nicht allzu leicht machen. Du hättest dir nicht soviel Mühe machen sollen . . . Er wirkte verlegen und unbestimmt schuldbewußt.

Oh, das war keine Mühe! Ich lächelte sanft.

Er setzte sich, faltete seine Serviette auseinander und legte sie wie einen Strahlenschutz auf seinen Schoß. Dann rückte er die Kerzenständer zur Seite und beugte sich vor. Seine Augen blickten streng.

Meine Liebe, du bist dir doch bewußt, daß du mich mit diesem ganzen Aufwand nicht erpressen kannst? Ich meine, ich freue mich natürlich über deine Einladung, aber das ändert nichts zwischen uns.

Darauf wußte ich nichts zu sagen. Ich beobachtete, wie er mißtrauisch an der Sauce schnüffelte und die Crevetten mit der Gabel aussortierte. Das ärgerte mich. Nun gut, die Crevetten waren vielleicht nicht ganz aufgetaut, und die Sauce bestand aus Resten von Grillmix-, Cocktail- und fettfreier Salatsauce, aus nicht mehr ganz sauberen Flaschen zusammengerührt. Aber wer war er denn, daß er glaubte, er könne sich erlauben, derart mäkelig zu sein?

Beinahe grob nahm ich ihm den Teller weg und trug ihn in die Küche.

Warte erst, bis du den Hauptgang probiert hast, dachte ich. Ich nahm die Schüssel aus dem Ofen, wo ich sie warmgestellt hatte, und stellte sie auf den Tisch.

Poulet à la mode des femmes offensées, verkündete ich stolz.

Er seufzte beeindruckt. Französisch verstand er offenbar nicht.

Nach gekränkter Frauenart hatten wir das Huhn folgendermaßen zubereitet: Zuerst hatten wir es mit Enthaarungsschaum eingerieben und eine Stunde auf dem Balkon in der Abendsonne ziehen lassen. Dann hatten wir es sorgfältig zerlegt, halbherzig gekocht und den Sud mit allen möglichen Zutaten aus unserem Medikamentenschrank gewürzt. Zerdrückte Abführtabletten, Aknesalbe, Valium und Schlafmittel. Um den etwas säuerlichen Geruch und die unappetitliche Farbe zu kaschieren, hatten wir nach kurzem Zögern noch eine große Büchse Ananasstückchen dazugegeben und dann großzügig mit Curry abgeschmeckt.

Ich häufte seinen Teller voll.

Reto, sagte ich, wir müssen miteinander reden.

Nicht, daß mir jetzt noch viel daran gelegen wäre. Aber ich wußte doch, wie sehr er den Moment gefürchtet hatte. Nichts haßte er so sehr wie dieses Reto, wir müssen miteinander reden. Und das wollte ich ihm im letzten Moment nicht noch ersparen.

Er stocherte in seinem Curryhuhn und bemühte sich, meinem Blick auszuweichen. Er wand sich. Magst du es etwa nicht, schmollte ich, du hast doch gesagt, du magst Curry. Doch, doch, er lächelte tapfer, es ist köstlich.

Und ohne die Gabel abzusetzen, aß er den ganzen Teller leer. Dann schob er ihn weit von sich.

Hör zu, sagte er, ich muß dir etwas sagen . . .

In diesem Moment ging die Türe auf, und Bettina kam herein.

Hallo, hallo, sagte sie fröhlich, ich sterbe vor Hunger! Was für ein Tag!

Sie rückte einen Stuhl an den Tisch und begann, mit den Fingern Pouletstückchen aus dem Topf zu fischen. Dazu erzählte sie eine langatmige Geschichte über eine Nachbarin, die sie im Treppenhaus getroffen hatte und der ein Nachthemd von der Wäscheleine gestohlen worden war. Wie gebannt starrte ich auf ihren schönen, breiten Mund, der gierig nach den Fleischstückchen schnappte, fettig glänzte, sich beim Kauen bewegte und beim Reden öffnete.

Mir wurde übel. Ich stand auf, mein Stuhl kippte nach hinten.

Es tut mir leid, sagte ich, aber ich fühle mich nicht gut. Ich muß ins Bett.

Du hast recht, sagte Reto, der unterdessen selber ganz blaß geworden war, ich fühle mich auch nicht besonders.

Bettina bestellte ihm ein Taxi.

Als er gegangen war, kam sie in mein Zimmer, setzte sich auf den Bettrand und hielt meine Hand. Du hast doch hoffentlich nicht zuviel davon erwischt, fragte sie besorgt.

Ich hielt die Luft an. Ich konnte nicht antworten. Ich preßte die Kiefer aufeinander und würgte an meinem Speichel. Bettina strich mir die feuchten Haare aus der Stirn.

Ich selber kann ja zum Glück alles essen, grinste sie, aber das weißt du ja.

Tatsächlich wurden wir beide nicht sehr krank. Zehn Tage später, an Retos Beerdigung, ging es uns schon wieder blendend.

Die Hochzeitsreise

Du bist mir so gar kein Echo heute, sagte der Mann am Nebentisch zu seiner Frau. Das gab den Ausschlag.

Barbara schob das klebrige Yoghurtschüsselchen von sich weg an den Tischrand. Ich glaube, ich komme heute nicht mit, sagte sie. Mein Fuß tut mir immer noch ein bißchen weh, und ich möchte nicht . . .

Beat nickte.

Du hast wahrscheinlich recht, antwortete er mit vollem Mund, die Route ist heute ziemlich schwierig, es ist sicher besser, wenn du . . .

Genau, sagte Barbara.

Der Mann am Nebentisch hielt sich ein Buch vor das Gesicht, wahrscheinlich, ohne darin zu lesen, während seine Frau leise darüber weinte, daß sie ihm kein Echo sein konnte. Barbara hielt es keinen Augenblick länger aus. Sie stand auf und flüchtete sich in das kleine Holzhäuschen am anderen Ende des Hofes, wo sich die Toilette befand. Sie schloß die Türe hinter sich und atmete flach durch den Mund.

Es war erst der vierte Tag. Die Hochzeitsreise sollte einen ganzen Monat dauern.

Sie zog die Spülung und trat in das helle Sonnenlicht hinaus. Beat hatte sein Frühstück beendet, er stand auf und kam ihr entgegen. Sie hielt sich eine Hand über die Augen und beobachtete ihn genau. Er trug ein verwaschenes Hemd mit aufgerollten Ärmeln, kurze Hosen, handgestrickte Wandersocken und blaue Plastiksandalen. Mit den Sandalen ging er morgens auch unter die Dusche, aus hygienischen Gründen, wie er sagte. Seine Beine waren kurz und kräftig und behaart. An seinem alten Pfadfindergürtel hingen alle möglichen nützlichen Dinge, Taschenmesser, Lampe, Karabinerhaken. Er sah aus wie immer. Kein bißchen verändert. Nur der Ring, der noch allzu neu an seiner breiten, braunen Hand glänzte. Aber das würde ihr bald schon nicht mehr auffallen.

Er kam um den Tisch herum auf sie zu, legte einen schweren Arm auf ihre Schulter, küßte die zornpochende Ader an ihrer Schläfe.

Bist du sicher, daß es dir nichts ausmacht?

Aber überhaupt nicht.

Dann geh ich jetzt, sagte er. Ich möchte gegen sechs zurück sein.

Ich glaube, ich lege mich ein bißchen an den Strand.

Tu das, antwortete er zerstreut, während er den Inhalt seines Rucksackes ein letztes Mal überprüfte.

Barbara breitete eine Strohmatte über die runden Kiesel, legte ihr Badetuch darauf, befestigte es mit ein paar Steinen, dann zog sie sich aus, rieb sich mit Sonnencreme ein und legte sich auf den Rücken, einen Arm über die Augen gelegt. Die Steine waren hart und glühend heiß.

Nach einer Minute oder zwei setzte sie sich wieder auf. Sie hatte sich alles ganz anders vorgestellt.

An eben diesem Strand an der Südküste von Kreta hatten sie sich zum ersten Mal geküßt, das war elf Jahre her. Es war unvermeidbar gewesen: Sie waren die einzigen Teilnehmer der Wandergruppe unter fünfzig. Im folgenden Jahr waren sie zurückgekommen, ohne Gruppe, nur sie beide, und dann jedes Jahr wieder, drei bis vier Wochen, jedes Frühjahr. Unterdessen kannten sie jeden Stein und jede Wurzel im Südwesten der Insel und brauchten für die Touren nur noch halb so lange wie im Reiseführer angegeben. In den ersten Jahren waren sie nicht sehr viel gewandert. Tage und Nächte und wieder Tage hatten sie in ihrem Zelt verbracht, sie schliefen in einem Schlafsack, weil sie es nicht ertragen konnten, daß doppelte Daunenschichten ihre Körper trennten. Doch das Wandern hatte immer mehr an Bedeutung gewonnen. In dem Jahr, als Beat zum Lehrer gewählt wurde, hatte es tagelang sintflutartig geregnet, sie hatten das Zelt abgebrochen und ein Zimmer genommen. Als der Regen endlich aufhörte, waren sie geblieben, seither nahmen sie immer Zimmer. Die Doppelzimmer hatten alle getrennte Betten, aber unterdessen fanden sie nichts mehr dabei, Schichten von Leintüchern und Wolldecken zwischen sich zu wissen. Schließlich hatten sie zu Hause nicht nur getrennte Betten, sondern sogar getrennte Zimmer. Die ganze Wohnung und ein endloser Flur lagen zwischen ihnen.

Seit elf Jahren kannten sie sich, und seit sieben Jahren wohnten sie zusammen. Es hatte sich also nichts geändert. Außer den Namen. So hatte es angefangen: Sie hatte Beat aus der Zeitung vorgelesen, daß nach neuem Eherecht ein Mann den Namen seiner Frau annehmen konnte. Das ist die Gelegenheit, hatte er gesagt, er haßte seinen Namen, das wußte sie natürlich. (Er hieß Beat Bäcker, eine unglückliche Kombination, unmöglich auszusprechen, meistens kam Bä-at Bäcker dabei heraus.) Laß uns heiraten, hatte er gesagt, genau, wie sie gedacht hatte, und sie sagte natürlich ja. Sie glaubte bis zum letzten Tag nicht recht daran, Beat hätte immer noch sagen können, es sei ein Scherz gewesen, und wahrscheinlich hätte sie erleichtert gelacht. Aber keiner wollte als erster seine Angst eingestehen, und so heirateten sie eben. Schlußendlich hatte Beat doch nicht ihren Namen angenommen, weil er befürchtete, daß seine Mutter das nicht überleben würde, und so hieß er jetzt Beat Bäcker-Marzoni, und sie hieß Barbara Marzoni Bäcker, die meisten Paare entschieden sich für diese Form, hatte der Standesbeamte gesagt, sie waren also nicht einmal besonders originell.

Als ob heiraten jemals originell gewesen wäre!

Barbara stand auf und humpelte mühsam über die Steine zum Wasser. Ihr Knöchel schmerzte tatsächlich noch ein bißchen, sie hatte ihn sich gestern beim Abstieg verstaucht. Sie ging ins Wasser, bis es ihre Kniekehlen umspülte, es war so kalt, daß sie heftig den Atem ausstieß. Der Strand war ziemlich voll, aber außer ihr war niemand im Wasser. Barbara machte noch einen Schritt, dann blieb sie einen Moment stehen und verschränkte die Arme vor der Brust. Das Wasser war so klar, daß sie jeden einzelnen lackierten Zehennagel sehen konnte. Ganz in Gedanken versunken und ohne es eigentlich recht zu merken, ging sie Schritt für Schritt tiefer hinein, und plötzlich stand sie bis zu den Brüsten im Wasser und fand es eigentlich gar nicht mehr so kalt. Doch als sie untertauchte und den ersten Zug schwamm, verkrampfte sich ein Muskel in ihrem Rücken, und sie mußte sich zwingen zu atmen. Ein leichter Dunst lag über dem Wasser, der Horizont schien ganz nah, höchstens drei Züge entfernt, sie schwamm die drei Züge und dann noch drei, und dann kehrte sie um.

Als sie ans Ufer watete, sah sie, daß sich verschiedene Männer aus den Grüppchen am Strand gelöst hatten und sich prustend ins kalte Wasser warfen. Was ein Weib konnte, konnten sie noch lange, oder.

Barbara lag reglos auf den heißen Steinen. Das Meerwasser verdunstete auf ihrer Haut und hinterließ salzige Krusten. Was war los mit ihr? Warum war sie so empfindlich? Warum betrachtete sie alle Männer plötzlich durch eine entlarvende, scharfe Brille?

Es mußte eine Nachwirkung der Hochzeit sein, entschied sie. Bisher hatte sie die Gesellschaft von Männern eigentlich vorgezogen, sie fand sie unkomplizierter und direkter als Frauen und leichter zu durchschauen. Sie konnte auch nicht verstehen, warum ihre Freundinnen immer ein solches Theater machten um ihre Männer. Wenn sie sich mit Beat stritt, was selten vorkam, ging es immer um ganz konkrete und benennbare Probleme, die sie ihm sachlich darlegen konnte und die er meist nach kurzem Trotzen akzeptierte. So hatte er im Lauf der letzten elf Jahre folgende Dinge ihretwegen aufgegeben: zu schnelles Autofahren, Fußballspielen und Anschauen von Fußballspielen am Fernsehen, Ausspucken in der Öffentlichkeit, andere Frauen, mit dümmlichen Sprüchen bedruckte T-Shirts, seinen lauten Jugendfreund, ins Bett gehen, ohne die Zähne geputzt zu haben. Sie konnte sich also nicht beklagen.

Sie war eine verheiratete Frau mit einem lächerlichen Namen und einem Mann, den sie in- und auswendig kannte. Sie hatte in Hosen geheiratet und nicht einmal gewagt, eine Liste in einem Möbelgeschäft zu hinterlegen, obwohl ihre Wohnungseinrichtung so alt war wie ihre Beziehung. Sie wollte es tun, aber dann war es ihr doch nicht ganz richtig vorgekommen, und jetzt saßen sie da mit Bergen von Gutscheinen für Abendessen, Einkaufsbummel, Picknick und sogar Babysitting. Nicht, daß sie keine Kinder wollten. Sie hatten es nur nicht erwähnt. Irgendwie fanden sie es spießig, wegen möglicher Kinder zu heiraten. So viele ihrer Bekannten waren mit Neun-Monats-Bauch auf dem Standesamt erschienen und hatten sich dabei so unkonventionell gefühlt. So ein Schauspiel wollte sie auf keinen Fall geben. Allerdings hatte sie vor der Hochzeit sechs Kilo zugenommen, was vermutlich auf dasselbe herauskam.

Sie stand auf, packte ihre Sachen zusammen, und als sie sich bückte, um ihre Strandtasche aufzuheben, fiel ihr auf, wie tief ihre Brüste hingen. Doch das war nur die Erdanziehungskraft, denn als sie sich aufrichtete, so schnell, daß ihr beinahe schwindlig wurde, saßen sie wie immer, klein und fest unter ihrem gewölbten Brustbein. Aber war es nicht so, daß Frauen nach der Hochzeit unaufhaltsam ihre Form verloren, als ob es nicht mehr darauf ankäme? Prüfend strich sie mit der Hand über ihre Hüften, die ihr irgendwie eingebeult vorkamen, unnötig kurvig, weiblich.

Barbara musterte verstohlen die Frauen, die meist nackt am Strand lagen. Alle, außer den ganz jungen, hatten diese eingebeulte Hüften. Sie senkte den Blick auf den steinigen Strand, um nicht zu stolpern. Früher hatten aber nicht so viele Männer nackt herumgelegen, oder?

Barbara saß auf dem Balkon, die Füße gegen das Geländer gestemmt, auf ihrem Schoß lag ein Buch. Die Buchstaben schienen sich immer wieder neu zu formieren, so daß es sich gar nicht lohnte, umzublättern. Hallo, sagte der Mann, der eben auf den Balkon nebenan getreten war. Sie nickte. Deutsch war hier die Umgangssprache. Der junge Mann nebenan war ein typischer Vertreter der Kretatouristen: Nicht mehr ganz jung, bunt gekleidet, ordentlich (täglich wischte er seinen Balkon), ein geschiedener

Vater mit kleinem Sohn, den er gerne von mitfühlenden Touristinnen betreuen ließ, während er in die Disco ging. Heiß heute, sagte er, und sie war gezwungen, wieder aufzublicken. Er stand ganz nah, beugte sich über die Plastikwand zwischen ihren Balkonen und grinste. Himmel, er flirtete doch nicht etwa mit ihr? Das war ihr schon so lange nicht mehr passiert, daß sie nicht wußte, wie sie reagieren sollte. Er war groß und schlank und völlig unbehaart. Der vordere Teile seiner Haare war kurz geschnitten, der hintere mehr als schulterlang und zu einem Zopf geflochten, den er manchmal nach Sumoringerart über den Kopf nach vorne zog. Nicht, daß er ihr nicht gefallen hätte, aber da war dieser unerträglich selbstgefällige Ausdruck auf seinem Gesicht.

Wortlos schüttelte sie den Kopf, und als sie sich wieder ihrem Buch zuwandte, beobachtete sie aus den Augenwinkeln, wie er beleidigt seine geblümten Boxershorts hochzog, bis fast unter die Achseln, und dann wieder in sein Zimmer zurückging.

Barbara wußte, daß sie den nächsten Mann, der sich ihr näherte, auf unverzeihliche Weise beleidigen würde. Sie stand auf, zog sich ein T-Shirt über und ging in die Bar hinter dem Hotel, die von einer jungen Frau geführt wurde, die lange in Deutschland gelebt hatte und unter anderem Apfelkuchen, Bratkartoffeln und Müsli servierte. Zu den Essenszeiten war die Bar immer voll, aber sie lag zu weit vom Strand entfernt, als daß man sie nur für einen Kaffee aufsuchte.

Maria putzte die Saftpresse, spülte die einzelnen Teile unter dem fließenden Wasser und setzte sie dann geschickt wieder zusammen. Probehalber preßte sie ein paar Orangen aus, steckte zwei Strohhalme ins Glas und setzte sich zu Barbara. Barbara hatte ihre Hochzeitsbilder mitgebracht. Bisher hatte sie sie noch niemandem gezeigt.

Das sind wir vor dem Standesamt, sagte sie, als ob man das nicht sehen könnte, und das sind unsere Trauzeugen, fuhr sie fort, ein bißchen unsicher. Sie spürte genau, daß Maria nicht sehr beeindruckt war. Irgendwie sah das alles nach nichts aus, ein Haufen durchschnittlicher Menschen in Alltagskleidern vor einem grauen Gebäude, man konnte nicht einmal die Braut auf Anhieb erkennen, weil sie Hosen trug und der Bräutigam seinen Arm um die Hüften einer anderen Frau gelegt hatte. Barbara schaute noch einmal genauer hin. Das ist meine Freundin Evi, erklärte sie eine Spur zu schnell, tatsächlich sah Evi auf dem Bild glücklicher aus als sie selbst, aber das lag an der Morgensonne, die ihr direkt ins Gesicht schien, so daß sie der Kamera eine gequälte Grimasse entgegenhalten mußte. Empfindliche Augen, nichts anderes, aber das würde Maria wohl nicht glauben. Sie ärgerte sich. Marias Mann lag den ganzen Tag im Bett oder besuchte seine Geliebte in der Hauptstadt, während sie die Bar führte und die drei Kinder aufzog, Barbara sah nicht ein, wie sie über ihre Ehe die Nase rümpfen konnte. Maria stand auf und zupfte ein Foto aus dem Rahmen des Spiegels hinter der Theke. Ihr eigenes Hochzeitsbild.

Das ist es, was ich meine, sagte Maria.

Barbara nahm ein Foto in die Hand. Sie sah Maria vor der Kirche stehen, in einer Kopie des zweiten Hochzeitskleides von Liz Taylor, mit einem Kranz weißer Blüten im Haar.

Und sie wußte, daß Maria recht hatte.

Sie selber hatte in einem hellgelben Hosenanzug geheiratet. Zu eng, weil sie in den Wochen vor der Hochzeit zugenommen hatte, unbequem, nicht sehr vorteilhaft, und sie wußte, daß sie ihn nie wieder tragen würde. Und dabei blieb sie durchaus auch manchmal vor den Schaufenstern der Brautgeschäfte stehen, und sie studierte die Bilder von königlichen und anderen großen Hochzeiten ganz genau, vorausgesetzt, sie erschienen in der seriösen Tageszeitung, die sie abonniert hatte.

Maria deutete ihren Blick richtig.

Ich hab's noch, sagte sie, willst du . . .

Barbara war schon aufgestanden.

Sie hielt den Atem an, nicht nur, weil ihr das Kleid viel zu eng war. Ihre gebräunte Haut hob sich dunkel von dem blendendweißen, synthetischen Spitzenstoff ab, und ihre Brüste schienen jeden Moment aus dem Ausschnitt hüpfen zu wollen. Ihre Taille schien so schmal über einem Meer von Tüll. Sie sah aus wie eine . . . eine Fee, eine Prinzessin, eine Braut. Es war wie früher. Es machte keinen Unterschied mehr, ob sie fünf, fünfzehn oder fünfunddreißig Jahre alt war. Maria lachte begeistert, klatschte in die Hände, sie band Barbaras Haar mit einem Satinband nach hinten und suchte die passenden, hochhackigen Schuhe hervor. Dann kamen Kunden, Maria lief nach unten, und Barbara stöckelte nachdenklich vor dem Spiegel auf und ab.

Sie hatte ihre Wanderstiefel angezogen und lief Beat entgegen. Sie mußte es ihm sofort sagen: Beat, wir haben alles falsch gemacht, laß uns noch einmal von vorn anfangen, sonst geht es schief, das weiß ich. Der Aufstieg war steil, ihr Knöchel schmerzte, und Marias Hochzeitskleid verfing sich immer wieder in den Disteln. Endlich sah sie ihn, er stand oben auf dem Hügel mitten in einer Schafherde. Sie blieb stehen, hielt die Hände trichterförmig vor den Mund und schrie: Beat, Beat! Wir müssen uns wieder scheiden lassen!

Sie war nicht sicher, ob er sie hören konnte.

Die Fernsehshow

Da saß sie also und wartete.

Sie saß auf einer mit klebrigem, grünem Plastik bezogenen Couch und wartete. In allen vier Ecken des fensterlosen Raumes waren Fernsehapparate montiert, sie liefen ohne Ton, und um das Bild zu sehen, mußte sie den Kopf in den Nacken legen, was sie aber nicht tat, um ihre Frisur nicht zu gefährden. An einer Wand stand ein Kaffee-und-Tee-Automat, der aber nicht funktionierte. In regelmäßigen Abständen stand sie auf, um das nachzuprüfen. Sie hätte viel für eine Tasse Tee gegeben. Auf der anderen Seite hing eine große Uhr, die vernehmlich tickte. Manchmal kam ihr das Ticken unregelmäßig vor wie Herzschläge, aber das war natürlich Einbildung. Das lange Warten machte sie ganz konfus.

Sie hatte sich alles ganz anders vorgestellt.

Es war Hedwigs Idee gewesen, sich bei der Hermann-Hermann-Show anzumelden. Sie hatten sich beide angemeldet, aber nur Rose war als Kandidatin ausgewählt worden.

Es macht mir überhaupt nichts aus, hatte Hedwig gesagt, ehrlich gesagt, ich wäre wahrscheinlich gestorben vor Angst. Du wirst das viel besser machen.

Rose und Hedwig kannten sich schon ein Leben lang. Sie waren wie Schwestern aufgewachsen. In der Schulzeit waren sie noch unzertrennlich, später verloren sie sich dann aus den Augen. Hedwig hatte lange Zeit im Ausland gelebt. Sie hatte immer wieder geheiratet und unzählige Kinder bekommen. Rose hatte allein gelebt, unbeschreibliche Hüte entworfen und ein wildes Leben geführt. Sie hatten sich wohl ab und zu geschrieben und sich auf dem laufenden gehalten, aber mehr nicht. Und dann waren sie sich vor ein paar Jahren in den grauen Gängen des Sozialamtes ihrer Heimatstadt begegnet. Hedwigs Männer waren alle gestorben, und ihre Kinder lebten auf dem ganzen Erdball verstreut, kein einziges in ihrer Nähe. Rose hatte, seit Hüte nicht mehr in Mode waren, keine Arbeit mehr und überhaupt kein Geld, alles ausgegeben in den wilden Jahren. Sie beschlossen, sich zusammen eine billige Wohnung zu suchen. Sie hatten beide Angst vor dem Altersheim, deshalb gaben sie sich große Mühe. Seit vier Jahren wohnten sie jetzt zusammen. Sie ergänzten sich perfekt. Hedwig war unermeßlich dick geworden, und ihre brüchigen Knochen und verformten Gelenke protestierten gegen jede überflüssige Bewegung. Dafür wußte sie noch nach Tagen, was sie in der Zeitung gelesen hatte, und löste selbst die schwierigen Kreuzworträtsel in der Wochenendbeilage in Rekordgeschwindigkeit. Rose hatte sich durch tägliche Gymnastik bei geöffnetem Fenster und lange Fußmärsche fit und durch das Rauchen von filterlosen Zigaretten dünn gehalten. Aber Hedwig mußte ihr jedesmal mehrere Zettel mitgeben, wenn sie sie zum Einkaufen schickte. Sie war oft ein bißchen verwirrt.

Rose verstand nicht recht, wie eine so kluge Frau wie Hedwig sich jeden zweiten Samstag die Hermann-Hermann-Show anschauen konnte. Hedwig schwärmte für den Moderator, der in ihrer beider Jugend ein halbwegs bekannter Schlagersänger gewesen war. Für Hermann Hermann schien die Zeit stehengeblieben zu sein. Nicht, daß man ihm sein Alter nicht ansah, aber er ignorierte es mit einer gewissen Überheblichkeit. Er war ein bißchen dick geworden, sein tief gebräuntes Gesicht wirkte leblos, und nach Roses Überzeugung trug er ein Toupet. Trotz allem bewegte er sich so flink wie früher, schwenkte neckisch seine Hüften, bis das weibliche Publikum kreischte. Er trug karierte Anzüge und offenstehende Hemden, goldene Kettchen am Handgelenk und knallige Seidenschals, die seinen faltigen Hals verdeckten. Er moderierte die Show mit Schwung und frechen Sprüchen. Die Kandidatinnen, ausnahmslos «junggebliebene Damen», wie er es nannte, verziehen ihm auch die gröbsten Frechheiten. Rose hatte immer das Gefühl, er mache sich ganz offen über seine Gäste lustig, aber Hedwig sah das nicht so, und sie war schließlich die Expertin. Die Kandidatinnen durften einen Star aus ihrer Jugend imitieren, zu Playback, und dann ein paar Sachen erraten, von denen jüngere Leute noch nicht einmal gehört haben konnten, und wenn sie Glück hatten, erfüllte ihnen Hermann Hermann am Ende der Show noch einen langgehegten, ganz persönlichen Wunsch. Dann hatten alle plötzlich Tränen in den Augen, wo sie doch vorhin noch so herzhaft gelacht hatten, und Hedwig nahm ihr Taschentuch aus dem Ärmel und trompetete ungeniert hinein.

Rose konnte mit der Hermann-Hermann-Show nichts anfangen. Sie sah sie sich nur deshalb an, weil das Wohnzimmer zu klein war, um dem Fernseher zu entgehen. Hedwig sah jeden Abend fern, Rose hatte sie sogar im Verdacht, schon nachmittags damit anzufangen, wenn sie selber in der Stadt unterwegs war. Sie konnte es ihr nicht verübeln, schließlich kam sie ja kaum mehr aus der Wohnung. Und Hedwig schaute nicht etwa wahllos irgend etwas. Sie studierte sorgfältig das Programm in der Tageszeitung, wählte eine Sendung aus, über die sie Rose dann beim Nachtessen informierte und ihr genau erklärte, warum sie sich das unbedingt anschauen sollten. Rose sollte nicht denken, sie schaue aus purer Langeweile, oder gar, weil sie nichts Besseres vorhatte. Rose versuchte manchmal zu lesen, aber das war unmöglich, Hedwig drehte den Ton immer viel zu laut. Wenn Rose ehrlich war, würde sie nach dem Abendessen viel lieber sitzenbleiben und mit Hedwig diskutieren, das fehlte ihr von früher her, die langen Abende, an denen viel getrunken und laut geredet wurde. Hedwig trank fast gar nichts, nur ein bißchen Eierlikör nachmittags und Champagner an hohen Feiertagen. Rose trank eine halbe Flasche schweren Rotwein zum Essen. Hedwig behauptete, der Alkohol habe ihr Gehirn aufgeweicht und wichtige Zellen weggespült. Hedwigs Schwäche waren Süßigkeiten. So saß sie abends in ihrem bequemen Sessel vor dem Fernseher und grabschte mit ihrer rundlichen, beringten Hand nach den bereitstehenden Pralinen, ohne überhaupt hinzusehen. Währenddessen rauchte Rose auf dem Balkon eine Zigarette. Sie rauchte nur noch in ihrem eigenen Zimmer und auf dem Balkon. Hedwig zuliebe.

Und Hedwig zuliebe saß sie jetzt auf diesem klebrigen grünen Sofa. Sie fingerte nach ihrer Zigarettenschachtel, obwohl unübersehbar überall Rauchverbotsschilder hingen. Sie nahm eine Zigarette in die Hand und rollte sie zwischen Daumen und Zeigefinger hin und her. Sie warf wieder einen Blick auf die Uhr. Mußte sie eigentlich nicht bald zur Maske? Sie glaubte sich zu erinnern, daß Heidi, die Assistentin, gesagt hatte, man würde sie rechtzeitig abholen. Aber sie war sich nicht mehr ganz sicher. Rose zerbrach die Zigarette zwischen den Fingern und wischte die Tabakkrümel auf den Boden. Ihr Gedächtnis hatte in den letzten Jahren wirklich stark nachgelassen. Manchmal fand sie sich plötzlich irgendwo wieder, oft in einem Laden, und wußte beim besten Willen nicht mehr, wie sie dahin gekommen war, geschweige denn, was sie da wollte. Sie erinnerte sich an viele Einzelheiten aus ihren frühen Jahren, aber was die Leute zu ihr sagten, fiel meistens durch irgendwelche geheimnisvollen Maschen in ihrem Kopf. Vor allem, wenn sie ihr einschärften, sich etwas gut zu merken. Dann konnte sie sicher sein, daß sie es sofort vergaß. Rose begann zu schwitzen. Wahrscheinlich hatte sie alles ganz falsch verstanden. Die anderen Kandidatinnen saßen unterdessen bestimmt in einem richtigen Wartezimmer, in einem ganz anderen Teil des Gebäudes, wo der Kaffeeautomat funktionierte und die Fernseher mit Ton liefen. Sie wurden der Reihe nach aufgerufen und gingen brav zur Maske und zur Kameraprobe. Sie würde die Sendung verpassen und alles durcheinanderbringen, nur weil sie wieder nicht richtig zugehört hatte. Wenn doch nur Hedwig hier wäre!

Rose verstand nicht, warum man sie ausgewählt hatte und nicht Hedwig, die viel besser in die Sendung gepaßt hätte. Und sie hätte doch so gern Hermann Hermann die Hand geschüttelt. Daran lag Rose nun wieder gar nichts.

Ich kann dich überhaupt nicht verstehen, der Mann ist einfach lächerlich, sagte sie verzweifelt. Ach, laß mir doch den Spaß, antwortete Hedwig jeweils, du weißt doch, daß ich nicht vor die Haustür komme, und die einzigen Männer, die ich sehe, sind nun mal im Fernsehen.

Männer, sagte Rose dann, hast du immer noch nicht genug davon? Je mehr du von ihnen gehabt hast, desto schwerer fällt es dir, auf sie zu verzichten! kicherte Hedwig. Nein, im Ernst, der alte Gockel erinnert mich an meinen Vierten, den Ungarn, ich glaube, du hast ihn kennengelernt, das war in den frühen Fünfzigern, der trug genau die Art von Seidenschal, so schick um den Hals geschlungen, und ich zupfte daran, um ihn zu necken, das fand er überhaupt nicht komisch, und wehe, wenn ich ihm die Haare zerzauste, das konnte er auch gar nicht leiden ... Ach, aber temperamentvoll war er, und wie!

Hermann Hermann hätte wahrscheinlich auch keine Freude, wenn du ihm die Haare zerzausen würdest, die würden ihm nämlich glatt herunterfallen, stichelte Rose.

Darüber konnten sie sich immer wieder streiten: Trug Hermann Hermann nun ein Toupet oder nicht? Ehe ich das glaube, schmeiße ich den Fernseher aus dem Fenster, schloß Hedwig jeweils die Diskussion ab.

Rose lächelte.

Es gab nichts, was sie nicht für Hedwig tun würde. Was war denn schon dabei, im Fernsehen aufzutreten und «Kann denn Liebe Sünde sein» zu singen? Sie mußte ja nicht einmal selber singen, nur so tun. Sie stand auf und ging ein paar Schritte bis zur gegenüberliegenden Wand, wo ein identisches grünes Plastiksofa stand. Sie trug einen dunklen Anzug, ein Seidenhemd und eine breite Krawatte. Ihre hellgrauen Haare waren glatt über ihr linkes Auge gezogen und rollten sich über den Ohren nach innen. Das Alter stand ihr gut. Ihrem Gesicht hatte es früher, als es noch glatt und voll gewesen war, völlig an Ausdruck gefehlt. Sie hatte sich immer mit exzentrischer Kleidung und brombeerfarbenem Lippenstift behelfen müssen. Jetzt hatte sie das nicht mehr nötig. Sie wirkte ganz von allein, geheimnisvoll, geschlechtslos.

Unruhig ging sie auf und ab, die Hände in den Hosentaschen. Sie würde sich nur sparsam bewegen, nicht wie die anderen Kandidatinnen, die sich regelmäßig zu Klängen von Marika Rökk oder Zsazsa Gabor oder gar irgendwelchen Jodlerinnen lächerlich machten, in schlecht sitzenden Abendkleidern oder tief ausgeschnittenen Dirndl über die Bühne hüpften, die dicken Beine schlenkerten und ihre Strumpfränder sehen ließen. Rose hob versuchsweise ein gestrecktes Bein hoch, so daß die überweite Hose zurückrutschte, nicht, daß sie es nicht konnte, es war eine Frage des Stils.

Jetzt wurde es aber doch sicher langsam Zeit für die Probe. Rose konnte ihre Unruhe nicht mehr unterdrücken. Sie sah auf die Uhr, die Sendung würde schon bald beginnen, es hatte keinen Sinn mehr, so zu tun, als sei alles in Ordnung. Ihr Magen begann zu rumpeln und zu knurren, und sie mußte dringend auf die Toilette.

Sie öffnete die Tür und schaute vorsichtig auf den Flur hinaus. Weit und breit war niemand zu sehen. Sie ließ die Türe weit offenstehen, damit sie den Raum wieder finden würde, und wandte sich nach kurzem Zögern nach rechts. Der Flur lag im düster flackernden Neonlicht scheinbar endlos vor ihr. Links und rechts Reihen unbeschrifteter Türen, sie traute sich nicht, irgendwo anzuklopfen. Der Flur bog im rechten Winkel ab und ging dann genauso endlos weiter.

Irgendwo blinkte ein rotes Licht, und sie wußte bereits nicht mehr, wo sie war. Doch ganz wider Erwarten sah sie ein großes, deutliches Schild, das mit einem Pfeil auf die Toilettentür wies. Und als sie aus der Kabine kam, stand Heidi, die Assistentin von Hermann Hermann, vor dem Spiegel und tupfte sich mit einem Papiertuch die glänzende Nase ab. Sie schrie auf, als sie Rose im Spiegel sah, und drehte sich um.

Ja, aber, wo haben Sie denn gesteckt, wir suchen Sie schon überall, Hermann ist außer sich!!

Ich habe gewartet, sagte Rose ergeben.

Heidi winkte ab.

Schon gut, dafür ist jetzt keine Zeit, Sie müssen sofort in die Maske. Die Sendung beginnt in einer halben Stunde!

Das kam Rose eigentlich relativ lange vor, aber was verstand sie schon vom Fernsehen. Die junge Frau lief ein paar Meter vor ihr her, drehte sich immer wieder um und winkte. Rose hatte Mühe, ihr zu folgen.

Wir haben sie gefunden, rief Heidi durch die offene Tür in die Maske, jetzt aber hopp, hopp!

Rose setzte sich verlegen auf einen Friseurstuhl, eine hübsche junge Frau legte ihr einen Nylonkittel um und begann, ihr eine fleischfarbene Paste ins Gesicht zu schmieren.

Es tut mir leid, murmelte Rose, ich wußte nicht . . .

Bitte stillhalten, sagte die junge Frau und stäubte sie mit Puder ein. Ihre Hände waren grob. Sie zupfte an Roses sorgfältig gelegter Innenwelle. Mit den Haaren können wir jetzt nichts mehr machen, sagte sie ungeduldig.

Es muß halt so gehen, rief die Assistentin vom Türrahmen aus, los jetzt! Rose stand auf, der Kittel wurde ihr weggerissen, Heidi lief schon wieder den Flur entlang. Rose folgte ihr bis zum Studio. Hier warteten die anderen Kandidatinnen, zwei sich sehr ähnlich sehende Frauen in geblümten Seidenkleidern mit lila gefärbten Löckchenfrisuren. Sie musterten Rose ein wenig verächtlich.

Wo waren Sie denn? fragte die eine mißmutig, Sie haben ja den Imbiß verpaßt.

Das schadet auch nichts, gab Rose bissig zurück und warf einen vielsagenden Blick auf die rundliche Figur der anderen. Dabei knurrte ihr Magen schon wieder, und sie wäre am liebsten sofort nach Hause gefahren, um die Sendung vom sicheren Sessel aus mitzuverfolgen. Hermann Hermann kam mit einem Rudel junger Frauen, die an seiner Kleidung herumzupften und ihm Zettelchen zusteckten. Ungeduldig fegte er sie aus dem Weg und musterte etwas irritiert die atemlos wartenden Kandidatinnen.

Alle da, beeilte sich Heidi zu versichern.

Hm, knurrte Hermann und ging voraus. Die drei Frauen folgten stolpernd. Verwirrt vom hellen Scheinwerferlicht und dem tosenden Applaus, setzten sie sich nebeneinander auf ein mit idiotischen Spitzendeckchen behängtes Sofa und nannten schüchtern ihre Vornamen.

Rose kam als erste dran. Träge wiegte sie sich im Takt zu ihrem Lied, schüttelte sich die Haarsträhne aus dem Gesicht und sog stolz die Wangen ein. Sie war gut, sie wußte es. Aber der Applaus war nur mäßig, und die beiden anderen Kandidatinnen beobachteten sie mit verkniffenen Lippen. Rose blieb unschlüssig im Lichtkegel stehen. Hermann Hermann kam mit ausgestreckten Armen auf sie zu.

Applaus bitte, krähte er, Applaus für Rose, Sie haben das ganz toll gemacht, wirklich, ganz toll. Er schubste sie näher zur Kamera und tätschelte ihr dann die Schulter, um die etwas grobe Geste zu kaschieren. Aus der Nähe sah Rose ganz deutlich, daß seine Zähne falsch waren, bei den Haaren war sie sich allerdings nicht so sicher.

Plötzlich war ein Mikrophon vor ihrem Gesicht, verdammt, sie hatte seine Frage nicht verstanden. Unsicher blickte sie vom Mikrophon zur Kamera und von ihren Füßen in sein Gesicht.

Blöde Kuh, zischte er zwischen seinen begeistert gebleckten Zähnen, bevor er die Pause mit gekonntem Gelaber überbrückte.

Wirklich ganz genau wie unsere große, unsere unvergessene Marlene! Ganz erstaunlich. Meine liebe Rose, sehen Sie, beinahe hätte ich Marlene gesagt, hehehe . . . Haben auch Sie vielleicht einen Wunsch, den Sie mir anvertrauen möchten? Ja? Er hielt ihr das Mikrophon unter die Nase.

Das war die Frage. Kann denn Liebe Sünde sein, das Lied könnte sie auswendig hersingen, aber der Teil war schon vorüber, jetzt kam das mit dem Wunsch, Herrgott, ihr Kopf war ganz leer, dabei hatte sie es doch zu Hause mit Hedwig geübt . . . Hedwig . . . Es mußte mit Hedwig zu tun haben, komm schon, streng dich ein bißchen an, du wünschst dir etwas für Hedwig, die in ihrem Sessel festsitzt und sich nicht mehr amüsieren kann . . .

Die Stille wurde unerträglich, die beiden Kameras schwenkten hektisch hin und her, und das Grinsen des Moderators wurde bösartig.

Und plötzlich fiel es ihr wieder ein.

Mit einem glücklichen Lächeln streckte sie die Hand aus, griff in Hermann Hermanns silbergesträhnten Haarschopf, zog einmal kräftig daran und hielt eine Perücke in der Hand.

Also doch, sagte sie mit ihrer tiefen Stimme ins Mikrophon, jetzt kannst du den Fernseher endlich aus dem Fenster schmeißen, meine Liebe! Dann hauchte sie einen Kuß Richtung Kamera, warf den behaarten Lappen über die Schulter ins Publikum, das johlend danach grabschte, und trat mit einem großen Schritt aus dem Bildschirm.

Die Bademeisterin

Das Schwimmbad war überfüllt. Es war ein Mittwoch-
nachmittag, schulfrei, und wahrscheinlich einer der letzten langen, heißen Nachmittage dieses Sommers. Mathilda bahnte sich einen Weg durch die Menge. Sie hatte die
Arme auf dem Rücken gekreuzt, die Augen unter dem
Mützenschirm zusammengekniffen. Das Gelände war ohnehin schlecht zu überblicken, auch wenn es nicht so voll
war. Es war leicht hügelig, die verschiedenen Becken
lagen weit auseinander. Es gab ein Fünfzig-Meter-
Schwimmbecken, ein Nichtschwimmerbecken, ein
Sprungbecken, ein kleines Planschbecken und einen Kin-
derspielplatz. In der Nähe der Mauer spendeten ein paar
alte Bäume nur unzureichend Schatten. Dort drängelten
sich die jungen Mütter mit ihren Babies. Und ihren Kin-
derwagen, Steppdecken, Sonnenschirmen, Picknickkör-
ben, Fläschchen, Spielsachen und Wippen, die sie an den
unteren Ästen aufhängten. Manche kamen jeden Tag hierher und verteidigten verbissen ihren Stammplatz gegen
die, die nur hin und wieder kamen. Babies krabbelten von
einer Decke zur anderen, schlugen sich mit Plastikschäu-
felchen auf den Kopf, und die Mütter sahen aus, als
würden sie am liebsten dasselbe tun. Mathilda sah nicht
ein, warum man überhaupt den Aufwand auf sich nahm,
mit Babies ins Schwimmbad zu gehen, andererseits verstand sie natürlich nichts von Babies.

Das Bad lag mitten in einem Wohnquartier am Stadtrand. An einem Nachmittag wie diesem hielten sich hier vor allem Frauen und Kinder auf. Mathilda hatte während des ganzen Sommers kaum einen Mann gesehen, der älter als fünfzehn und jünger als siebzig war. Nicht, daß sie das störte.

Das Bad hatte seine eigenen Bereiche. Auf der Wiese vor dem Kiosk und dem Selbstbedienungsrestaurant lagen die älteren Ehepaare, die frühmorgens schon mit Liegestühlen, Sonnenschirm und Kühlbox bewaffnet antraten. Sie hatten meist ein Saisonabonnement, das sie jeden einzelnen Tag nutzten, von der ersten bis zur letzten Stunde. Bei schlechtem Wetter spielten sie unter dem Vordach des Restaurants Karten. Ihnen entging nichts. Da die Toiletten gleich hinter dem Restaurant lagen, mußte jeder früher oder später einmal an ihnen vorbei. Gewichtszunahme, Haarschnitt, andere Badehose als im Vorjahr, vermutete Liebeleien, gerötete Augen, unsicherer Gang, nichts blieb unbemerkt oder unkommentiert. Und sie dachten gar nicht daran, ihre Stimmen zu senken.

Zwischen Spielplatz und Nichtschwimmerbecken verteilten sich die Schulkinder und ihre wachsamen Mütter, vielbeschäftigte Hausfrauen, die sich an Kompetenz gegenseitig zu übertreffen versuchten. Und beim Sprungbecken, das ungünstig gleich neben dem Planschbecken für die ganz Kleinen lag, machten sich die Jugendlichen breit.

Mathilda ging langsam am Beckenrand entlang. Sie bemühte sich, unnahbar zu wirken und durch die Gesichter hindurch zu blicken. Sie wollte vermeiden, daß jemand sie ansprach.

Sie fühlte sich nicht wohl hier. Sie konnte sich nicht einleben. Sie paßte nicht hierher.

Mathilda war sehr groß, und ihre Schultern waren so breit und ihre Arme so muskulös, daß sie vom Schwimmtraining oft unter den Achseln wund wurde. Ihre dünnen Haare waren unter der Mütze zu einem Schwänzchen zusammengebunden. Ihre Brust unter dem weißen T-Shirt war flach, ihr Gang breitbeinig. Sie wußte, daß man sie von hinten oft für einen Mann hielt. Wenn Mathilda durch das Bad ging, fühlte sie alle Blicke auf sich gerichtet, und deshalb stolperte sie oft in ihren Holzsandalen.

Die Hausfrauen verachteten sie, weil sie nicht weiblich wirkte. Die älteren Kinder ärgerten sie, weil sie sie nicht einordnen konnten, und die Kleineren fürchteten sich vor ihr. An manchen Tagen war sie nahe daran, den Job wieder aufzugeben. Aber mitten in der Saison ging das nicht, und außerdem: Schwimmen war das einzige, was sie konnte.

Am schlimmsten waren die Jugendlichen, die immer beim Planschbecken lagen. Sie erschreckten die kleinen Kinder, legten sich mit den Müttern an, warfen Zigarettenstummel ins seichte Wasser. Mathilda hatte nie einen von ihnen im großen Becken gesehen, wahrscheinlich konnten sie nicht einmal schwimmen, sie wußte nicht, warum sie überhaupt ins Schwimmbad kamen. Vermutlich nur, um hinter den Mädchen herzukreischen und allen auf die Nerven zu fallen. Manchmal fragte sich Mathilda wirklich, warum die kleinen Jungen nicht schon bei der Geburt ertränkt wurden. Natürlich war ihr klar, daß männliche Babies im allgemeinen erwünschter waren als weibliche. In ihrer Familie war es jedenfalls so gewesen. Ihr eigener Vater hätte sie sicher mit Vergnügen ertränkt, wenn er Gelegenheit dazu gehabt hätte. Mathilda war das letzte von fünf Mädchen. Sie sollte etwas nachsichtiger sein. Es war bestimmt nicht besonders lustig, alle zwei

Jahre dasselbe Wechselbad von Hoffnung und Enttäuschung durchzumachen. Und natürlich war es mit jedem Mal schlimmer geworden. Bei den ersten beiden hatte er sich womöglich noch gefreut. Sie hatte eben Pech gehabt, sie war nun mal die letzte. An ihr hatte er seine ganze Wut ausgelassen. Hätte es nach ihr noch eine gegeben, hätte es eben die getroffen.

Ihre Schwestern und sie hatten alles daran gesetzt, die Enttäuschung des Vaters zu mildern. Sie hatten sich alle Mühe gegeben, jungenhaft zu sein. Sie waren wilder gewesen als alle Jungen im Dorf zusammen, und ihre Mutter schlug jeweils die Hände über dem Kopf zusammen und sagte: Wenn sie nicht im Sitzen pinkeln würden, würde man es nicht glauben. Auch als Erwachsene hatten sie tapfer Hosen getragen, die Haare kurz geschnitten und Männerberufe ergriffen. Eine war sogar Lastwagenfahrerin geworden. Als er älter wurde, begann der Vater sich erneut zu beschweren: Fünf Mädchen und nicht eine richtige Frau! Nicht einmal Enkelkinder!

Aber dafür war es wohl zu spät. Mathilda war die einzige, die noch im gebärfähigen Alter war, sozusagen.

Wenn sie sich so im Schwimmbad umschaute, hatte sie allerdings keine große Lust, eigene Kinder zu bekommen.

Vielen Dank.

Ein paar der Jungen waren jetzt auf den Sprungturm geklettert, tänzelten auf den Brettern, schubsten die Kleineren ins Wasser und ließen die anderen nicht vorbei. Blitzschnell war das Sprungbecken leer, und die drei oder vier Terrorknaben waren sich der allgemeinen Aufmerksamkeit gewiß. Einer produzierte sich auf dem Fünfmeterbrett, Mathilda war schon öfter mit ihm aneinandergeraten. Er war ein hübscher Junge mit dunklen welligen

Haaren und gefühlvollen Augen, die nichts von seiner Hinterhältigkeit ahnen ließen. Mathilda hatte einmal versucht, mit seiner Mutter zu sprechen, nachdem Jonas, so hieß der Junge, ein kleineres Mädchen untergetaucht hatte, bis es blau im Gesicht gewesen war. Die Mutter hatte ihr eine Szene gemacht, unter anderem hatte sie sie des Rassismus beschuldigt. Darauf hatte Mathilda keine Antwort gewußt. Was hätte sie auch sagen sollen? Daß ihr an dem Jungen nichts aufgefallen war, was über die übliche Sommerbräune hinausging? Oder daß seine Hautfarbe ihn nicht berechtigte, andere Kinder zu ertränken? Sie hatte sich schweigend abgewandt. Jonas hatte das mitangesehen und ließ seither keine Gelegenheit aus, sie zu provozieren.

Mißmutig blies sie in ihre Trillerpfeife. Natürlich waren die anderen Bademeister, zwei routinierte ältere Herren, nirgendwo zu sehen. Wohlweislich beschränkten sie sich darauf, Mückenstiche und kleinere Abschürfungen zu verarzten und Sonnencreme zu verkaufen. Anders hätten sie all die Jahre auch nicht überstanden. Mathilda war eine von denen, die eine Saison lang gewissenhaft Dienst taten und dann entmutigt aufgaben. Um der nächsten Idealistin Platz zu machen. Hör mal, hatten sie ihr gesagt, du hast gar keine Chance. Wenn du sie verprügelst, kriegst du Ärger. Vor denen fürchten sich doch sogar die Lehrer, also laß sie einfach machen. Es wird schon nichts passieren. Und selbst wenn . . .

Aber das ist doch unmöglich! hatte sie sich ereifert. Wir können doch nicht überall gleichzeitig sein! Stellt euch vor, es passiert wirklich einmal etwas.

Es ist schon sehr lange nichts mehr passiert, hatte der eine gesagt und sich eine Zigarette gedreht. Niemand verlangt von uns, überall gleichzeitig zu sein, das wissen die da oben auch.

Mathilda hatte vom ersten Tag an gewußt, daß der Rat der Älteren gut gemeint war und sie ihn besser befolgen würde, aber sie konnte nicht. Sie hatte ein Rettungsschwimmerabzeichen und ein Bademeisterdiplom, sie konnte doch nicht einfach an der Sonne liegen und so tun, als ginge sie das alles nichts an.

Andererseits war der Sommer schon fast vorüber, und es war wirklich nichts passiert. Wenn man von dem täglichen Ärger mit den Jugendlichen absah.

Jonas gab auf dem obersten Brett eine Art Schwanenseevorstellung. Er verhöhnte sie von hoch oben. Komm doch rauf, wenn du dich traust! Mathilda seufzte. Sie wußte, daß sie stärker war. Sie konnte jetzt raufgehen und ihn mit Gewalt da runterholen. Er würde den ehrlich empörten, mißhandelten Jugendlichen spielen, der sich nur mal eben amüsieren wollte. Die Hälfte der Zuschauer wäre auf seiner Seite. Mindestens. Die andere Hälfte erwartete, daß sie eingriff. Sie streifte ihre Holzsandalen ab und stieg auf den Turm. Zwischen dem Dreimeter- und dem Fünfmeterbrett kamen ihr zwei halbwegs zerknirschte Halbwüchsige entgegen. Verschwindet, flüsterte sie, ohne sie anzusehen.

Jonas tänzelte ganz am äußersten Ende des Zehnmeterbrettes. Runter, sagte Mathilda. Er verharrte in der Bewegung, mit theatralisch ausgestrecken Armen. Einen Augenblick lang starrten sie sich an. Dann fing sich der Junge und machte weiter, er war sich seiner Rolle bewußt, er konnte nicht einfach so aufgeben, schließlich schauten seine Freunde zu. Mathilda starrte ihn an. Sie wußte, was in ihm vorging. Sie wußte auch, was er als nächstes tun würde. Springen, es blieb ihm gar nichts anderes übrig. Mit einem eleganten Kopfsprung konnte er den Sprungturm freigeben, ohne sein Gesicht zu verlieren. Mathilda hoffte nur, daß er schwimmen konnte. Kannst du überhaupt schwimmen, du Arschloch, rief sie leise, als er gerade die Arme hob und zum Sprung ansetzte, er zuckte zusammen, verlor das Gleichgewicht, rutschte aus und fiel. Im Fallen streifte er das Dreimeterbrett. Die Zuschauer stöhnten auf, als er aufklatschte und wie ein Stein im Becken unterging. Mathilda holte tief Luft und sprang hinterher.

Dieser Junge war ihre Strafe, dachte sie, bevor sie eintauchte. Sie schoß mit offenen Augen durch das türkisfarbene, chlorhaltige Wasser, Luftblasen stiegen rechts und links von ihr auf. Sie sah ihn beinahe sofort, sie faßte ihn unter den Armen und stieß sich mit beiden Füßen vom Boden ab. Er wehrte sich. Er strampelte, trat um sich, traf sie mit dem Knie schmerzhaft an der linken Brust. Mathilda ließ ihn los, tauchte auf, um Luft zu holen, da war auch endlich einer ihrer Kollegen und stocherte mit der Rettungsstange im Wasser herum. Er rief ihr etwas zu. Idiot, jetzt ist es zu spät, sie gab ihm ein Zeichen, tauchte wieder unter, packte den Jungen, der nun kaum mehr Widerstand leistete, und schlug seinen Kopf auf den Betonboden des Beckens, wieder und wieder und wieder.

Das rosa Seidenkleid

Die Kabine war eng und stickig, die Vorhänge schlossen nicht richtig, und davor warteten schon andere mit Bergen von Kleidern über dem Arm und blinzelten ungeduldig zu mir herein. Ich merkte, wie mir der Schweiß ausbrach, ich konnte es nicht verhindern, ich fragte mich, was ich hier machte. Natürlich wußte ich, was ich machte. Ich verbrachte diesen wunderschönen Samstagnachmittag damit, mir neue Kleider zu kaufen . . . Ich fragte mich nur, was ich mir dabei gedacht hatte.

Ich begann mich auszuziehen. Die Kabine war sofort von säuerlichem Schweißgeruch erfüllt. Pure Angst.

So eng die Kabine auch war, man hatte nicht auf den Einbau eines Spiegels verzichtet. Es war ein billiger Spiegel, der irgendwie verzerrend wirkte, ähnlich wie im Spiegelkabinett, ich kam mir jedenfalls einiges gedrungener vor als sonst. Mit dem Licht war wohl auch irgend etwas nicht in Ordnung, oder wie kam es, daß mein Gesicht plötzlich so fleckig war und meine Kleider so schäbig wirkten? Die Hose zu kurz, ich zog sie aus und warf sie auf den Boden, die Bluse zerknittert, weg damit, die Schuhe ausgebeult, die Unterhose löchrig . . . Ich schaute noch einmal genau hin, tatsächlich, ich hatte eine alte Unterhose angezogen, ausgeleiert und mottenzerfressen. Wie konnte ich nur! Was, wenn ich beim Verlassen des Ladens überfahren wurde? Was sollte der Notarzt, wenn nicht gar der Leichenbeschauer von mir denken?

Ich nahm das Kleid vom Bügel, ein Trägerkleid aus dünner, rosa Seide. Mein Gefühl sagte mir, daß dieses Kleid nicht für mich gemacht war. Nichts in diesem Laden war für mich gemacht. Außerdem hatten sie nur kleine Größen vorrätig. Und da war niemand, den ich hätte fragen können, wenn ich mich denn getraut hätte. Die einzige Verkäuferin hatte sich dekorativ auf dem Kassentisch gleich bei der Türe drapiert, wo sie gleichzeitig telefonierte und sich die Nägel lackierte. Manchmal hob sie den Kopf, um die potentiellen Kundinnen zu mustern, wandte sich dann aber meist gleich wieder ab. Wahrscheinlich war es ihre einzige Aufgabe, zu große, zu unförmige und zu ungeschickte Kundinnen abzuschrecken, die nur lästig fallen und dann doch nichts kaufen. Sie war wie geschaffen für diese Aufgabe: ein ganz junges Mädchen mit einem Wasserfall lokkiger Haare und einem lächerlichen Körperchen, an dem zwei, drei Fetzen der Hausmarke klebten. Barbie lebt!

Mich wunderte nur, daß sich überhaupt jemand in dem Laden befand. Der Blick, den sie mir zugeworfen hatte, hätte mich normalerweise rückwärts auf die Straße katapultiert, aber ich probierte nun schon seit Stunden Kleider an und war nicht mehr ganz ich selbst.

Dieses eine noch, dachte ich. Und wider besseres Wissen zog ich das Kleid über den Kopf. Es glitt mit einer gewissen Zärtlichkeit über meine Schultern, und die Träger hatten genau die richtige Länge. Das war aber auch schon alles.

Der restliche Stoff rollte sich in der Taille zusammen. Ich zog daran . . . zog . . . zog . . . die dünne Seide krachte gefährlich in den Nähten. Ich biß mir auf die Unterlippe, irgendwie mußte das Kleid doch über den Hintern zu kriegen sein, so groß war er auch wieder nicht.

Noch vor weniger als einer Stunde hatte ich in einem anderen Laden versucht, ein Paar Jeans zu kaufen. Das konnte doch nicht allzu schwierig sein, sollte man denken. Ein Freund von mir kauft sich jeweils drei Paar gleichzeitig und ohne anzuprobieren. Aber er ist natürlich ein Mann.

Ich frage mich, ob es irgendwo auf der Welt eine Frau gibt, die ganz selbstverständlich in eine Jeans paßt. Muß es wohl geben, denn für irgendwen sind die Dinger ja gemacht, obwohl ich schon länger den Verdacht habe, daß bei der Herstellung an das langbeinige Geschöpf aus dem Werbespot gedacht wird. Jedenfalls habe ich noch nie eine getroffen. Dabei gibt es heutzutage spezielle Jeans für Frauen, Stretch und Girls-fit und Loose-fit und Pre-shrink und wie sie alle heißen. Keine paßte. Nachdem ich ungefähr vierzehn Modelle in allen Größen und Formen probiert hatte, hatte die Verkäuferin genug. Sie riß mir die letzte Hose förmlich aus der Hand, schüttelte ihre Ohrgehänge und schnappte: Mit SO EINER Figur mußt du eben Männerhosen tragen! Unerklärlich tief getroffen und mit leeren Händen hatte ich den Laden verlassen. Bei der Erinnerung daran gaben meine Knie nach, nur ein paar Zentimeter, aber das reichte. Was geschehen mußte, geschah, die Rückennaht platzte auf, und zwar in ihrer ganzen Länge.

War es nicht seltsam, daß ausgerechnet meine scheinbar fehlenden weiblichen Kurven diesen Stoff gesprengt hatten?

Ich wickelte den Fetzen ab, das ging nun ganz leicht, strich den Stoff glatt und faltete ihn so, daß man den Riß nicht sehen konnte. Wenn ich Glück hatte, gelang es mir, das Kleid zurückzuhängen, ohne daß jemand etwas merkte. Ich schlüpfte in meine alten Kleider und trat aus der Kabine. Sofort drängte sich ein junges Mädchen mit vier oder fünf Fähnchen unter dem Arm hinter mir herein. Ihre Mutter wartete draußen. Das Mädchen war jung und etwas pummelig.

Viel Glück, dachte ich.

Beinahe gleichzeitig wurde der Vorhang der Kabine nebenan zurückgeschlagen, und eine große, dunkelhaarige Frau trat heraus in einem . . . rosa Seidenkleid. Ich starrte sie fassungslos an. Sie lächelte etwas unsicher.

Findest du es nicht etwas zu weit? murmelte sie und zupfte an dem Stoff, der tatsächlich etwas lose um ihre Hüften spielte. Ich holte tief, tief Luft. Eine andere Größe, versuchte ich mir einzureden, die Schnepfe hat ein L erwischt, aber ich wußte doch, daß das nicht stimmen konnte, daß es in dem ganzen verdammten Laden nichts so Obszönes gab wie ein Kleidungsstück Größe L. Doch die andere richtete sich auf, schaute in den Spiegel und wurde sich erst jetzt bewußt, daß die beiden niedlichen halbmondförmigen Körbchen, die für einen imaginären freischwebenden Busen gedacht waren, unausgefüllt baumelten, während der dünne Stoff ihre eigenen Brüste zwanzig Zentimeter tiefer flach an den Körper preßte.

Unsere Blicke trafen sich im Spiegel. Die andere versuchte, mit den Händen ihre Brüste aus den Untiefen des Kleides zu fischen und in den Körbchen zu verstauen, aber das war ein völlig sinnloses Unterfangen, das hätte ich ihr gleich sagen können.

Dann ging alles ganz schnell. Das junge Mädchen kam tränenüberströmt aus seiner Kabine, warf die Kleider auf den Boden und schrie: Ich bin zu dick!! Ich bin zu dick!!

Aber nein, Kleines, du bist nicht zu dick, versuchte die

Mutter zu trösten. Doch das Mädchen hörte ihr gar nicht zu. Angewidert starrte es in den Spiegel, griff sich mit beiden Händen brutal ins Fleich, kniff, zerrte, kratzte. Und was ist das? Und das? Und das? kreischte sie. Rote Striemen bildeten sich auf ihrer Haut.

Es war Zeit, einzugreifen.

Es liegt an den Kleidern, sagte die Dunkle, schau bloß mich an.

Das Mädchen zog die Nase hoch und schaute trotzig, nur halbwegs überzeugt. Ich faltete den zerrissenen Fetzen auseinander und hielt ihn in die Höhe.

Bei mir sind es die Hüften, sagte ich, obwohl mir immer noch nicht klar war, ob ich nun zuviel oder zuwenig davon hatte.

Die Dinger können gar nicht passen, niemandem. Keine normale Frau kann . . .

Weiter, weiter, bettelte die Mutter, bringt es ihr bei. Scheiß drauf, sagte die Dunkelhaarige plötzlich, griff mit beiden Händen in den Ausschnitt ihres rosa Seidenkleides, riß die Mittelnaht auf und ließ ihre Brüste an die Luft. Das Mädchen begriff jetzt auch, trampelte auf den Kleidern herum, die sie auf den Boden geschmissen hatte, erst etwas verbissen, dann immer vergnügter. Und die Mutter, die sich seit zehn Jahren mit vernünftiger und dehnbarer Kleidung begnügen mußte, riß ein Paar luftige Shorts vom Bügel und schnippelte mit der Nagelschere genüßlich im Schritt herum. Überhaupt hatte sie in ihrer Handtasche allerlei nützliche Dinge wie Scheren, Nagelfeilen, Klarsichtlack und Büroklammern. Es dauerte nicht lange, und der Laden war reif für eine Renovation, und sämtliche Kleider taugten bestenfalls noch für die Textilsammlung.

Erschöpft jauchzte die Mutter auf, die Dunkle wischte

sich den Schweiß von der Oberlippe und erklärte, sie brauche dringend etwas zu trinken. Sie zog ihre eigenen Kleider wieder an, und dann verließen wir den Laden, nicht ohne im Gehen noch ein paar Dekorationen herunterzureißen.

Neben dem Eingang saß immer noch die Verkäuferin, die von allem nichts gemerkt hatte, ihre zierlichen Beinchen gegen den Kassentisch gestemmt, lackierte sie nun ihre Zehennägel in einem auffallenden Lila. Sie würdigte uns keines Blickes. Im Gehen stülpte ich ihr eine Tüte mit dem leuchtenden Schriftzug des Ladens über den Kopf. Stand ihr wirklich gut.

Der Nachbar

Es klingelte an der Tür. Das mußte er sein.

Sie schaltete den Fernseher aus und wischte sich die feuchten Hände an der Trainingshose ab. Sie hatte gerade ein Gymnastikprogramm nach einem Videoband von Raquel Welch absolviert, dabei aber immer wieder auf einen Privatsender umgeschaltet, auf dem gerade die billigen Nachmittagsserien liefen. Dazu hatte sie Konfekt aus einer riesigen Schachtel genascht. Sie stellte die Schachtel weg und sah sich noch einmal um. Das große Wohnzimmer wirkte einigermaßen aufgeräumt. Die blasse Nachmittagssonne legte breite Streifenmuster auf das Parkett. Sie hatte die Getränke auf dem Beistelltischchen arrangiert, so daß sie sich beim Einschenken leicht abwenden konnte. Mit den bloßen Füßen schob sie herumliegende Illustrierte, Schokoladepapierchen und Damenhanteln unter einen Sessel, zupfte ihren leicht verschwitzten, tief ausgeschnittenen rosa Gymnastikanzug zurecht, dann öffnete sie die Türe.

Oh! Bin ich zu früh, murmelte er verwirrt.

Nein, keineswegs, komm doch bitte rein.

Ja, danke.

Er trat einen Schritt vor und blieb dann unschlüssig im Flur stehen. Er wohnte im obersten Stockwerk des Hauses in einer kleinen, düsteren Einzimmerwohnung. Er mußte um die dreißig Jahre alt sein, studierte aber immer noch. Seit einiger Zeit schrieb er an seiner Doktorarbeit.

Außer ihr und ein paar Putzfrauen, Haushälterinnen und Kindermädchen war er der einzige Erwachsene, der sich tagsüber hier aufhielt. Deshalb hatte sie ihn auf ein Glas zu sich gebeten. Das hatte sie schon öfter getan. Die Nachmittage waren lang, und wen hätte sie sonst einladen sollen? Sie nahm seine Hand und zog ihn ins Wohnzimmer.

Setz dich doch, sagte sie und schubste ihn sanft auf das große, hellrosa Ledersofa.

Da saß er ein bißchen unglücklich und gekrümmt, die Knie aneinandergepreßt, die Finger ineinander verflochten. Er trug einen alten, blauen Plüschpullover, der an manchen Stellen so abgewetzt war, daß er glänzte. Sein Haar war bereits etwas schütter, er trug seine Brille und hatte die bleiche Haut und den verwirrten Blick eines Menschen, der so selten nach draußen geht, daß er vollkommen vergessen hat, daß da draußen überhaupt etwas ist.

Magst du etwas trinken?

Ich habe nicht viel Zeit, sagte er.

Ach komm schon, das wird dir gut tun. Du kannst schließlich nicht ununterbrochen arbeiten.

Sie trat zu dem kleinen Tischchen, auf dem Gläser, Flaschen und Karaffen bereitstanden. So, wie er saß, verbarg ihm ihr Körper ihre Hände, die die Gläser füllten. Nicht, daß es etwas Besonderes zu sehen gegeben hätte. Sie goß großzügig Wodka aus einer eisgekühlten Flasche in ein hohes Glas, gab frischgepreßten Orangensaft dazu und löffelte zuletzt zerriebenes Eis aus einem silbernen Schüsselchen ins Glas. Für sich machte sie dasselbe. Nur ohne Eis, natürlich.

Wodka mit Orangensaft trinke ich immer nach dem

Training, lächelte sie, zur Belohnung, und gesund ist es auch!

Er sah sie nicht ganz überzeugt an.

Also, gesund würde ich nicht unbedingt sagen, fing er in seiner komplizierten Art an.

Der Orangensaft ist ganz frisch gepreßt, unterbrach sie ihn, da wimmelt es nur so von Vitaminen!

Sie setzte sich neben ihn auf das Ledersofa, die Beine angezogen, einen Arm auf der Rückenlehne ganz nah an seinem Nacken. Sie fühlte, wie er sich verkrampft nach vorn beugte, um ihr auszuweichen. Hin und wieder hatten sie auf diesem Ledersofa miteinander geschlafen, aber das war, bevor er seine Doktorarbeit angefangen hatte und sie die Gymnastikvideos entdeckte.

Es gab viele Mittel gegen Langeweile.

Wie weit bist du mit deiner Arbeit, fragte sie freundlich und nahm den Arm von der Lehne. Sie wollte nicht, daß er sich unwohl fühlte, schließlich war er ihr Gast. Sie wollte schon lange nichts mehr von ihm, aber auf den Gedanken schien er gar nicht zu kommen. Wie viele Männer glaubte er, daß eine Frau, die er einmal oder auch mehrmals beglückt hatte, nur schwer wieder von ihm loskommen könnte. Männer! Sie lächelte nachsichtig.

Er lehnte sich wieder zurück, jetzt, wo ihr Arm nicht mehr auf der Lehne lag, und entspannte sich ein bißchen.

Meine Arbeit ist jetzt in eine entscheidende Phase getreten, erklärte er, die Auswertung der Ergebnisse ist äußerst anspruchsvoll, und mein Professor meinte erst neulich . . .

Sie hörte ihm nicht mehr zu. Die Doktorarbeit hatte irgendwelche ungebildeten Bauern aus dem Mittelalter zum Thema, sie konnte sich beim besten Willen nicht vorstellen, warum sich irgend jemand dafür interessieren sollte.

Du trinkst ja gar nicht, sagte sie nach einer angemessenen Zeit. Verwirrt blickte er auf das Glas, das er immer noch in der Hand hielt und von dem das Kondenswasser jetzt auf seine Hose tropfte. Sie konnte beinahe sehen, wie es hinter seiner gerunzelten Stirn zu arbeiten begann: Wo bin ich, wie kommt das Glas in meine Hand, wie lange sitze ich hier schon so? Dann nahm er einen großen Schluck, und bevor er mit seinen langatmigen Ausführungen fortfahren konnte, sagte sie: Ich habe mich übrigens entschlossen, meinen Schulabschluß nachzuholen, wie findest du das?

Das finde ich großartig, sagte er, was vorauszusehen gewesen war. Sie lächelte leicht beschämt, während er von der Welt des Geistes schwärmte, die sich ihr eröffnen würde, denn es war natürlich eine Lüge, niemals hätte sie den Mut und die Ausdauer dazu. Eigentlich schade, denn das wäre sicher nicht die schlechteste Lösung gewesen. Bestimmt besser, als was sie in Tat und Wahrheit vorhatte. Aber was sollte sie tun? Sie hatte ja eigentlich gar keine Wahl.

Ihr Mann erlaubte ihr nicht, zu arbeiten, auch nicht stundenweise, auch nicht ehrenamtlich, außerdem hatte sie ja nichts gelernt. Alles, was sie konnte, war, dekorativ auszusehen und ihre Langeweile geschickt zu verbergen. Damit qualifizierte sie sich wohl als Ehefrau eines sehr reichen Mannes, aber ansonsten nützte ihr das wenig. Scheiden lassen konnte sie sich auch nicht, denn selbst wenn ihr Mann einwilligen würde, was nicht sehr wahrscheinlich war, würde er bestimmt dafür sorgen, daß sie es nicht leicht hätte. Es war zu spät, um ein neues Leben anzufangen. Sie war einundvierzig Jahre alt und gab eine Menge Geld dafür aus, daß man es ihr nicht ansah. In ihrem Badezimmerschrank hortete sie schwere Cremetiegel aus elegantem Rauchglas mit goldenen Deckeln, außerdem ging sie regelmäßig zum Friseur, zur Kosmetikerin, Pedikure, Manikure, Massage, Solarium, Dampfbad. Den Rest der Zeit langweilte sie sich zu Tode. Da saß sie Tag für Tag in ihrer repräsentativen Wohnung, die von einer dicken Frau saubergehalten wurde, die sie Rosella nannte. So hatte ihre erste Zugehfrau geheißen, und nachher hatten sie so häufig gewechselt, daß sie sich die Namen nicht mehr merken konnte. Hin und wieder gab es eine Einladung zu organisieren, wobei sie die Hilfe eines Partyservices in Anspruch nahm. Alle paar Jahre mußte die Wohnung neu eingerichtet werden. Das Aussuchen der Farben, Vergleichen der Stoffmuster und die Besprechungen mit dem gutaussehenden Innendekorateur beschäftigten sie immerhin für einige Wochen. Dann gab es natürlich die Reisen, die sie zu festgesetzten Zeiten an immer dieselben exklusiven Orte führten, wo sie andere blondgesträhnte reiche Damen traf, die auf die Ankunft ihrer vielbeschäftigten Ehemänner warteten. In der Zwischenzeit wurde viel getrunken und geklatscht. Zum Anbändeln standen reichlich Skilehrer, Tennislehrer oder Surfinstruktoren zur Verfügung, was zu noch mehr Alkohol und noch mehr Klatsch führte. Sie beobachtete die anderen Frauen und wußte, daß sie sich in nichts von ihnen unterschied. Das deprimierte sie derart, daß sie wieder Pillen schlucken mußte, und wenn sie nach Hause kam, sah sie noch ausgezehrter aus als sonst.

Die meiste Zeit aber saß sie hier auf diesem Ledersofa, spielte mit der Fernbedienung, sah sich die Nachmittagsserien an und aß Schokolade. Zwischendurch schob sie ein Gymnastikvideo in den Recorder und turnte nach den Befehlen von Jane Fonda oder Raquel Welch so lange, bis ihr einfiel, daß auf einem anderen Sender gerade eine Serie begann. Aber nichts schien die Langeweile aus ihrem Leben vertreiben zu können. Ganz egal, wie sehr sie sich bemühte, es schienen immer noch endlose Stunden übrigzubleiben, die sie niemals ausfüllen konnte, gerade an den Nachmittagen.

Vielleicht wäre es wirklich keine schlechte Idee, ein bißchen Bildung nachzuholen, nicht gerade einen Schulabschluß natürlich, aber ein bißchen Stilkunde zum Beispiel, oder Architekturgeschichte oder vielleicht Französisch, konnten auf keinen Fall schaden.

Sie hob ihr Glas und prostete ihm zu, und erwartungsgemäß nahm er noch einen Schluck. Sie beobachtete ihn genau. Bis jetzt schien er nichts bemerkt zu haben.

Es war gut, daß sie den frischgepreßten Orangensaft nicht mehr durchgesiebt hatte. So würden die dicken Fruchtfasern von allfälligen Fremdkörpern im Getränk ablenken. Es war nicht einfach gewesen, die Glasscherben so zu zerkleinern, daß man sie nicht mehr herausspüren würde. Sie hatte größere Glasstücke in ein Küchentuch gewickelt und dann so lange mit dem Hammer bearbeitet, bis sie vollkommen pulverisiert waren. Als sie das Tuch ausgeschüttelt hatte, hatte sich ein winziger, kaum sichtbarer Glassplitter tief in ihren Daumen gebohrt. Es funktioniert tatsächlich, hatte sie gedacht, während sie einen dunkelroten Blutstropfen ableckte. Dann hatte sie die Eiswürfel auf dieselbe Art zerkleinert und sorgfältig mit dem Glas gemischt.

. . . Ich bin jederzeit bereit, dir zu helfen, wenn du irgendwelche Schwierigkeiten hast, sagte er jetzt.

Oh, danke, das wäre ganz wundervoll. Schließlich ist es doch einige Zeit her, daß ich das letztemal eine Schule besucht habe . . . Sie lächelte kokett, und er schüttelte den Kopf und schnalzte mit der Zunge, als sähe sie keinen Tag älter aus als sechzehn, und als könnte er nicht glauben, daß sie vor mehr als drei Monaten die Schule verlassen habe. Sie belohnte ihn für seine prompte und galante Reaktion, indem sie das Gummiband aus ihren Haaren zog und mit den Fingern durch ihre blondierten Locken fuhr. Sie beugte sich vor und küßte ihn, und er küßte sie zurück, dann richtete sie sich wieder auf und sagte leise: Es muß alles anders werden, das verstehst du doch.

Natürlich, sagte er ein bißchen zu rasch. Dann blickte er auf seine Uhr. Mein Gott, ich muß an meine Arbeit. Ich habe die Zeit vollkommen vergessen. Er trank sein Glas mit wenigen großen Schlucken leer. So geht es mir immer mit dir, sagte er, während er aufstand und seine grobgerippte Manchesterhose glattstrich, du bist der einzige Mensch, der es schafft, mich von meiner Arbeit abzulenken.

Ich bin sicher, die Pause hat dir gutgetan, meinte sie, nahm seinen Ellbogen und schob ihn sanft aus dem Zimmer und in den Flur. Bestimmt gehst du jetzt wieder frischer an die Arbeit.

Ganz bestimmt, sagte er, vielen Dank noch einmal.

Sie küßten sich wieder, diesmal kurz und abschließend. Dann ging er. Sie sah ihm nach, wie er die Treppe hinaufstieg. Sein Gang war schlurfend, mit einer Hand stützte er sich auf das Geländer. Auf dem ersten Absatz blieb er stehen, drehte sich noch einmal um und hob die Hand.

Wenn alles stimmte, was sie gestern abend im Fernsehen gezeigt hatten, würde er in ein paar Stunden schwere Magenblutungen bekommen. Die Wahrscheinlichkeit, daß er überlebte, war gering. Einen Augenblick lang tat es ihr leid.

Wiedersehen, flüsterte sie und schloß die Türe.

Im Wohnzimmer schaltete sie als erstes den Fernseher wieder ein, ohne hinzusehen, dann machte sie sich noch einen Drink. Das Eis in dem silbernen Schüsselchen war unterdessen geschmolzen, und deutlich sah man das bösartige Glitzern der Glassplitter, die darin schwammen. Sie kippte das Schüsselchen in einen Blumentopf aus. Dann setzte sie sich auf das Sofa und nahm einen tiefen Schluck. Es schien ihr fast, als sei das Leder noch warm, wo er gesessen hatte, aber das war wohl reine Sentimentalität. Natürlich tat es ihr leid um ihn, schließlich hatte er ihr nichts getan, im Gegenteil, er hatte ihr viele endlose Nachmittage verkürzt. Die Serie ging gerade zu Ende. Sie nahm die Fernbedienung in die Hand und schaltete entschlossen auf einen anderen Sender. Es hatte keinen Sinn, sich unnötige Gedanken zu machen. Schließlich hatte sie die Sache einmal ausprobieren müssen, bevor ihr Mann nach Hause kam . . .

Alles gelogen

Natürlich bin ich an allem selber schuld, ich kann einfach nicht die Wahrheit sagen, schon gar nicht, wenn sie so öde ist wie meistens eben. Lügen macht mehr Spaß und schadet im Normalfall keinem.

Der Ärger begann an dem Tag, an dem ich den neuen Job als Telefonistin antrat. Ich sah mich in dem Raum um, die Frauen saßen in langen Reihen nebeneinander, mit Stöpseln in den Ohren und diesem stupiden Gesichtsausdruck, den man automatisch bekommt, wenn man mit jemandem redet, den man nicht sehen kann. Ich wußte sofort, daß ich es hier nicht lange aushalten würde.

Man wies mir einen Platz in der zweiten Reihe zu, und ich setzte mich. Meine Nachbarinnen beobachteten mich aus den Augenwinkeln. Als erstes steckte ich eine Autogrammkarte von Guy Laporte an meinen Computer. A toi pour toujours, stand darauf, vorgedruckt, aber ich hatte die Schrift mit Filzschreiber nachgezogen, es wirkte sehr echt. Natürlich war es nicht erlaubt, persönliche Dinge am Arbeitsplatz anzubringen. Als mich die Aufsicht darauf hinwies, steckte ich das Bild mit einem Ausdruck absoluter Verachtung in meinen Ausschnitt, und von da an war es nur ein kleiner Schritt, zu behaupten, ich sei Guy Laportes heimliche Geliebte.

In der Pause drängten sich die anderen Mädchen richtiggehend um mich, lauschten mit aufgerissenen Augen meinen Worten, und bald fand sich eine, die anbot, mein

Mittagessen in der Kantine zu bezahlen. Es fiel mir nicht schwer, die Geschichte auszubauen. Ich wußte, daß der berühmte französische Sänger und Schauspieler aus Steuergründen in der Schweiz lebte, ganz in der Nähe, es war also durchaus denkbar, daß ich ihn auf der Straße niedergerannt und mit meiner Jugend und Schönheit so beeindruckt hatte, daß er sich anerbot, mich mit seiner Limousine nach Hause zu bringen . . . Durchaus denkbar. Was konnte ich dafür, daß es nie wirklich geschehen war? Natürlich geht Guy Laporte schon gegen sechzig, das weiß ich selber, aber erstens hatte ich schon immer eine Schwäche für reifere Herren, und zweitens sieht er höchstens aus wie vierzig. Reiche Leute scheinen besser zu altern, das ist ja auch nur gerecht. Wozu sollte das ganze Geld sonst gut sein? Mein Vater zum Beispiel ist drei Jahre jünger als Guy Laporte, könnte aber ohne weiteres als sein Schwiegervater durchgehen.

Ich habe eine Menge Zeitungsausschnitte über Guy Laporte gesammelt und gelesen natürlich, und so fielen mir die Anekdoten wie von selbst ein. Vorsichtig sein mußte ich natürlich bei der Erwähnung seiner Frau, Yvonne Berger. Jeder kannte die große, die wunderbare Schauspielerin, mit der er seit zwanzig Jahren verheiratet war, und die aber irgendwie weniger Glück mit dem Alterungsprozeß gehabt hatte als er, jedenfalls bekam sie keine Rollen mehr, und man sagte sogar, sie hätte angefangen zu trinken.

Aber er wird sie nie verlassen, sagte meine neue Arbeitskollegin und biß in einen Dänisch-Plunder, den sie in der Kantine in Plastikfolie gewickelt verkaufen, das gibt dem Gebäck eine ganz eigene, schwammige, kühle, feuchte Konsistenz, an die man sich nur langsam, dafür nachhaltig gewöhnt. Ich selber hatte einen Mandelgipfel, den ich nun betont langsam auswickelte. Es wunderte mich selbst am meisten, als plötzlich echte Tränen auf die zukkerverklebte Folie tropften.

An unserem Tisch in der Kantine war es einen Augenblick lang ganz still. Ich hatte sie restlos überzeugt. Mich selber auch.

Das ging so weit, daß es mir einen unangenehmen Stich gab, wenn ich irgendwo etwas über Yvonne Berger und ihre glückliche Ehe mit dem berühmten Guy Laporte las. Daß ich mir neue Schuhe kaufte mit einer Goldspange über dem Rist, weil ich irgendwo gelesen hatte, daß reiche Mädchen so etwas trugen. Ich änderte meine Frisur, band die Haare ordentlich zusammen, ich hatte so ein Gefühl, als würde das besser zu der Geliebten eines älteren Herrn passen als meine ungepflegten Locken. Ach ja, und ich verließ meinen Freund Bruno. Warf ihn hochkant aus der Wohnung, obwohl es genau genommen seine war. Jeden Tag hatte ich ihn weniger ertragen, seine Art zu reden, zu essen, zu atmen. Er konnte natürlich nichts dafür, aber er war eben nicht Guy Laporte, und die Abende vor dem Fernseher und die wöchentlichen Minigolfturniere mit seinen Freunden waren nun mal nicht das Leben, für das ich geschaffen war. Ich glaubte unterdessen selbst, daß ich schon längst mit Guy Laporte zusammenleben würde, wenn nur seine Frau nicht wäre. Vorher mußte ich natürlich Bruno verlassen, das war nur logisch. Pikanterweise hatte ich ihm weisgemacht, ich arbeite in einer Filmproduktionsgesellschaft. Mit meinem Schichtdienst und der Tatsache, daß man mich bei der Arbeit nicht erreichen konnte, war das leicht zu vereinbaren. Ansonsten genügte es, niemals zusammen mit anderen ins Kino zu gehen und ein blasiertes Gesicht zu machen, wenn das Gespräch auf diesen oder jenen Filmstar kam.

Du hast einen anderen! schrie er. Gib es ruhig zu! Einen von diesen Filmfritzen, einen, der viel verdient und interessante Leute kennt und ein teures Auto fährt und dich nach Cannes einladen kann!

Ich senkte die Augen. Ungefähr so stellte ich mir das auch vor.

So ein einfacher Bankangestellter genügt dir natürlich nicht!! fuhr er fort.

Ich wünschte, ich wäre dir nie begegnet!

Auch darin mußte ich ihm stumm recht geben.

Du glaubst wohl, du seist zu gut für mich, was?

Das dachte ich tatsächlich. Er mußte mir das ansehen, denn seine Augen wurden ganz schmal, und er sagte häßliche Dinge über meine Familie, den Schrebergarten und die Ausdrucksweise meiner Mutter, spuckte regelrecht vor Wut.

Warum hatte ich ihn auch unbedingt mit nach Hause nehmen müssen? Wir wohnten schon seit mehr als zwei Jahren zusammen, vielleicht wollte ich meiner Mutter beweisen, daß ich wirklich einen festen Freund hatte, einen soliden, und das hatte sie ja auch sehr beruhigt. Meine Mutter hatte tatsächlich eine etwas schnoddrige Ausdrucksweise, das war wahr, andererseits schickte sie jeden Monat selbstgemachte Marmelade für Bruno, und er hatte kein Recht, so über sie zu reden. Ich war so wütend, daß ich ihm unüberlegt vorhielt, Guy Laporte finde meine Mutter ganz reizend.

Darauf fiel ihm nicht sofort eine Antwort ein.

Guy Laporte!! Aber Guy Laporte ist verheiratet!

Das weiß ich selber! Die bloße Erwähnung seiner Ehe

regte mich unterdessen schon so auf, daß ich etwas zerbrechen mußte, einen Teller und einen vollen Aschenbecher in diesem Fall.

Lieber eine Stunde mit Guy Laporte als ein Leben mit dir, schrie ich, und das war wirklich gemein, obwohl ich es nicht einmal extra erfunden hatte, der Satz stammte aus einem Film, aber das machte es nicht besser. Bruno packte seine Koffer und zog aus, wie es scheint zu einer Arbeitskollegin, dieser Blonden mit dem samtüberzogenen Haarreif, die so gut Minigolf spielt.

Dann las ich in der Zeitung, daß Yvonne Berger im Krankenhaus lag. Das Bild zeigte Guy, wie er gebückt vor Sorge aus dem Auto stieg. Sie schrieben nicht genau, was ihr fehlte, aber es deutete alles auf Alkoholismus hin. Ich konnte sie verstehen. Yvonne Berger war eine der schönsten Frauen ihrer Zeit gewesen, allein ihr Mund war so schön, daß man sich gar nicht vorstellen konnte, daß sie damit aß oder Zahnpasta ausspuckte oder andere irdische Dinge tat. Und dann war sie beinahe über Nacht alt geworden, grau und dick, ihre Knöchel schwollen an, sie mußte eine Brille tragen und Hängekleider. Guy Laporte hingegen war schlank und braungebrannt und silberhaarig, was nicht dasselbe ist wie grau, und ich hatte erst kürzlich ein Bild von ihm gesehen, wie er scheinbar mühelos ein gestrecktes Bein seitlich hochhob bis über die Schulter und sich dabei nur mit einer Hand an einer Ballettstange festhielt.

Jetzt verläßt er sie doch erst recht nicht, sagten meine Kolleginnen. Ich zählte langsam bis zehn, denn das war mir natürlich auch sofort klargeworden, aber ich ließ mir nichts anmerken und antwortete mit gepreßter Stimme:

Meint ihr im Ernst, ich würde mit einem Mann zusammenleben wollen, der seine kranke Frau im Stich gelassen hat? Ganz so, als ob die Entscheidung bei mir läge . . .

Dann wurde Yvonne Berger wieder entlassen, und wenige Tage später sahen wir Guy Laporte ganz zufällig. Ich hatte mich mit ein paar Frauen aus der Zentrale getroffen, um im Sonderverkauf nach verbilligten Weihnachtsgeschenken zu suchen. Wir waren gerade aus einem Haushaltswarengeschäft gekommen, standen auf der Straße und konnten uns nicht einigen, wo wir als nächstes hingehen sollten, da sahen wir ihn. Er ging mit schnellen, federnden Schritten über die Straße auf ein Hotel zu. Er trug eine Sonnenbrille und achtete nicht auf den Verkehr. Zwei dickliche junge Männer eilten außer Atem hinter ihm her wie eifrige junge Hunde. Meine Kolleginnen, diese unreifen Personen, kreischten auf, schlugen sich die Hände vor den Mund und hüpften aufgeregt auf und ab. Ich befürchtete beinahe, sie würden sich naß machen. Ich warf ihnen einen traurigen Blick zu, der, wie ich hoffte, alles über die Entbehrungen einer heimlichen Geliebten sagte . . .

Tat er nicht.

Warum gehst du nicht hin? flüsterten sie so aufgeregt, daß es bis auf die andere Straßenseite zu hören sein mußte, er freut sich doch sicher, dich zu sehen, oder etwa nicht?

Er hat eine geschäftliche Besprechung, seht ihr das nicht? zischte ich, doch sie packten meine Ellbogen links und rechts mit ihren feuchten Händen und zerrten mich über die Straße.

Also schön, also schön, ich schüttelte sie ab, seufzte, nannte sie hoffnungslos und kindisch, aber gut, ich würde ihnen den Gefallen tun. Ich schob mich durch den schweren Ledervorhang in die Hotelbar. War ich erst einmal im

Halbdunkel der Bar in Sicherheit, würde mir schon etwas einfallen. Doch die blöden Weiber drängelten hinter mir her, ich mußte weitermachen.

Er saß mit seinen beiden unterwürfigen Gesellen an einem Tisch ganz hinten in einer Ecke, sie hatten eine halbvolle Whiskyflasche vor sich stehen, sie redeten laut, die anderen beiden, meine ich, er sagte nichts. Er hob den Kopf und sah mich an, wie wenn wir es geprobt hätten, er sah auf und lächelte erwartungsvoll, und ich ging ganz selbstverständlich auf ihn zu. Manchmal vergesse ich, wie einfach das Leben sein kann, wenn man hübsch, blond und einundzwanzig Jahre alt ist.

Ich rutschte auf die Armlehne seines Sessels, stützte einen Arm hinter ihm auf. Ich konnte förmlich hören wie meine Kolleginnen, die unschlüssig in der Türe stehengeblieben waren, den Atem anhielten. Ich beugte mich über ihn und flüsterte: Bitte können Sie nicht so tun, als ob Sie mich küßten, nur für einen Moment!

Er küßte mich gleich richtig, sein Atem roch nach Pfefferminze, und als ich das nächste Mal aufblickte, waren die anderen verschwunden. Auch gut. Ich nahm das nächststehende Whiskyglas in die Hand, natürlich schuldete ich Guy eine Erklärung. Ich erzählte ihm alles, und er war überhaupt nicht verärgert, eher geschmeichelt. Er wollte mich sogar zum Essen einladen, aber ich lehnte ab. Man soll die Realität nicht strapazieren, das bekommt ihr nicht.

Am nächsten Tag fehlte ich unentschuldigt bei der Arbeit. Mein Ruf war nicht mehr zu erschüttern.

Ein paar Wochen vergingen, dann starb Yvonne Berger. Nicht ganz überraschend. Die Beerdigung wurde im Fernsehen übertragen, und ich nahm wieder einen Tag frei. Guy Laporte hielt eine langstielige Rose in der Hand, und man konnte die Tränen sehen, die unter dem Rand seiner Sonnenbrille hervorquollen.

Allerdings interessierte mich das alles schon nicht mehr so sehr. Ich hatte einen jungen Mann kennengelernt, einen Fotografen. Er hatte ein schweres Motorrad, wir fuhren ziellos in der Gegend herum, und sehr oft fotografierte er mich auch. Er fand, ich hätte interessante Knochen, das schmeichelte mir natürlich. Am Tag, an dem Yvonne Berger beerdigt wurde, blieb er zum ersten Mal bei mir, und dann wollte er gleich einziehen. Ich sagte, ich würde es mir überlegen, aber ich wußte schon, daß ich ja sagen würde. Es war wirklich Zeit für eine andere Geschichte. Ich begann, den Stellenanzeiger aufmerksamer zu lesen. Dann hieß es plötzlich, Yvonne Berger sei umgebeacht worden, und Guy Laporte wurde verhaftet. Ich konnte der Versuchung nicht widerstehen, schwarz gekleidet und ungeschminkt in der Telefonzentrale zu erscheinen und die tragische Witwe zu spielen. Die Mädchen waren hingerissen. Aber Guy Laporte hatte ein Alibi, sie mußten ihn praktisch sofort wieder freilassen, und ich weiß nicht, was er ihnen erzählt hat, jedenfalls verhafteten sie statt dessen mich.

Ja, mich.

Guy Laporte hatte also seit einigen Monaten eine junge, hübsche Geliebte gehabt. So stand es in der Zeitung, und wer konnte es ihm verdenken, obwohl er sich natürlich öffentlich die schlimmsten Vorwürfe machte. Auf einem Bild hielt er sich sogar die Hände vor die Augen. Dieses Mädchen hatte sich offenbar nicht mehr länger mit seiner Schattenexistenz abfinden wollen. Ihr Exfreund Bruno G. zum Beispiel sagte aus, daß sie bei der bloßen Erwähnung von Yvonne Berger völlig außer sich geriet und mit Geschirr um sich warf. Ihre Arbeitskolleginnen bestätigten Stimmungsschwankungen und einen «flackernden Blick».

Sie hat gedroht, meine Frau anzurufen und ihr alles zu sagen, gab Guy Laporte zu Protokoll, aber ich muß gestehen, ich habe das nicht ganz ernst genommen, wie konnte ich denn ahnen, daß sie so etwas Schreckliches tun würde?

Man ging davon aus, daß die junge Geliebte Laportes Abwesenheit benutzt hatte, um seine Frau anzurufen und in das Studio zu bestellen, das sie für ihre heimlichen Treffen benutzten.

Tatsächlich hatte der Schlüssel an dem herzförmigen Anhänger, den ich ab und zu verstohlen meinen Kolleginnen gezeigt hatte, und den ich in der Handtasche aufbewahrte, zu diesem möblierten Studio gepaßt, in dem Yvonne Berger gestorben war. Ist das nicht erstaunlich? Ich hätte schwören können, es sei einer von meinen eigenen Kellerschlüsseln! In dem Studio muß es dann zu Tätlichkeiten gekommen sein. Was ich denn schlußendlich getan haben soll, wurde mir nie ganz klar. Die Anklage lautete jedenfalls auf Totschlag. Die Zeitung brachte ein entsetzlich scharfes Bild von mir, und mir wurde bewußt, wie sehr es gegen einen Menschen sprechen kann, hübsch, blond und einundzwanzig Jahre alt zu sein.

Vielleicht hätte ich trotz allem eine Chance gehabt, wenn ich selber ausgesagt hätte, ich hätte ja alles erklären können. Aber ich brachte einfach die Worte «die Wahrheit, die ganze Wahrheit und nichts als die Wahrheit» nicht über meine Lippen, so etwas konnte ich doch nicht mit gutem Gewissen schwören. Als einzige Zeugen der Verteidigung traten meine Eltern auf, mein Vater sagte gar nichts, und meine Mutter, nun, sie meinte es gut, aber sie drückt sich nun einmal nicht sehr gepflegt aus.

Guy Laporte war bei der Verhandlung dabei, aber er verließ den Gerichtssaal vor der Urteilsverkündung. Er schwankte und mußte sich auf seinen Begleiter stützen, einen auffallend gutaussehenden jungen Fotografen mit Motorradstiefeln, der mir irgendwie bekannt vorkam . . .

Milena Moser, 1963 geboren, in Zürich lebend, besitzt eine funkelnde satirische Begabung; ihr Erzählen swingt.

Mein Vater und andere Betrüger
Roman
272 Seiten. Gebunden und als rororo Band 22233
Teenager Charlotte hat's schwer: Ihre Mutter ist verschwunden, und nun hat die Tochter den Vater allein am Hals. Einmal mehr erweist sich Milena Moser als die Erzählerin in der tragikomischen Achterbahn von Neigungen und Bindungen in unserer Zeit.

Die Putzfraueninsel *Roman*
(rororo 22454)

Das Leben der Matrosen *Ein Zeitungsroman*
320 Seiten. Gebunden und als rororo 22621
Mit turbulentem Witz begleitet die genial-chaotische Paula Perropuet die Ereignisse in einer Zeitungs-Redaktion.
«Packender Lesespaß bis zur letzten Seite.»
Journal für die Frau

Blondinenträume *Roman*
(rororo 13943)
Ein Mann zieht ein! Mitten ins Paradies (von bösen Zungen «Siedlung» genannt) alleinbekinderter Frauen, die mit Pampers, halbvernarbten Liebeswunden, platzenden Reißverschlüssen und verruchten Wünschen kämpfen.

Die Schlampenstories *Gebrochene Herzen oder Mein erster bis elfter Mord. Das Schlampenbuch*
(rororo 22477)
Erstmals in einem Band die gesammelten Schlampenstories.

Milena Moser /
Janwillem van de Wetering /
Heidi Brang u. a.
Bloody Mummy *Jeder Tag ist Muttertag*
(rororo thriller 43253)

Ein Gesamtverzeichnis aller lieferbaren Titel der *Rowohlt Verlage, Wunderlich* und *Wunderlich Taschenbuch* finden Sie in der *Rowohlt Revue*. Vierteljährlich neu. Kostenlos in Ihrer Buchhandlung.

Rowohlt im Internet:
www.rowohlt.de

Milena Moser

rororo Unterhaltung